Paul Domino

Destino – Reise in den Tod

EDITION M

Das Buch

Der 2. Fall für Capitano Bardi.

Eigentlich hätte es ein friedlicher Sommertag im beschaulichen Toskana-Städtchen San Pietro werden sollen: Doch dann wird eine junge deutsche Touristin in einem Ferienhaus erschossen aufgefunden. Von ihrem Begleiter, einem erfolglosen Journalisten, fehlt jede Spur. Kaum hat Capitano Bardi, der Leiter der örtlichen Carabinieri-Wache, seine Ermittlungen aufgenommen, bekommt er den Fall auch schon wieder entzogen. Scheinbar geht es um mehr, als einen Raubüberfall mit tödlichem Ausgang.

Bardi ermittelt auf eigene Faust und gerät dabei ins Fadenkreuz von Mafia, investigativem Journalismus und Staatsräson. Und wie immer kann er den Fall nur auf die ihm eigene Art lösen, wobei er sich mit einem dunklen Kapitel aus seiner eigenen Vergangenheit konfrontiert sieht

Der Autor

Paul Domino wurde 1969 in Hildesheim geboren. Während seiner Schulzeit arbeitete er als rasender Reporter für verschiedene Lokalzeitungen. Es folgte ein Lehramtsstudium in Bamberg. Nach dem Referendariat in Regensburg wechselte Paul an ein Gymnasium in München, wo er mittlerweile seit über 15 Jahren die Fächer Latein und Deutsch unterrichtet. Mit seiner italienischen Frau Antonia und Tochter Lucia verbringt er den Sommer gerne auf dem Landgut seiner Schwiegereltern in der Nähe von Siena. Zwischen den sanften Hügeln der Toskana entstehen hier auch seine Krimis rund um den sympathischen Capitano Bardi. Pauls Leidenschaft gehört dem Kochen, der Musik von Paolo Conte und dem Fußball des AC Florenz.

PAUL DOMINO

DESTINO

Reise in den Tod

2. Fall für Capitano Bardi

TOSKANA-KRIMI

EDITION M

Die Erstausgabe erschien 2014 unter dem Titel
»Destino – Reise in den Tod« im Selbstverlag.

Veröffentlicht bei
Edition M, Amazon Media EU S. á. r. l.
5 Rue Plaetis, 2338 Luxembourg
September 2015

Umschlaggestaltung: semper smile, München, www.sempersmile.de
Umschlagmotiv: © nobleIMAGES / Alamy
Lektorat: Rotkel
Satz: Monika Daimer, www.buch-macher.de
Gedruckt durch
Amazon Distribution GmbH
Amazonstraße 1
04347 Leipzig, Deutschland

ISBN: 9-781-503-95003-0

www.amazon.de/editionm

Pianta la vite per te, e l'ulivo per tuo figlio.

Pflanz den Weinstock für dich
und den Ölbaum für deinen Sohn.

Altes italienisches Sprichwort

PROLOG

Seit zwei Stunden kauerte Alessandro Morena im frisch erblühten Sonnenblumenfeld und beobachtete das Haus, das in knapp dreißig Metern Entfernung am Hang lag.

Zwischen den Pflanzen war es angenehm kühl. Vereinzelt flogen Bienen von Blüte zu Blüte. Ein leichter Wind wiegte sanft die Köpfe der Blumen.

Morena sog die Luft tief ein, fast war es, als könne er die Farben um sich herum riechen. Das dunkle Gelb der Sonnenblumen, das saftige Grün der wilden Gräser und das erhabene Rot des Klatschmohns im wilden Olivenhain neben dem Haus.

Für einen Augenblick bedauerte Morena, dass er kein van Gogh war. Doch sein Werkzeug war der Stift, sein künstlerischer Ausdruck das Wort. Also holte er das abgewetzte Notizbüchlein aus seiner Leinenjacke und schrieb mit dem Bleistiftstummel, der zwischen Einband und Buchblock gesteckt hatte, ein Wort quer über eine der noch freien Seiten: *Blutrot.*

Erschrocken starrte er auf die Buchstaben. Warum ausgerechnet Blut? Aber dies war nun einmal die erste Assoziation, die ihm beim Anblick des Klatschmohns in den Sinn gekommen war.

Eine Bewegung im Haus forderte seine Aufmerksamkeit. Die schöne Frau erschien an einem der geöffneten Fenster. Sie trug ein offenes weißes Herrenhemd, das ihre Brüste kaum verhüllte. Ihr blondes Haar war zerzaust. Das Fenster war das dritte von links. Das Schlafzimmer, wie Morena wusste.

Obwohl der Raum im Halbdunkel lag, erkannte Morena eine weitere Gestalt, die sich der Frau von hinten näherte. Das war der Mann. Sein Oberkörper war entblößt. Er umfasste die Frau von hinten, zog sie herum und küsste sie ausdauernd und – wie Morena mit einem wohligen Grauen feststellte – animalisch. Lachend warf die Frau das Fenster zu.

Die sich in der Scheibe spiegelnde Sonne blendete Morena. Seine Gedanken kreisten um die schöne Frau. Er versuchte, wie der Mann zu denken, der bei ihr war. Der Bleistift huschte über die Seiten des Notizblocks. Der schöpferische Akt strengte Morena derart an, dass er danach schwer atmend und schwitzend zwischen den Sonnenblumen zu Boden sank.

Morena wusste nicht, wie lange er liegend verharrt hatte. Zeit und Raum waren jetzt unwichtig, da er sein Werk vollbracht hatte. Verse, die seiner Meinung nach gut gelungen waren. Er fühlte sich leicht und frei. Erleuchtet.

Ein lauter Knall riss ihn aus seiner Trance. Unbeholfen rappelte Morena sich auf, steckte das Notizbuch ein, vergaß jedoch den Bleistift auf dem Boden. Vorsichtig bog er zwei Sonnenblumen auseinander. Das Schlafzimmerfenster stand jetzt wieder offen. Aus dem Haus hallten eilige Schritte zu ihm herüber. Eine Tür fiel mit einem dumpfen Bums zu. Hinter dem Haus startete der Motor eines Autos. Das Knirschen der Reifen auf dem Kies. Erneut kehrte Stille ein.

Morena verharrte einige Minuten in seiner Position. Dann richtete er sich langsam auf, horchte nochmals kurz. Kein Laut drang aus dem Haus. Langsam bahnte er sich einen Weg durch die Sonnenblumen. Schließlich erreichte er die Terrasse. Er stieß gegen eine der zwei Sonnenliegen und erstarrte bei dem Lärm, den das Metall der Füße auf den Steinfliesen erzeugte. Aber nichts geschah. Niemand blickte aus den Fenstern. Morena atmete erleichtert auf. Vorsichtig näherte er sich dem Schlafzimmerfenster. Zunächst sah er nur schemenhaft die Umrisse der Möbel; dann, als sich seine Augen zunehmend an das Dämmerlicht im Schlafzimmer gewöhnt hatten, eine Gestalt, die in einer seltsam verkrümmten Pose leblos auf dem Bett lag. An den Haaren erkannte Morena, dass es sich um die Frau handeln musste.

»Hallo«, flüsterte er.

Keine Reaktion.

»Hallo.« Diesmal sprach er etwas lauter.

Wieder keine Regung.

Morena überlegte kurz, ob er durch das Fenster steigen sollte, entschied sich dann aber, nach vorn zur Haustür zu gehen. Vielleicht gab es für das alles eine logische, beruhigende Erklärung.

1. Kapitel

Der Hubschrauber kam aus östlicher Richtung und überflog in geringer Höhe die hügeligen, von Zypressen durchzogenen Weinlagen des Chianti, um schließlich über den Dächern des Städtchens San Pietro in einem großen Bogen gen Norden zu schwenken.

Capitano Bardi saß auf der Terrasse, die zu seiner kleinen Dienstwohnung unter dem Dach der örtlichen Carabinieri-Wache gehörte. Die Frühlingssonne glänzte auf seinen schwarzen Haaren, in denen sich seit einiger Zeit freilich vermehrt graue Strähnen bemerkbar machten. Das charakteristische Knattern des Hubschraubers übertönte für einige Sekunden Paolo Contes brummigen Bariton, der aus dem Inneren von Bardis Wohnung auf die Terrasse schallte. Bardi schaute verärgert von seiner *Corriere della Sera* auf. Für Sekundenbruchteile huschte ein Schatten über die Terrasse, als der Hubschrauber in geringer Höhe über sein Haus knatterte. Wie Bardi unschwer erkannte, handelte es sich um eine rubinrote Bell 206, auf deren Unterseite in großen silbernen Lettern *HELITAXI S.r.l.* geschrieben stand. Er selbst hatte als junger Mann während seiner Zeit bei der italienischen Marine das zweifelhafte Vergnügen gehabt, einige Male in der Militärversion dieses Hubschraubers mitzufliegen. Jedenfalls war Bardi stets froh gewesen, wenn er wieder festen Boden unter den Füßen gespürt hatte. Mit zusammengekniffenen Augen verfolgte er den Hubschrauber noch ein paar Sekunden, bis Conte wieder die Oberhand über die Akustik gewann.

Natürlich konnte Bardi in diesem Augenblick nicht ahnen, dass seine Beobachtung sich später bei der Aufklärung des ersten Mordfalls in San Pietro seit über fünfzig Jahren als äußerst wichtig erweisen sollte.

So widmete er sich wieder der Tageszeitung, während er mit frisch geriebenem Parmesan garnierte Ribollita aus einer Terrakottaschale löffelte. Diese kräftige, würzige Gemüsesuppe war genau das Richtige zu dieser Jahreszeit, in der die Sonne zwar wärmte, die Luft aber noch kühl war.

Ab und zu legte er den Löffel auf den Rand der Schüssel und gönnte sich einen Schluck Chianti, den er lange im Mund behielt, während er dabei seinen Blick über die roten Dächer hinweg in das fruchtbare Tal unterhalb San Pietros schweifen ließ.

Obwohl er seine eher karge Heimat Sizilien schon vor über zehn Jahren verlassen hatte, konnte sich Bardi am satten Grün um ihn herum noch immer nicht sattsehen. Und auch vom angenehm harzigen Duft der Zypressen, der sich mit der würzigen Mittelmeerluft vermischte, konnte er nie genug bekommen.

Rechtzeitig zu den letzten Takten von Contes *Rebus* brachte Bardi die Schale und das Weinglas zurück in seine Wohnküche, wo er die Chianti-Flasche vom Tisch nahm.

Danach stieg er, Contes Melodie brummend, die schmalen, steilen Stufen des Treppenhauses hinab zum Büro. Das Erdgeschoss, in dem sich die örtliche Carabinieri-Wache befand, bestand aus einem einzigen hohen Raum mit Stuckdecke, wenn man von der Abstellkammer und dem Treppenhaus absah, das einen eigenen Seiteneingang besaß. Schon oft hatte Bardi die bauliche Abstinenz eines Vorzimmers verflucht, vor allem wenn Besucher ihn überfallartig von seiner Arbeit aufschreckten.

Als er die Weinflasche in die zu jeder Jahreszeit kühle Abstellkammer stellte, wurde er wie stets von verstohlen spöttischen Blicken seines jungen Assistenten Emanuele verfolgt. Bardi ertrug die Blicke seines Untergebenen mit Gleichmut. Was wusste Emanuele schon? Der trank Red Bull zum Mittagessen, das mal wieder aus einer pappigen Pizza bestand, die ihm stets ein blasser Bote brachte, der aussah, als hätte er neben Pizza auch illegale Substanzen im Programm.

Zu Beginn ihrer Zusammenarbeit im Herbst des vergangenen Jahres hatte Bardi Emanuele zwei- oder dreimal zum Mittagessen bei sich oben eingeladen. Doch Emanuele hatte stets freundlich abgelehnt. Wahrscheinlich traf Conte nicht seinen Musikgeschmack, hatte Bardi gemutmaßt, als er einmal die Kopfhörer von Emanueles iPod aufgesetzt und noch minutenlang an Ohrensausen von dem infernalischen Krach gelitten hatte. »Wollen Sie mal *Cannibal Corpse* hören?«, war Emanueles Reaktion auf Bardis gequältes Gesicht gewesen. Bardi hatte dankend abgelehnt.

Von den verschiedenen Musik- und Essensgeschmäckern abgesehen fand Bardi Emanuele ganz brauchbar. Zwar hatte er anfangs eine Neigung zur Pedanterie erkennen lassen, diese war aber im Laufe der Zeit einer gesunden Neugierde gewichen. Außerdem hatte der junge Mann – und das fand Bardi am wichtigsten – mit seiner freundlichen Art sehr schnell die Herzen der Bewohner von San Pietro erobert. Vor allem die älteren Einwohner schätzten an Emanuele, dass er stets zuerst grüßte, immer eine hilfreiche Hand anbot und sich geduldig ihrer Sorgen und Nöte annahm.

Bardi setzte sich an seinen Platz am Schreibtisch gegenüber von Emanuele. Dieser verstand das Zeichen, nahm seine Kopfhörer ab, zerknüllte die Getränkedose und stopfte sie mitsamt der Pizzaschachtel in den Papierkorb.

Bardi wollte gerade die Route für den nachmittäglichen Streifengang festlegen, als sich laute Stimmen von draußen näherten. Die große hölzerne Eingangstür schwang quietschend auf, und Tavano, der Bürgermeister, kam, gefolgt von Signora van Laak, herein. Die Deutsche und ihr Mann – beide pensionierte Lehrkräfte – hatten vor einigen Jahren ein kleines Haus am Rande der Altstadt von San Pietro als Feriendomizil erworben. Doch bald gefiel es ihnen in der Toskana so gut, dass die Urlaube immer länger wurden, bis sie für immer blieben.

»Ihr Verhalten ist hochgradig inhuman«, rief Signora van Laak. Ihre grauen Locken wackelten aufgeregt hin und her.

Obwohl die Deutsche eigentlich perfekt Italienisch sprach – sie hatte sich in den letzten Jahren sogar eine toskanische Sprachfärbung angeeignet –, klangen ihre Konsonanten jetzt übertrieben hart. Erschrocken bezog Bardi diese Anschuldigung im ersten Augenblick auf sich, bis er erleichtert feststellte, dass der Bürgermeister der Adressat war.

2. Kapitel

»Questi tedeschi!«, zischte Tavano.

Bardi erhob sich aus seinem Drehsessel und ging um den Schreibtisch herum.

»Worum geht es überhaupt?«

»Um die syrische Flüchtlingsfamilie, die seit drei Wochen in den leer stehenden Pferdeställen des *Rifugia da Jacopo* mehr recht als schlecht haust«, erwiderte Signora van Laak.

»Ja, das ist eine Schande«, bestätigte Bardi schuldbewusst, obwohl die Unterbringung von Hilfsbedürftigen nicht in seinen Aufgabenbereich fiel.

»Und nun will dieser Mann …«, Signora van Laak warf dem Bürgermeister hasserfüllte Blicke zu, »die Familie in einem Zelt unterbringen. Und raten Sie einmal, wo dieses Zelt stehen soll?«

Jetzt schaute sie zu Bardi hinüber, der ahnungslos mit den Schultern zuckte.

»Auf dem Gelände der ehemaligen Mülldeponie.«

Jetzt straffte Tavano, der Bürgermeister, seine Brust. »Die Betonung muss auf ›ehemalig‹ liegen – wie alle wissen, wurde das Gelände vor über zehn Jahren aufwendig saniert. Dort könnte man vom Boden essen.«

Signora van Laak öffnete den Mund, um etwas zu erwidern. Doch Tavano kam ihr zuvor. »Außerdem wäre es nur für die Sommermonate, und das dürfte bei unserem milden Klima nun wirklich kein Problem sein.«

»Das sind keine Wanderurlauber«, rief Signora van Laak aufgebracht.

Wütend schlug Tavano als Antwort mit der flachen Hand so fest auf den Schreibtisch, dass Emanuele erschrocken zusammenfuhr.

»So kommen wir nicht weiter«, unterbrach Bardi den Disput. »Ich kenne zwar die genauen Vorschriften nicht, aber ich kann mir nicht vorstellen, dass es erlaubt ist, Flüchtlinge in einem Zelt auf einer ehemaligen Mülldeponie wohnen zu lassen.«

»Auf Lampedusa würden die sich für eine solche Luxusbehandlung den linken Arm abschneiden«, sagte Tavano mit einem aufreizenden Augenzwinkern in Richtung Signora van Laak.

»Sie heißen also die Zustände auf Lampedusa gut«, erwiderte die Signora und lachte sarkastisch auf. »Das sieht Ihnen ähnlich.«

»Wenn Sie mir zugehört hätten, wüssten Sie, dass ich die Zustände dort eben nicht gutheiße. Aber zum Glück sind wir hier im Norden.« Tavano sprach extra langsam und betont, wie zu einer Touristin mit rudimentären Italienischkenntnissen.

»Eben«, warf Signora van Laak ein.

»Wenngleich Ihre Landsleute im noch höheren Norden Flüchtlinge am liebsten in Fünfsternehotels mit Vollpension unterbringen würden«, fuhr Tavano fort.

»So kommen wir wirklich nicht weiter«, wiederholte Bardi sich und trat zwischen die beiden Streithähne. »Wie wäre es, wenn diese Familie vorerst in der Hausmeisterwohnung des Rathauses wohnen würde? Soweit ich weiß, steht sie noch immer leer.«

Seitdem auch die Gemeinde San Pietro sparen musste, wurden die Wartungsarbeiten in den öffentlichen Gebäuden von einem mobilen Hausmeisterservice aus Siena mehr oder minder gewissenhaft durchgeführt.

»Die Wohnung ist zum Juli vermietet«, antwortete Tavano schnell.

»An wen denn?«, fragte Emanuele neugierig.

»Kennen Sie nicht«, erwiderte Tavano schmallippig.

»Jemand aus unserer Stadt?«, mutmaßte Bardi.

Tavano seufzte laut. »An meinen Neffen. Na und? Er wird in Florenz studieren und hier wohnen.«

»Sehen Sie«, rief Signora van Laak triumphierend in Bardis Richtung. »Das ist so typisch.«

»Alles vollkommen legal: Mein Neffe zahlt die volle Miete.«

Die Signora schüttelte den Kopf und blickte dann resigniert zur Decke. Bardi kam nicht umhin anzuerkennen, dass sie viel jünger aussah als Anfang siebzig. Das Klima der Toskana schien der Deutschen gutzutun.

»Ich hab's«, unterbrach sie Bardis Gedanken und lächelte breit. »Wie wäre es, wenn wir die Familie hier unterbringen?« Sie deutete mit dem Zeigefinger ihrer rechten Hand nach oben, und alle bis auf Bardi folgten wie Marionetten der Richtung, die der Finger der Signora vorgab, mit ihren Blicken.

Über dem Büro befanden sich drei kleine Räume, die als Lager für alte Akten, ausrangierte Computer und Drucker sowie einigen anderen Plunder dienten. Weiterhin gab es ein winziges Badezimmer mit Toilette, das den Carabinieri und deren Besuchern zur Verfügung stand.

»Das ist der erste vernünftige Gedanke, den die deutsche Signora heute gehabt hat.« Tavano grinste frech in Bardis Richtung, ganz offensichtlich froh, dass der Kelch an ihm vorübergegangen war.

»Unter anderem befinden sich dort Akten aus Ihrem Rathaus«, bemerkte Bardi schlapp.

»Die können Sie meinetwegen alle in den Reißwolf stecken, mein lieber Capitano Bardi.«

»Und dann gibt es Vorschriften, die besagen, dass in öffentlichen Gebäuden in ausreichendem Maße Toiletten vorhanden sein müssen«, gab Bardi nicht auf.

»Sie sind ein wandelndes Gesetzbuch«, lachte Tavano. »Ausreichend dürfte in diesem Fall die öffentliche Toilette im Rathaus sein. Sind ja nur wenige Meter. Und sie ist im Gegensatz zu Ihrer sogar nach Männlein und Weiblein getrennt. Eine Tatsache, die, genau genommen, ohnehin ein Ausschlusskriterium für das stille Örtchen in Ihrer Wache bedeutet.« Tavano verneigte sich knapp und ging zum Ausgang. »Die Amtsgeschäfte rufen«, rief er fröhlich durch den sich langsam schließenden Türspalt, als er über den schmalen Portikus die kleine Piazza vor der Carabinieri-Wache erreicht hatte, an der sich auch sein Rathaus und die Kirche von San Pietro befanden.

»So lieben wir ihn«, murmelte Bardi kopfschüttelnd.

»Danke, danke, danke.« Signora van Laak fiel Bardi überschwänglich um den Hals.

Der konnte nicht anders, als »Bitte, bitte« zu sagen.

»Natürlich werde ich ein paar Leute auftreiben, die Ihnen bei der Entrümpelung behilflich sein werden.« Die Signora sprühte jetzt sichtlich vor Tatendrang. Während sie aufgeregt im Büro auf und ab ging, erläuterte sie ihre Pläne gestenreich. »Wir brauchen Möbel und eine Küchenausstattung.«

Bardi nickte zustimmend und malte sich dabei aus, wie eine lärmende Horde von Kleinkindern die Treppe hinunter ins Büro kam. Andererseits sah er ein, dass diese arme Flüchtlingsfamilie unmöglich den Sommer in Zelten verbringen konnte. Und nicht zuletzt mochte er die Signora sehr viel lieber als Tavano.

Der melodische Dreiklang des Telefons riss ihn aus seinen Gedanken.

Emanuele nahm ab und meldete sich. Mit Stirnrunzeln hörte er dem Anrufer zu, dann hielt er Bardi den Hörer entgegen.

»Capitano Bardi.«

Die Stimme am anderen Ende war schlecht zu verstehen. Sie klang dumpf, und der Anrufer sprach im Flüsterton. »In der *Casa del Colono* ist ein Unglück geschehen. Kommen Sie schnell und rufen Sie einen Arzt.«

»Mit wem spreche ich?«

Die Leitung war tot.

»Haben Sie die Nummer des Anrufers?«, fragte Bardi Emanuele.

Emanuele tippte ein paar Tasten auf dem Basisteil, um die Anruferliste aufzurufen.

»Die Rufnummer wurde unterdrückt.«

Bei der *Casa del Colono* handelte es sich um ein kleines Ferienhaus, das sich ungefähr zweieinhalb Kilometer außerhalb von San Pietro an einem einsamen Hang befand. Früher hatten dort arme Olivenbauern gelebt, bis die Parzelle Ende des neunzehnten Jahrhunderts vom damals größten Olivenölproduzenten am Ort aufgekauft worden war. Danach war das Haus über achtzig Jahre dem Verfall preisgegeben gewesen, bis es kürzlich restauriert worden war, damit es als Ferienhaus Profit abwarf.

»Ein Notfall«, erklärte Bardi Signora van Laak und nickte Emanuele zu, der sich daraufhin wie sein Chef die dunkle Uniformjacke überzog und die Dienstmütze aufsetzte.

»Hoffentlich kein großes Unglück«, sagte die Signora.

»Ihr Wort in Gottes Ohr«, erwiderte Bardi. »Wenn Sie wollen, können Sie in der Zwischenzeit schon einmal in den Räumen oben die Lage sondieren.« Er holte seinen Schlüsselbund vom Schreibtisch, löste einen der Schlüssel vom Ring und reichte diesen der Signora.

Signora van Laak strahlte über das ganze Gesicht und verschwand im Treppenhaus.

Bardi warf Emanuele den Schlüsselbund zu.

»*Casa del Colono*. Du fährst.«

Emanuele nickte. Beide verließen die Wache und stiegen in das Dienstfahrzeug der Wache, einen schwarzen Alfa Romeo. Emanuele lenkte den Wagen mit Blaulicht und Sirene durch die engen gepflasterten Gassen San Pietros zum westlichen Stadttor, von wo aus eine Schotterpiste zu den Olivenhainen führte, in deren Mitte sich das Ferienhaus befand. Per Funk bestellte Bardi einen Notarztwagen zur Adresse des Ferienhauses.

Auf der Piste gab Emanuele Gas. Der Einsatzwagen zog eine dichte Staubwolke hinter sich her. Anfangs war der Weg noch gerade, doch je näher sie der Hügelkette kamen, an der sich ihr Ziel befand, desto kurviger wurde der von hohen Zypressen und Gebüsch gesäumte Weg. Geschickt lenkte Emanuele den Wagen durch die Serpentinen. Dennoch griff Bardi instinktiv nach der Handschlaufe über der Beifahrertür.

Plötzlich tauchte hinter einer sehr engen Kurve eine Gestalt vor ihnen auf. Ein Kind noch. Vielleicht zwölf Jahre alt. Bardi schloss die Augen. Er fühlte, wie Emanuele bremste. Schlingernd kam der Wagen von rotem Staub umnebelt zum Stehen.

Als Bardi die Augen wieder öffnete, war Emanuele bereits aus dem Wagen gesprungen. Auch Bardi stieg aus. Seine Knie zitterten.

»Dieser kleine Idiot!«, rief Emanuele, der mittlerweile vor dem Kühlergrill hockte und mit der Handfläche über die integrierte Stoßstange wischte. »Wieso lassen seine Eltern ihn hier in dieser gottverlassenen Gegend herumstreunern? Man sollte das Jugendamt benachrichtigen.«

»Na, es ist ja nichts passiert«, beruhigte Bardi seinen Assistenten, während er sich umschaute. Von dem Jungen fehlte jede Spur.

»Die Sirene hätte mein Großvater gehört, und der ist halb taub«, murmelte Emanuele und stand wieder auf.

Jetzt erst sah Bardi, dass das Gesicht seines Assistenten kreidebleich war.

»Ich fahre weiter«, sagte Bardi.

Emanuele nickte dankbar und murmelte: »Piccolo idiota.«

3. Kapitel

Die *Casa del Colono* befand sich versteckt hinter einem wilden Olivenhain. Zwischen den knöchrigen Bäumen blühte dunkelrot der erste Klatschmohn. Bardi und Emanuele wurden kräftig durchgeschüttelt, als der Alfa Romeo über die mit Schlaglöchern übersäte Zufahrt rumpelte. Bardi parkte neben einem roten VW Golf älteren Baujahrs mit deutschem Kennzeichen auf dem kleinen, mit Kies geschotterten Hof vor dem Ferienhaus, das aus grobem Naturstein erbaut worden war. Bardi versuchte, sich zu erinnern, für welche Stadt die beiden Anfangsbuchstaben HB standen. Er wusste, dass HH ›Hansestadt Hamburg‹ bedeutete, denn den dortigen Hafen hatte er als Angehöriger der italienischen Marine besucht. Das musste länger als fünfundzwanzig Jahre her sein. Wenn also H für ›Hansestadt‹ stand, konnte HB nur ›Hansestadt Bremen‹ bedeuten. Mit dem guten Gefühl eines nicht völlig Unwissenden stellte Bardi den Motor ab.

Als er die Fahrertür öffnete, hörte er entfernt die Sirene des Notarztwagens.

»Du wartest draußen«, befahl er Emanuele, dessen Gesicht langsam wieder seinen natürlichen Teint annahm.

Mit der Faust hämmerte Bardi kurz gegen die Haustür. »Jemand zu Hause?«

Im Haus blieb es ruhig. Die Gardinen der Fenster an der Frontseite waren zugezogen.

Bardi drückte die Klinke, doch die Tür war verschlossen.

Deshalb ging Bardi um das Haus herum. Auch hier waren die Gardinen zugezogen.

Sein Blick fiel auf das Sonnenblumenfeld, das sich an die steinerne Terrasse anschloss. Da der Frühling ungewöhnlich warm gewesen war, blühten die Pflanzen bereits. Bardi verharrte für einige Sekunden und tat es den Sonnenblumen gleich, indem er sein Gesicht in die warme mittägliche Sonne drehte.

Vielleicht war das Ferienhaus gar nicht vermietet und der anonyme Anrufer hatte sich einen schlechten Scherz erlaubt. Andererseits deutete das deutsche Auto auf dem Hof auf das Gegenteil hin. Bardi trat den Rückweg an.

Die Sirene des Notarztwagens kam nun schnell näher. Einer inneren Eingebung folgend ging er dann doch noch einmal zur Haustür und begutachtete Schloss und Rahmen. Unter der Lackfarbe war der Rahmen rissig. Das Schloss war alt und simpel. Bardi ging einen Schritt zurück und trat dann mit dem rechten Fuß, so fest er konnte, gegen das Schloss. Die Tür erwies sich als widerstandsfähiger, als Bardi angenommen hatte.

Emanuele, der bisher auf der Motorhaube des Alfas gesessen hatte, kam neugierig näher. »Soll ich helfen?«

Doch da hatte Bardi schon ein zweites Mal seine Schuhsohle gegen die Tür federn lassen, die jetzt mit einem lauten Knacken aufsprang.

»Bleib draußen und nimm den Notarzt in Empfang«, sagte Bardi und betrat den kühlen Flur des Hauses.

Seine Augen mussten sich erst an das dämmrige Licht gewöhnen. Deshalb hielt er kurz inne und fragte noch einmal, ob jemand zu Hause sei. Wieder Stille. Bardi wandte sich der ersten Tür zu. Sie stand halb offen und führte in die Wohnküche.

Bardi fiel das schmutzige Geschirr in der Spüle auf. Also war das Haus doch vermietet. Überhaupt herrschte in der Küche eine ziemliche Unordnung: Die Schubladen der Unterschränke waren aufgezogen und auf dem Boden lag ein Topfdeckel.

Hinter der nächsten Tür verbarg sich das Bad. Zwei Zahnbürsten standen in einem Glas auf der Ablage des Waschbeckens.

Die letzte Tür war geschlossen. Bardi drückte die Klinke und öffnete die Tür behutsam.

Das Schlafzimmer: ein großer Raum. Doppelbett, antike Kommode und ein massiver Kleiderschrank im bäuerlichen Stil. Der Inhalt – Kleidung, Schuhe, Bücher – auf dem Boden verstreut. Und eine Frau, die auf der Bettkante saß; der Oberkörper war auf die Seite gesackt.

Bardi trat einen Schritt näher. Das Bettlaken unter dem Kopf der Frau hatte sich rot gefärbt. Ihr Blick ging starr zur Decke. Auf ihrer Stirn war ein münzgroßes dunkelrotes Loch zu sehen. Die Frau war blond, ihre Augen blau. Mitte dreißig. Bekleidet nur mit Boxershorts und einem zu großen weißen Herrenhemd. Der Traum aller durchschnittlichen italienischen Männer. Und irgendwie kam ihm ihr Gesicht bekannt vor, wenngleich er sich sicher war, die Frau noch nie gesehen zu haben. Es war nicht die erste Leiche, die er zu sehen bekam. Und auch nicht die erste Tote, die einem Gewaltverbrechen zum Opfer gefallen war.

Jetzt hörte Bardi Geräusche im Flur. Instinktiv zog er seine Dienstwaffe aus dem Holster und fuhr herum. Emanuele stand in der Tür. Sein Gesicht wieder weiß.

»Ist sie …«, seine Stimme ging in einem Würgelaut unter und er erbrach sich auf der Türschwelle.

Bardi seufzte und reichte ihm sein großes weißes Stofftaschentuch.

»Chi non vuole essere consigliato, non può essere aiutato«, sagte er sanft. *Wer nicht hören will, muss fühlen.*

Von draußen rief jemand »Hallo«. Bardi trat über Emanueles Erbrochenes hinweg auf den Flur. Durch die offene Haustür sah er den Notarztwagen und zwei Männer, von denen der ältere einen Arztkoffer trug.

Bardi rief: »Ich befürchte, Sie kommen zu spät.«

4. Kapitel

Wenig später hatte der Notarzt den Tod der Frau auch amtlich festgestellt. Nachdem er Emanuele eine kühle Flasche Mineralwasser überlassen hatte, damit dessen Kreislauf wieder in Schwung kann, hatte sich der Arzt verabschiedet.

Im Dienstwagen informierte Bardi über Funk die übergeordnete Leitstelle und wurde nach langem Hin und Her – schließlich war es der erste Mordfall in San Pietro seit über fünfzig Jahren – mit der Kriminalpolizei in Florenz verbunden. Dort beschied man ihm hochnäsig, wie Bardi fand, dass er am Tatort nichts anrühren solle, bis die Kollegen aus Florenz kämen.

Früher hätte Bardi einfach den kleinen Dienstweg beschritten und den Chef der florentinischen Kriminalpolizei direkt angerufen, zu dem er einen guten Draht besessen hatte. Doch seitdem Dottore Gazza seinen Posten aus Altersgründen geräumt hatte, wehte in der Behörde ein anderer und – wie Bardi fand – kalter Wind, der alles Persönliche hinfort geblasen hatte.

Als das Gespräch beendet war, verfluchte Bardi lautstark die italienischen Krankheiten, die da hießen: Kompetenzgerangel dank zweideutiger Richtlinien, Hybris statt Teamarbeit und mangelnder gegenseitiger Respekt.

Also parkte Bardi den Alfa quer vor der Einfahrt, damit niemand auf die Idee kam, das Grundstück zu befahren. Danach holte er Absperrband aus dem Kofferraum und befestigte dieses quer vor der Haustür. Sicher war sicher. Außerdem wollte er sich von den Kollegen aus Florenz nicht nachsagen lassen, dass er unprofessionell gehandelt hatte. Wenngleich Bardi zugeben musste, dass er, was Mordfälle betraf, Amateur war.

Er befahl Emanuele, von der Terrasse aus die Rückseite des Hauses zu bewachen. »Du kannst es dir auf einem der Liegestühle bequem machen. Aber halt dabei die Augen offen.«

Bardi selbst setzte sich auf die Stufe vor der Eingangstür in den Schatten, holte die kleine Dose Abraxas Premium Batch aus der geräumigen Tasche seiner Uniformjacke und klopfte ein kleines Häufchen groben Snuffs auf den Rücken seiner linken Hand. Bevor er den Schnupftabak langsam einsog, genoss Bardi das feine Kaffeearoma, gemischt mit den Düften edler Liköre. Wie stets fühlte er zunächst ein leichtes, nicht unangenehmes Brennen in der Nase, das schnell dem unvergleichlichen Geschmackserlebnis wich.

Danach griff Bardi nach seinem *Telefonino* und wählte die Nummer der Auskunft, um sich mit Marco Vallone verbinden zu lassen, der nach dem kürzlichen Tod seines Vaters den Familienbetrieb, zu dem auch das Ferienhaus gehörte, übernommen hatte.

»Bei Vallone«, meldete sich eine junge Frauenstimme. Bardi nahm an, dass er mit Vallones Verlobter Celia sprach, die er noch nicht kennengelernt hatte.

»Capitano Bardi von den hiesigen Carabinieri. Ist Marco zu sprechen?«

»Marco befindet sich auf Dienstreise in Mailand. Worum geht es denn?« Celias Stimme klang besorgt.

»Können Sie mir sagen, an wen Sie die *Casa del Colono* vermietet haben?«

»An eine Frau aus Deutschland. Seit fünf Tagen. Die Vermietung läuft über eine Agentur in Siena. Deshalb haben wir keine Namen. Aber ich kann Ihnen die Telefonnummer der Agentur geben.«

»Das wäre nett«, erwiderte Bardi.

»Augenblick.«

Bardi nutzte die Zeit, um den Kugelschreiber aus der Innentasche seiner Uniformjacke zu holen. Fluchend stellte er fest, dass er wieder einmal seinen Notizblock auf der Wache hatte liegen lassen. So blieb ihm nichts anderes übrig, als sich die Nummer auf seiner Hand zu notieren.

»Worum geht es eigentlich?«, fragte Celia. Sie schien jetzt ernsthaft besorgt.

Bardi überlegte kurz. Dann beschloss er, dass Celia als Verlobte des Besitzers ein Anrecht auf die Wahrheit hatte. »Im Ferienhaus wurde die Leiche einer Frau gefunden. Mehr kann ich noch nicht sagen.«

»Das ist ja schrecklich.«

»Deshalb wäre es nett, wenn Sie vorerst niemandem davon erzählen würden. Außer Ihrem Verlobten natürlich.«

»Soll ich Marco benachrichtigen, damit er aus Mailand zurückkommt?«

»Das wird nicht nötig sein.«

Jetzt tauchte ein Mann mit einer klobigen Spiegelreflexkamera vor dem Bauch in der Einfahrt auf. Als er Bardi entdeckte, nahm er die Kamera hoch und schoss eine Serie Fotos. Bardi kannte den Mann: Jonny Ugo, seines Zeichens rasender Reporter für *IL FLASH!*, eine regionale Boulevardzeitung, die sich hauptsächlich durch Anzeigen finanzierte, und eine Pest, die immer dann auftauchte, wenn man sie am wenigsten gebrauchen konnte.

»Ich muss mich verabschieden«, sagte Bardi. »Vielleicht stellt mir Marco seine bezaubernde Verlobte demnächst einmal vor.«

»Ganz bestimmt«, antwortete Celia. Zufrieden hörte Bardi aus ihrer Stimme, dass sie den ersten Schreck über die unangenehme Nachricht ganz offensichtlich verdaut hatte.

Bardi steckte das *Telefonino* weg und eilte zu Ugo.

»Wer ist die Tote, Capitano?«, fragte Ugo, wobei er Bardi schief angrinste.

»Woher hast du deine Informationen?«

»Buschtrommeln, Dottore«, sagte Ugo und grinste noch schiefer.

»Anonym oder Florenz?«, fragte Bardi streng.

»Wenn ich Ihnen meine Information gebe, bekomme ich dann die Ihrige, Professore?«

Bardi schüttelte den Kopf. »Verlasse sofort das Grundstück.«

»Okay.« Ugo trat drei Schritte zurück.

»Das Grundstück beginnt direkt an der Straße«, knurrte Bardi.

»Sie werden es nie lernen«, murmelte Ugo und trat kopfschüttelnd den Rückzug an. Nach ein paar Metern drehte er sich um. »Das Sonnenblumenfeld auf der anderen Seite gehört übrigens nicht zum Grundstück der *Casa del Colono.*«

»Verschwinde«, rief Bardi und wartete, bis Ugo außer Sichtweite war. Er blickte auf seine Armbanduhr. Mittlerweile war es 15:20 Uhr. Bardi fragte sich, wie lange sie noch auf die Kollegen von der Kriminalpolizei aus Florenz warten mussten.

5. Kapitel

Bardi setzte sich wieder auf seinen Platz vor der Haustür und tippte die Nummer, die ihm Celia genannt hatte, in sein *Telefonino*. Zu hören bekam er jedoch lediglich eine automatische Ansage, die auf die vormittäglichen Bürozeiten der Agentur verwies.

Es sollte noch zwei Stunden dauern, bis Bardi endlich Motorengeräusche auf der Zufahrt vernahm und ein anthrazitfarbener Alfa mit getönten Scheiben vor der Einfahrt parkte, der zwei Nummern größer war als Bardis Dienstwagen. Kaum stand der Wagen, schwangen simultan die Türen auf. Zum Vorschein kamen ein Mann um die dreißig und eine etwas ältere Frau mit gelockten, feuerroten Haaren. Beide trugen dezente dunkelblaue Kleidung: der Mann einen teuren Anzug, die Frau ein Kostüm mit halblangem Rock, der ihre wohlgeformten Waden zur Geltung brachte.

Bardi rückte seine Uniform zurecht. Die Frau streckte ihm ihre Hand entgegen.

»Beatrice Vasari, Commissaria Capa, Florenz.«

»Capitano Bardi.« Bardi fühlte ein leichtes Kribbeln, als er die Hand der Hauptkommissarin schüttelte. Sie war in etwa so groß wie er. Was hieß, dass sie etwas über der Durchschnittsgröße der Italienerinnen lag, während er als kleiner Mann durchs Leben schritt. Vasaris Augen musterten Bardi eine Weile. Lange genug, um ihn erkennen zu lassen, dass sie blau mit kleinen grünen Sprenkeln waren.

»Das ist mein Kollege, Toni Meister, Vice Commissario.«

Bardi schüttelte auch Meister die Hand. Dem Namen und dem Aussehen nach – Meister war blond – stammte er aus Südtirol.

Bardi konnte sich ein Grinsen nicht verkneifen, weil Vasari ihren Rang und den niedrigeren ihres Kollegen so sehr betont hatte. Verdenken konnte er es ihr freilich nicht. Wahrscheinlich gab es noch immer genügend Männer, die es ohne Nennung der Ränge als naturgegeben angesehen hätten, dass Meister der Chef war.

Nachdem sie sich die Hände geschüttelt hatten, klärte Bardi die Florentiner über den Stand der Dinge auf und pfiff auf dem Finger, damit Emanuele nach vorn kam. Als Bardis Assistent nach einem Augenblick erschien, waren seine Haare zerzaust und er gähnte herzhaft, als Bardi auch ihn vorstellte. Er nahm sich vor, seinem Assistenten beim nächsten Mal keinen allzu bequemen Platz anzubieten, wenngleich er dessen ungebührliches Verhalten auf die beiden Schockerlebnisse zurückführte, die Emanuele binnen kurzer Zeit zu verkraften hatte. Erst dieser Junge, den Emanuele fast überfahren hätte, und dann die erschossene Frau.

»Sie haben keine Ahnung, wer der anonyme Anrufer war, der Sie hierher bestellt hat?«, wollte Vasari wissen, nachdem sie auch Emanuele hastig die Hand geschüttelt hatte.

»Die Nummer war unterdrückt«, erklärte Bardi.

»Okay. Wir kümmern uns darum«, erwiderte Vasari und blickte dabei ihren Assistenten an, der eilig etwas in sein Tablet tippte.

»Dann zeigen Sie uns bitte die Tote«, drängte Vasari.

»Sie befindet sich im Schlafzimmer«, erklärte Bardi.

»Na dann«, erwiderte Vasari und eilte mit großen Schritten auf das Haus zu.

»Sie hat keine Zeit zu verlieren, was …«, raunte Bardi Meister zu, der ihn jedoch nicht beachtete und es seiner Chefin nachtat.

»War die Tür schon geöffnet, als Sie hier ankamen?«, wollte Vasari wissen, noch bevor sie den Eingang erreicht hatte.

»Nein, das war ich«, rief Bardi schuldbewusst. »Die Tür war verschlossen.«

Als Bardi und Emanuele die Türschwelle erreicht hatten, stand Vasari schon vor der Schlafzimmertür und blickte naserümpfend nach unten. »Ist das hier Erbrochenes?«

Bardi nickte. »Wir haben es hier sehr selten mit Mord zu tun. Mein Assistent hat noch nie eine Tote mit einem Einschussloch im Kopf gesehen.«

»Okay. Dann wollen wir Sie und Ihren Assistenten nicht weiter aufhalten«, sagte Vasari und stieg mit einem übertrieben großen Schritt über das Erbrochene hinweg.

»Auf Wiedersehen«, grinste Meister.

»Auf Wiedersehen«, echote Bardi und zog Emanuele am Ärmel in Richtung Ausgang. »Die Profis benötigen für ihre Arbeit Ruhe.«

Da ertönte ein Schmerzensschrei aus dem Schlafzimmer. Bardi fuhr herum, die Hand an der Lasche seines Holsters. Auch Meister hatte plötzlich eine Pistole in der Hand und zielte in Richtung des Schlafzimmers.

»Sie tun mir weh«, hörte Bardi eine ihm bekannte Stimme, und Sekunden später führte Vasari Jonny Ugo im Polizeigriff auf den Flur.

»Sagen Sie dieser Frau, dass sie mich loslassen soll«, flehte Ugo, als er Bardi sah.

»Sie kennen diesen Mann?«, fragte Vasari. »Er hatte sich hinter der Tür versteckt.«

»Leider«, erwiderte Bardi »Das ist Jonny Ugo. Schimpft sich Reporter.«

»Dann überlasse ich den Signore Ihnen«, sagte Vasari und ließ Ugo frei. Dieser rieb sich mit demonstrativ schmerzverzerrter Miene den rechten Oberarm und hinkte auf Bardi zu.

»Du schaust eindeutig zu viele Hollywoodfilme«, sagte Bardi und schubste Ugo nach draußen, wo er die Speicherkarte der Kamera verlangte. Widerwillig rückte Ugo sie raus.

»Bekomme ich jetzt Ärger?«, fragte der Reporter.

»Nein, du bekommst das Großkreuz«, sagte Bardi. Das Großkreuz war der höchste Verdienstorden der Italienischen Republik.

Ugo hielt Bardi einen Bleistiftstummel entgegen.

»Willst du das schriftlich?«, lachte Bardi.

»Den habe ich im Sonnenblumenfeld entdeckt. Keine dreißig Meter vom Haus entfernt.«

Bardi besah sich spöttisch den Bleistift. »Herzlichen Glückwunsch. Du hast die berühmte Nadel im Heuhaufen gefunden.«

»Zufällig weiß ich, wem dieser Bleistift gehört.«

»Dann rück's raus.«

»Nur, wenn Sie dafür sorgen, dass keine Anzeige gegen mich erstattet wird.«

»Wenn dieser Stummel irgendetwas mit dem Mord an der Frau zu tun hat, sorge ich dafür«, erwiderte Bardi lächelnd.

»Dieser Bleistift …«, Ugo schwenkte den Stummel bedeutungsschwanger vor Bardis Nase, »gehört dem Jesus von San Pietro.«

»Du meinst Morena, den Dichter.«

Ugo nickte heftig. »Er sprach mich vorige Woche an, ob ich nicht einen seiner künstlerischen Ergüsse in der Zeitung unterbringen könne. Dabei kaute er immerzu auf diesem Bleistift herum. Freilich war der da noch etwas länger.«

»Aber was unterscheidet diesen Bleistift von anderen?«, fragte Emanuele, der belustigt zugehört hatte.

»Der Aufdruck: Jetzt ist nur noch …*ria* zu erkennen. Das ganze Wort hieß *gelateria.* Morena laberte etwas davon, dass er nur mit diesen Bleistiften schreiben könne. Er hat einen ganzen Karton davon in seiner Bruchbude. Scheinbar handelt es sich um Werbegeschenke einer Eisdiele aus seiner Heimatstadt in den Dolomiten …« Ugo kratzte sich an der Stirn. »Ich kriege die Geschichte nicht mehr zusammen. Hängt irgendwie mit der Tochter des Besitzers dieser Eisdiele zusammen. War wohl seine große Liebe. Wollte aber nichts von ihm wissen. Wer könnte es ihr verdenken?« Ugo kicherte.

6. Kapitel

Bardi hatte Emanuele in den Feierabend geschickt und war zu Fuß der lang gezogenen Biegung jener Gasse gefolgt, die zum einzig noch intakten Teil der mittelalterlichen Stadtmauer führte. Den Bleistiftstummel in der Linken, klopfte er mit der rechten Hand an Morenas Haustür.

Alessandro Morena wohnte in einem baufälligen Häuschen, dessen Rückwand Teil der alten Stadtmauer von San Pietro war. Morena war vor bald fünf Jahren in der Stadt aufgetaucht. Zunächst hatten sich die Einwohner keinen Reim auf diesen langhaarigen, stillen jungen Mann mit Bart und Brille machen können, der scheinbar keinem Beruf nachging. Schnell hatte er seinen Spitznamen weg. Jesus. Es waren wohl die Kinder, denen zuerst Morenas Ähnlichkeit mit jenem hölzernen Jesus am Kreuz in der Kirche von San Pietro, der *Chiesa del Gesù*, aufgefallen war.

Schließlich war es Carla Mirri, die Frau des Gemüsehändlers, die in der fahrbaren Leihbücherei, die jeden Dienstag auf dem Marktplatz von San Pietro Station machte, ein Büchlein entdeckte, in dem unter anderen auch ein Gedicht von Morena veröffentlicht worden war. Sogar ein kleines, unscharfes Schwarz-Weiß-Foto war neben dem Text abgedruckt.

Seitdem begegneten die Einwohner Morena mit etwas mehr Respekt, wenngleich sie immer noch nicht bereit waren, diesen Sonderling in ihrer Mitte aufzunehmen. Schließlich besaß ein Dichter – solange er noch nicht tot war und man ihm ein steinernes Denkmal gesetzt hatte – keinen höheren Stellenwert als die Wanderarbeiter aus Osteuropa, die bei der Weinernte halfen. Und diese arbeiteten wenigstens hart für ihren kargen Lohn, während man Morena nur müßig durch die Gegend streifen sah. Auch Bardi hatte mit Morena nie mehr als ein schnelles »Buon giorno« oder, wenn die Laune ausnehmend gut war oder der Tag besonders sonnig, auch ein freundliches »Ciao« gewechselt.

Bardi klopfte noch einmal. Diesmal etwas lauter. Von drinnen ertönte ein Klirren, und gleich darauf erschien Morenas Mähne im Türspalt. Er schaute Bardi verwirrt an.

»Wollen Sie zu mir?«

Bardi nickte und gab Morena den Stift.

»Wo haben Sie den gefunden?«, fragte Morena und strich über den Stift, als handele es sich um einen wertvollen Schatz.

»Zwischen den Sonnenblumen hinter der *Casa del Colono*.«

Morena nickte langsam.

»Haben Sie mich heute Mittag angerufen?«, fragte Bardi.

Morena nickte noch langsamer.

7. Kapitel

Wenig später saß Morena im Büro auf Emanueles Platz. Die große Uhr mit dem integrierten Barometer an der Wand zeigte bereits 19:56 Uhr. Bardi hatte frischen Kaffee aufgebrüht und tippte Morenas Aussage in den Computer.

Fasziniert lag Morenas Blick auf Bardis Fingern, die über die Tastatur flitzten.

»Sie geben also an, dass Sie sich heute Vormittag in der Nähe der *Casa del Colono* befanden. Auf der Suche nach Inspiration für ein Gedicht«, sagte Bardi.

»Es heißt *Blutrot.*« Morena kramte sein Notizbüchlein hervor und begann vorzulesen. »Ich bin die Luft, die euch umringt …, seh eure schlimmen Gedanken …, Schönheit trifft Last, die nie versinkt …«

»Sehr schön«, unterbrach Bardi den Dichter, bevor dieser noch auf dumme Gedanken kam und anfing, weitere seiner Gedichte zu rezitieren.

Morena seufzte laut. »O tempora, o mores.«

»Ist es bei Ihnen Sitte, heimlich fremde Leute zu beobachten?«, fragte Bardi scharf.

»Beobachten ist die eine Hälfte. Daraus etwas Neues zu schöpfen die andere.«

»Okay«, sagte Bardi ungeduldig. »Was haben Sie beobachtet?«

»Na ja, ich habe die Frau im Haus gesehen und den Mann.«

»Welchen Mann?«

»Der mit ihr dort die Ferien verbrachte. Die beiden haben lange Wanderungen unternommen.«

»Sie haben das Haus also schon länger beobachtet?«

Morena nickte. »Seit genau drei Tagen. Da ist mir zum ersten Mal aufgefallen, dass wieder Gäste da sind.«

Bardi nickte. »Haben sich die beiden irgendwie komisch benommen?«

»Nein. Wie normale Urlauber. Die Gegend erkunden. Die Natur fotografieren oder …« Morena kicherte verlegen und lief dabei rot an.

»Was?«, fragte Bardi.

»Der Mann hat die Frau einmal im Sonnenuntergang nackt fotografiert. Sie war wunderschön.«

Bardi seufzte. »Haben die beiden miteinander gesprochen?«

»Natürlich.« Morena schaute Bardi an, als hätte der Capitano den Verstand verloren.

»Haben Sie verstanden, worüber sie redeten?«

Morena schüttelte den Kopf. »Die haben Deutsch gesprochen. Leider bin ich dieser Sprache nicht mächtig. Deutsch klingt so hart. Ick … Worrrt … Blitzkrrrieg. Zum Glück muss ich nicht in dieser Sprache schreiben. Nur der Mann konnte Italienisch, wenngleich mit starkem deutschem Akzent.«

»Woher wissen Sie das?«

»Er hat einmal draußen auf der Terrasse mit seinem *Telefonino* telefoniert. Auf Italienisch. Verstehen konnte ich allerdings nicht viel. Es ging wohl um irgendwelche Informationen, auf die der Mann wartete.«

Bardi schrieb interessiert weiter. »Und heute Vormittag?«

»Die beiden waren im Haus. Ich hatte diese Inspiration und habe das Gedicht verfasst. Danach musste ich mich ausruhen. Schreiben strengt an, wissen Sie.«

Bardi nickte verständnisvoll, um Morenas Redefluss nicht zu unterbrechen.

»Dann hörte ich diesen Knall.«

»Wann war das?«

»Ich besitze keine Uhr. Aber ich denke, es muss ungefähr eine halbe Stunde, bevor ich Sie benachrichtigt habe, gewesen sein.«

»Etwa Viertel nach zwölf«, bemerkte Bardi und schrieb weiter.

»Ich bin also zum Haus gegangen, um nachzusehen, ob etwas passiert ist.« Morena stockte.

»Okay«, bestärkte Bardi ihn.

»Durchs Schlafzimmerfenster habe ich die Frau gesehen. Auf dem Bett. Sie lag … oder vielmehr saß da so seltsam.«

»Und der Mann?«

»Den habe ich nirgends gesehen, im Haus war alles still. Ich bin dann nach vorne gegangen, aber die Haustür war verschlossen.«

Bardi blickte auf. »Sind Sie sich da ganz sicher?«

Morena nickte bestimmend und für Bardis Begriffe etwas zu schnell. Schließlich hatte er die Haustür zum Ferienhaus unverschlossen vorgefunden. Wenn Morena allerdings die Wahrheit sagte, bedeutete dies, dass jemand im Haus gewesen war, nachdem die Frau erschossen worden war. Vielleicht der Mann, der mit ihr dort die Ferien verbracht hatte?

»Was haben Sie danach gemacht?«

»Ich bin in die Stadt zurück. Auf dem Weg habe ich Sie informiert.«

»Und warum anonym?«

Morena schaute traurig. »Na ja. Ich bin in San Pietro nur geduldet. Ich will keinen Ärger. Und wenn die Leute denken, ich sei ein Voyeur, dann machen sie mir das Leben hier zur Hölle.«

Bardi hielt Morena für harmlos. Ihm tat der Dichter leid. »Ich werde nichts an die große Glocke hängen.«

Morena nickte dankbar.

»Ist Ihnen sonst noch etwas aufgefallen? Jede Einzelheit könnte wichtig sein.«

Morena überlegte kurz. Dann hellte sich seine Miene auf. »Ich habe ein Auto gehört. Es muss vom Hof vor der *Casa del Colono* gefahren sein. Kurz nachdem es so laut geknallt hatte. Und da waren auch schnelle Schritte im Haus. Also bevor das Auto losfuhr.«

»Gesehen haben Sie niemanden?«

Morena schüttelte den Kopf.

Bardi hatte das Protokoll fast beendet, als die Tür zur Wache geöffnet wurde. Instinktiv schaute er auf die große Uhr an der Wand. 20:28 Uhr.

Herein kamen Beatrice Vasari und ihr Assistent, Toni Meister.

»Gut, dass Sie noch da sind«, sagte Vasari zur Begrüßung. Es klang, als wäre sie darüber verwundert, dass Bardi auch am Abend seiner Arbeit nachging.

Bevor Bardi etwas erwidern konnte, hatte Meister sich und seiner Chefin zwei Stühle zurechtgeschoben. Beide nahmen auf Morenas Seite des Schreibtisches Platz. Dieser rückte instinktiv zur Seite. Meister musterte den in seinen Augen offenbar seltsamen Vogel mit offener Neugierde.

»Wir haben den Anruf zurückverfolgen lassen. Der Anrufer heißt …«

»… Alessandro Morena«, beendete Bardi Vasaris Satz.

Diese blickte Bardi jetzt offen erstaunt an.

»Dazu bedurfte es keiner technischen Wunderdinge«, erklärte Bardi. »Ugo, den Sie in der *Casa del Colono* angetroffen haben, hat den entscheidenden Tipp geliefert.«

Vasari nickte, obwohl sie Bardis Ausführungen ganz offensichtlich nicht folgen konnte.

»Um eine lange Geschichte kurz zu machen: Morena hat bereits seine Aussage zu Protokoll gegeben.« Bardi wies auf Morena.

Jetzt stand Meister auf, fasste Morena am Ärmel seiner Jacke und zog ihn hoch. »Sie sind vorläufig festgenommen.«

Auch Bardi stand auf. »Wollen Sie nicht erst mal das Protokoll lesen?«

Vasari nickte erneut. Widerwillig ließ Meister von Morena ab und setzte sich wieder.

Morena blieb neben dem Schreibtisch stehen. Er zitterte am ganzen Körper.

Bardi druckte den Bericht aus und reichte das Papier Vasari, die die Akte schnell überflog und dann an ihren Assistenten weitergab, der es ihr gleichtat.

»Trotzdem müssen wir Signor Morena zur erkennungsdienstlichen Bearbeitung mit nach Florenz nehmen«, sagte Vasari.

Meister, der das Aktenstudium beendet hatte, nickte dazu mit wichtigtuerischer Miene.

»Seine Wohnung wird versiegelt, bis die Kollegen von der Spurensicherung sie überprüft haben. Im Moment ist er verdächtig«, fuhr Vasari fort.

Bei jedem von Vasaris Worten schien Morena ein wenig zu schrumpfen. Er schaute Bardi flehend an.

»Ich wette eintausend Euro, dass Alessandro Morena nicht der Täter ist«, kam Bardi ihm zu Hilfe. »Ich kenne ihn. Er mag ein Einzelgänger sein. Ein Künstler eben. Aber kein Mörder. Ich wette, Sie werden keine Schmauchspuren bei ihm finden.«

»Sie sollten nicht so viel wetten, Capitano Bardi.« Meister schüttelte in einer Mischung aus Verärgerung und Belustigung den Kopf. »Wann haben Sie zuletzt geschossen, Capitano Bardi?«

8. Kapitel

Bardi verstand die Intention hinter Meisters Frage nicht und zögerte.

»Das müsste für einen Carabiniere eine leicht zu beantwortende Frage sein«, sagte Meister.

»Ich gehe jede Woche zum Schießstand«, erwiderte Bardi, der einer der besten Schützen unter den Carabinieri der Toskana, wenn nicht sogar Norditaliens war.

»Sehen Sie«, sagte Meister triumphierend. »Wir verwenden Schmauchspuren schon seit über drei Jahren nicht mehr zur Beweisführung. Bei Untersuchungen wurde nachgewiesen, dass auch Personen, die nachweislich keine Waffe abgefeuert haben, mit Schmauchspuren an ihrer Kleidung oder an Körperteilen kontaminiert sein können. Beispielsweise können Schmauchspuren durch Kontakt mit Polizeibeamten übertragen werden.«

»Dann wird es wohl reichen, wenn ich Morena morgen früh höchst persönlich nach Florenz bringe«, erwiderte Bardi, der Morena eine Nacht in einer Gefängniszelle ersparen wollte.

Und Morena schöpfte sichtlich wieder Hoffnung.

»Auf keinen Fall«, sagte Meister. Er wandte sich seiner Chefin zu. »Schon allein wegen der Verdunklungsgefahr muss der Verdächtige sofort mitkommen.«

Morena sackte wieder zusammen.

Vasari überlegte einen Augenblick. Dann sah sie Bardi prüfend an. »Sie tragen die Verantwortung.«

Bardi nickte. »Morena wird die Nacht hier verbringen.«

»Aber …«, Meister wollte etwas erwidern. Doch die Kommissarin legte ihm die Hand auf den Arm und er schloss den Mund wieder.

»Würden Sie mir bitte die Schlüssel zu Ihrer Wohnung aushändigen«, wandte sich Vasari an Morena, der jedoch zögerte.

»Na los«, befahl Bardi dem Dichter sanft.

Morena nickte und händigte Commissaria Vasari seinen Schlüsselbund aus, die ihn direkt an Meister weitergab.

»Sobald der Durchsuchungsbeschluss vorliegt, werden wir die Wohnung untersuchen«, erklärte Vasari.

Morena öffnete den Mund, als wolle er etwas sagen, klappte ihn dann aber wieder zu.

Vasari drängte zum Aufbruch. Morena fasste allen Mut zusammen, aber mehr als ein Nuscheln bekam er nicht zustande.

»Wenn Sie etwas zu sagen haben, müssen Sie schon lauter sprechen«, sagte Meister ungeduldig.

»Ich habe noch nie in meinem Leben eine Waffe in den Händen gehalten«, sagte Morena stockend und schaute dabei auf den Boden.

»Na, dann haben Sie ja nichts zu befürchten«, erwiderte Meister mit einem ironischen Lächeln auf den Lippen und hielt seiner Chefin die Tür auf.

Bardi begleitete die Commissaria Vasari und ihren Assistenten nach draußen zu ihrem Wagen. Der kleine Platz vor der Wache lag im Halbdunkel der Dämmerung. Es würde eine kühle, sternenklare Nacht werden. Ohne Bardi zu beachten, setzte sich Meister hinters Steuer. Scheinbar nahm er es Bardi persönlich übel, dass dieser sich bei seiner Chefin durchgesetzt hatte. Der Capitano musste an seinen eigenen Assistenten

Emanuele und dessen völlige Abstinenz von Ehrgeiz denken. Er konnte nicht sagen, welches der beiden Extreme besser war, vermutete aber, dass er es mit einem Assistenten von Meisters Kaliber nicht lange aushalten würde. Vasari reichte Bardi lächelnd die Hand. Wieder fühlte Bardi das Kribbeln. Er fragte sich, ob die Kommissarin es auch fühlte, kam sich bei diesem Gedanken aber reichlich kindisch vor.

»Sie tragen die Verantwortung für Morena«, sagte sie laut, um dann flüsternd hinzuzufügen: »Nach allem, was in dem Protokoll steht, glaube ich auch nicht, dass er der Täter ist. Er passt nicht ins Profil.«

Bardi nickte, fragte sich aber, wie dieses Profil wohl aussehen mochte, und kam sich ziemlich unwissend vor. Es würde verdammt schwer werden, diese Kommissarin zu beeindrucken. Sie spielte offensichtlich einige Ligen höher als er.

»Falls Morenas Aussage stimmt, rückt natürlich der Begleiter der Toten in den Fokus unserer Ermittlungen. Denn so viel steht jetzt schon fest: Die Frau war nicht alleine in dem Haus. Wir haben im Schlafzimmerschrank Männerkleidung gefunden und im Badezimmer befand sich ein Rasierapparat nebst Aftershave«, fasste Vasari die bisherigen Ermittlungsergebnisse zusammen.

»Vielleicht ist also dieser Begleiter, nachdem Morena die Tür verschlossen vorfand, zum Tatort zurückgekehrt, um Spuren zu verwischen.«

Die Kommissarin nickte zustimmend. »Alles natürlich reine Spekulation. Aber so könnte es sich durchaus abgespielt haben.«

»Haben Sie mittlerweile die Identität der Toten feststellen können?«

»Leider nein«, erwiderte Vasari und fügte lächelnd hinzu: »Morgen ist auch noch ein Tag.«

9. Kapitel

Die Augen des Jungen, der auf dem Weg zur *Casa del Colono* so plötzlich vor ihrem Auto aufgetaucht war, verfolgten Bardi bis in den Schlaf. Und dann war da wieder dieser Albtraum: Er sah die Augen des anderen Jungen, die genauso schwarz gewesen waren. Die Hand des Jungen griff nach der Beifahrertür. Bardi begann zu hyperventilieren. Der Junge zog am Griff der Autotür. Noch ein paar Millimeter, und …

Der Knall der Detonation setzte zu früh ein und klang eher nach einem Hammerschlag als nach einer Bombenexplosion. Bardi schreckte hoch.

Plötzlich war er hellwach, wenngleich er im ersten Augenblick orientierungslos hin und her blickte. Von unten drang Lärm nach oben. Jemand hämmerte. Dazu quietschende Geräusche, wie sie entstehen, wenn Möbel verschoben werden.

Erst jetzt wurde Bardi klar, dass er sich in seinem eigenen Bett befand. Sein Blick fiel auf den Funkwecker, der auf dem Schemel neben seinem Bett stand. 6:59 Uhr. Dieser verdammte Albtraum. Jahrelang hatte er davor Ruhe gehabt, doch seit einiger Zeit kehrte der Traum in immer kürzeren Abständen zurück. Bardi brauchte einige weitere Sekunden, bis er eins und eins zusammengezählt hatte. Die Geräusche drangen durch die Dielen aus dem mittleren Stockwerk zu ihm nach oben.

Drei Begriffe kamen Bardi in den Sinn: Frau van Laak, die syrische Familie und Morena. Eilig schlüpfte er in die beige Chino, die ordentlich zusammengerollt neben dem Bett auf dem Boden lag, putzte sich im Bad die Zähne, wusch sich das Gesicht mit kaltem Wasser und fuhr sich mit den Händen durch die kurzen lockigen Haare.

Im Treppenhaus begegnete er Morena, der mehrere verstaubte Aktenordner in den Händen hielt, die er mit dem Kinn nach oben abstützte.

Das Gesicht des Dichters strahlte vor Glück. »Signora van Laak bat mich zu helfen.«

Bardi nickte. »Dann will ich Sie nicht aufhalten.«

Morena eilte pfeifend die Treppe hinunter. »Um acht ist Aufbruch nach Florenz«, rief Bardi ihm nach.

»Si, si, Capitano«, flötete Morena zurück.

Bardi betrat den Flur der kleinen Wohnung, die sich in der mittleren Etage befand. In allen Räumen waren Leute, von denen er die meisten als Bewohner San Pietros identifizieren konnte. Er erkannte Carla, die Frau des Gemüsehändlers, und Gianna Benigni, die Leiterin der Scuola Primaria, der Grundschule, mit ihrem erwachsenen Sohn Alberto, der keinen Job finden konnte, obwohl er nach seinem Abschluss in Geschichte noch Volkswirtschaft studiert hatte. Bardi gab Alberto noch höchstens ein Jahr, bis auch er sich auf *la fuga di cervelli*, die Flucht der Gehirne, begeben würde, wie die Italiener den Exodus der gut ausgebildeten jungen Generation ins Ausland mit seinen gut bezahlten Jobs nannten.

Jemand tippte ihm von hinten auf die Schulter. Als Bardi sich umdrehte, blickte er in Signora van Laaks fröhliches Gesicht. Die Signora trug eine zu große Latzhose, aus deren Seitentasche ein Zollstock hervorlugte.

»Wir haben in Deutschland ein nettes Sprichwort, das lautet: ›Der frühe Vogel fängt den Wurm‹«, sagte die Signora.

»In Italien kommen die Würmer normalerweise erst sehr spät aus den Federn«, erwiderte Bardi, und beide mussten lachen.

»Ich befürchte, wir haben Jesus … Morena einen gehörigen Schrecken eingejagt, als wir plötzlich vor seinem Feldbett standen.« Signora van Laak sah Bardi, während sie sprach, fragend an.

Bardi verstand, worauf Signora van Laak hinauswollte. »Morena ist Zeuge des Unglücksfalls von gestern geworden. Deswegen muss er gleich für eine Aussage nach Florenz«, erwiderte er und hoffte, dass die Signora sich mit dieser mauen Antwort zufriedengeben würde, was sie auch tat.

»Ich habe gehört, es gäbe eine Tote.«

Bardi nickte. »Leider. Die Kollegen aus Florenz bearbeiten den Fall.« Dann versuchte er, ein freundliches Gesicht zu machen, was ihm aber nicht recht gelingen wollte. »Wann kann die Flüchtlingsfamilie hier einziehen?«

»Wenn es bei diesem Tempo bleibt, morgen«, strahlte Signora van Laak. »Die Familie heißt übrigens al-Salih. Nette Leute. Sie werden sie mögen.«

»Da bin ich sicher«, antwortete Bardi ohne rechte Überzeugung. Er wünschte allen frohes Schaffen. Auf dem Flur begegnete er erneut Morena.

»Sie sollten sich ein wenig frisch machen, bevor wir nach Florenz fahren.«

Morena nickte. »Nur noch zwei Fuhren, dann sind alle Akten unten und können geschreddert werden.« Morena eilte in die Wohnung, in der Signora van Laak ihm mit einem dankbaren Lächeln die nächste Ladung Akten in die Hände drückte.

10. Kapitel

Das Polizeipräsidium von Florenz, in dem die für die Toskana zuständige Abteilung der Kriminalpolizei ihren Sitz hatte, war ein moderner kreuzförmiger Bau mit hellgrauer Betonfassade. Das ganze Grundstück war mit einem unüberwindbaren Zaun aus Stahlstelen gesichert, der zudem von Kameras überwacht wurde.

Bardi parkte seinen kleinen Peugeot 206, den er, kurz nachdem er seinen Dienst in San Pietro angetreten hatte, mit einem Tachostand von nur knapp zweitausend Kilometern günstig von einer älteren Dame erstanden hatte, in einer ruhigen Seitenstraße. Aus Erfahrung wusste Bardi, dass der Parkplatz des Präsidiums meistens voll war.

Den Dienstwagen hatte er für alle Fälle Emanuele überlassen, zumal er für die Fahrt im Privatwagen eine Kilometerpauschale abrechnen konnte. Denn Bardi mochte zwar den Rang eines Capitanos besitzen, besoldet wurde er jedoch nach dem Tarif, der für den Leiter einer kleinen Carabinieri-Station vorgesehen war.

Nachdem er sich an der Gegensprechanlage, die sich samt Kamera am Haupttor befand, ausgewiesen hatte, sprang die im Tor integrierte Stahltür mit einem Klicken auf. Bardi und Morena folgten einem von hohen Betonmauern umrandeten Weg zum Eingang des Hauptflügels. Wieder musste sich Bardi ausweisen, diesmal jedoch bei einer freundlichen Polizistin, die hinter Panzerglas saß. Dann endlich durften sie durch eine Sicherheitsschleuse das großzügige Foyer des Polizeipräsidiums betreten.

Dort wartete bereits ein grimmig dreinschauender Toni Meister, der Morena keines Blickes würdigte und Bardi mit den Worten begrüßte: »Wir haben interessante Neuigkeiten.«

So wie Meister den Satz aussprach, bedeutete dies bestimmt keine guten Nachrichten.

Stumm fuhren sie mit dem Fahrstuhl in die vierte Etage, in der sich das Morddezernat befand. Meister führte sie zu einem fensterlosen Konferenzraum, dessen einzige Einrichtung aus einem langen Tisch bestand, an den zehn Stühle gekippt waren.

»Commissaria Vasari kommt sofort«, sagte Meister und verschwand wieder, wobei er die Tür offen ließ.

»Ich glaube, auf dem Gang einen Kaffeeautomaten gesehen zu haben«, sagte Bardi aufmunternd, und Morena nickte.

Bardi verließ den Raum und warf die erforderlichen Münzen in den Automaten. Eigentlich verabscheute er Automatengetränke, wenngleich er zugeben musste, dass sich deren Qualität in den letzten Jahren verbessert hatte. Viele Leute stellten sich ja mittlerweile Automaten freiwillig in die Küche. Aber diese Kaffeepad-Kultur ging ihm dann doch zu weit.

Als Bardi in den Besprechungsraum zurückkehrte, war Morena verschwunden. Seufzend stellte er die beiden Plastikbecher auf den Tisch und wartete ein paar Minuten. Dann – Bardi war zunehmend unruhiger geworden – machte er sich auf, die Toilettenräume zu suchen, wo er Morena vermutete.

Bardi brauchte mehrere Minuten, bis er sich zu den Örtlichkeiten durchgefragt hatte. Leichte Panik stieg in ihm auf, als er feststellen musste, dass sich niemand in den Kabinen und im Raum davor befand. In der vagen Hoffnung, dass Morena bereits wieder im Besprechungsraum war, eilte Bardi dorthin zurück. Doch von Morena fehlte jede Spur. Bardi fluchte laut.

»Was ist los, Capitano?«, hörte er eine weibliche Stimme hinter sich.

Es war Vasari, die in den Raum gekommen war. In den Händen hielt sie ein Tablett mit dampfendem, frisch gebrühtem Kaffee, köstlich duftenden Brötchen und einem Teller Aufschnitt.

»Morena ist verschwunden«, erklärte Bardi zerknirscht.

Vasari stellte das Tablett ab und gab per *Telefonino* einige Anweisungen an den Empfang.

»Weit kann er nicht kommen.«

Bardi schüttelte resigniert den Kopf.

Vasari lächelte und wies auf die Stühle. Beide setzten sich. Die Kommissarin zeigte auf das Tablett. »Bedienen Sie sich. Den Automatenkaffee sollten Sie gar nicht erst probieren.« Bardi nahm eine der Tassen vom Tablett und nippte an dem Kaffee, der vorzüglich war. Der Appetit war ihm jedoch vor Aufregung vergangen.

Kaum hatte er die Tasse wieder auf den Tisch gestellt, klingelte Vasaris *Telefonino*. Vasari hörte kurz zu. Dann wandte sie sich wieder Bardi zu. »Morena ist im Lift nach unten aufgegriffen worden.«

Bardi schüttelte den Kopf, nahm noch einen Schluck und musterte über den Tassenrand die Kommissarin. Irgendetwas wusste Vasari. Sie war nicht sehr erstaunt gewesen, dass Morena abgehauen war. Bardi stellte die Tasse mit einem lauten Klacken auf den Tisch. »Rücken Sie endlich raus mit der Sprache.«

»Wir haben heute Morgen belastendes Material in Morenas Wohnung gefunden.«

Bardi seufzte. Deshalb hatte Morena gezögert, als er den Schlüssel herausrücken sollte. Deshalb war Morena auf der Fahrt nach Florenz immer stiller geworden. Aber warum hatte er sich ihm nicht anvertraut?

11. Kapitel

Bardi blieb keine Zeit zum Nachdenken, denn im nächsten Augenblick kam Vasaris Assistent Meister mitsamt Morena in den Raum. Morena trug Handschellen und wich Bardis Blick aus, als Meister ihn unsanft auf einen der Stühle drückte.

Meister legte einen transparenten Kunststoffbeutel auf den Tisch. Darin befand sich ein abgegriffenes Taschenbuch, dessen Titel Bardi nicht erkennen konnte. Des Weiteren hatte Meister einen Schnellhefter dabei, den er seiner Chefin über den Tisch schob.

Vasari schlug den Hefter auf und suchte kurz nach einer bestimmten Stelle auf dem obersten Blatt. »Bei der Toten handelt es sich um Anna Jansen, geboren am 8. November 1974 in Bremerhaven, Deutschland, dort auch wohnhaft, Beruf noch unbekannt. Wir warten auf die Reaktion der deutschen Kollegen. Den Begleiter konnten wir noch nicht identifizieren, da das Ferienhaus allein unter ihrem Namen gebucht worden war. Der Schlüssel wurde Frau Jansen postalisch zugesandt, weshalb die Angestellten des Vermittlungsbüros weder sie noch ihren Begleiter je zu Gesicht bekommen haben. Der VW Golf mit Bremer Kennzeichen ist auf Anna Jansen zugelassen.« Vasari klappte den Hefter zu und griff nach dem Kunststoffbeutel.

»Dieses Buch haben die Kollegen von der Spurensicherung in Signor Morenas Haus gefunden.« Vasari holte das Buch aus dem Beutel und schlug die erste Seite auf. Dann reichte sie es Bardi.

Auf der Innenseite des Umschlags stand mit Kugelschreiber in geschwungener Schrift: *Anna Jansen*. Bardi klappte das Buch wieder zu. Es handelte sich um einen Kriminalroman, bei dem weder Titel noch Autor ihm etwas sagten. Nur mit Mühe gelang es ihm, die Fassung zu behalten und Morena nicht anzubrüllen. Was hatte sich dieser Idiot dabei gedacht? Mit seiner Lüge hatte Morena die Ermittlungen auf eine falsche Bahn gelenkt und, schlimmer noch, sich selbst zum Hauptverdächtigen gemacht. Und wenn er ehrlich war, fühlte sich Bardi gekränkt, weil Morena ihm offensichtlich nicht vertraute und ihn vor der Kommissarin wie einen blutigen Anfänger hatte aussehen lassen. Dabei hatte er alles getan, um Morena vor der Untersuchungshaft zu bewahren. Doch diese würde ihm jetzt nicht erspart bleiben.

»Ich habe die Frau nicht umgebracht«, unterbrach Morena seine Gedanken. »Das müssen Sie mir glauben.« Morena blickte Bardi flehend an.

»Was ich glaube, ist völlig unerheblich«, erwiderte Bardi kühl.

»Sie waren also in dem Ferienhaus«, stellte Meister mit scharfer Stimme fest.

Morena nickte und berichtete, dass er die Haustür der *Casa del Colono* offen vorgefunden hatte, nachdem er nach dem Knall um das Haus herumgegangen war. »Alles war ruhig. Ich ging also ins Schlafzimmer. Da entdeckte ich das Blut. Die Frau war tot. Ich stand unter Schock.«

»Und das Buch?«, fragte Vasari.

Morena zuckte entschuldigend mit den Schultern. »Es war so traurig. Aber ich wollte ein Andenken. Schließlich hat die Frau mich zu meinem Gedicht inspiriert. Da schien es mir passend, das Buch zu nehmen, das auf dem Nachttisch lag. Dabei mag ich Krimis gar nicht.«

Meister lachte sarkastisch auf. »So einen Mist habe ich schon lange nicht mehr gehört.«

Vasari sah ihren Assistenten missbilligend an. »Lassen Sie Signor Morena abführen.«

Meister stand auf und fasste Morena am Jackenärmel.

»Mir ist noch etwas eingefallen«, rief Morena und versuchte, sich von Meisters Griff zu lösen. »Auf dem Weg nach San Pietro, nachdem ich Capitano Bardi informiert hatte, kam mir eine schwarze Limousine mit getönten Scheiben entgegen.«

»Na und«, sagte Meister und griff fester zu. »Der Wagen kam aus der falschen Richtung.«

»Der Wagen hatte ein römisches Kennzeichen und ist mir in der letzten Woche mindestens dreimal begegnet. Immer in der Nähe der *Casa del Colono*.«

»Wir werden Ihre Aussage zu den Akten nehmen«, erwiderte Vasari knapp und nickte Meister zu.

Der zog Morena hoch und ging mit ihm zur Tür, an der ein uniformierter Polizist wartete.

Auf der Schwelle drehte sich Morena zu Bardi um. »Helfen Sie mir … Bitte.«

Bardi nickte.

Als Morena abgeführt war, wandte sich Vasari Meister zu. »Sorgen Sie dafür, dass mit Morenas Hilfe ein Phantombild dieses ominösen Begleiters erstellt wird, der mit der Toten in dem Ferienhaus wohnte.«

Meister nickte geflissentlich.

12. Kapitel

Eine halbe Stunde später befand sich Bardi auf dem Rückweg nach San Pietro. Neben ihm saß Commissaria Vasari. Der leichte, angenehme Hauch ihres Parfüms hing zwischen ihnen. Bardi hatte der Kommissarin angeboten, sie mit zum Tatort nach San Pietro zu nehmen, da ihr Assistent Meister der für den frühen Nachmittag anberaumten Obduktion der toten Anna Jansen beiwohnen und später nachkommen sollte.

»Setzen Sie sich immer so sehr für die Bewohner San Pietros ein?«, wollte Vasari wissen, als sie auf der geschwungenen Viale Galileo Richtung Autobahn fuhren. Wie stets hatte Bardi diese langsamere, kurvenreiche Strecke gewählt, die ihm den schönsten Blick auf das historische Florenz gewährte. Im Dunst erkannte er die große Kuppel des Doms und davor die alten Brücken über den Arno.

Er war so abgelenkt, dass Vasari ihre Frage wiederholen musste. Bardi blickte zu ihr hinüber, und ein schlechtes Gewissen überfiel ihn, weil es sich wohl geziemte, die Schönheit der Frau neben ihm jener der Stadt vorzuziehen. So blieb ihm nichts anderes, als entschuldigend zu lächeln.

»Ich sehe es als meine Hauptaufgabe an, mich um die Einwohner zu kümmern und dafür zu sorgen, dass ihnen jederzeit Recht widerfährt.«

»Jetzt sprechen Sie wie ein Politiker«, lachte Vasari.

»Stimmt«, gab Bardi zu und lachte ebenfalls. »Aber Vertrauen ist in meinem Job sehr wichtig. Natürlich muss ich darauf achten, dass die Gesetze eingehalten werden. Aber ohne das Vertrauen der Leute würde ich von den meisten Problemen gar nicht erst erfahren.«

Vasari nickte. »Manchmal wünschte ich mir auch dieses einfache Leben.«

»San Pietro mag zwar ein kleines Nest sein, aber eine Idylle ist es keineswegs«, erwiderte Bardi, wobei seine Worte barscher klangen, als er es gewollt hatte.

»Ich wollte Sie nicht beleidigen«, beeilte sich Vasari zu sagen. »Aber in meinem Job fehlt mir manchmal ein gewachsener Kontakt zu den Menschen. Nachdem eine Akte geschlossen ist, erfahre ich nichts mehr über den weiteren Lebensweg der Menschen, die mit einem Fall zu tun hatten.«

»Na ja, das Gefängnisleben ist wahrscheinlich auch nicht sehr spannend«, warf Bardi ein und lächelte, um Vasari zu zeigen, dass er nicht nachtragend war.

»Ich spreche nicht von den Tätern, sondern von den Hinterbliebenen und Zeugen.«

Bardi nickte. »Ich verstehe, was Sie meinen. Aber wissen Sie was …«

Vasari schaute Bardi fragend an.

»Manchmal wünsche ich mir einen spannenderen Job. Normalerweise besteht die schlimmste Straftat in San Pietro darin, unbefugt auf dem Parkplatz des Bürgermeisters zu parken.«

Jetzt mussten beide lachen.

»Kann der Tatort eine halbe Stunde warten?«, fragte Bardi, einer plötzlichen Eingebung folgend.

Sie tauschten kurze Blicke. Vasaris war fragend, während Bardis Blick verschmitzt daherkam.

»Kann er«, erwiderte Vasari nach einer Weile.

Kurz vor San Pietro bog Bardi auf einen geschotterten Weg ab, der bald durch eine sanft hügelige Landschaft führte. Nach etwas über einem Kilometer kam ein altes, aber sehr gepflegtes Gehöft in Sicht. Daneben weideten auf einem großen Areal acht Pferde mit auffallend gedrungenem, kraftvollem Körperbau.

»Sie reiten?«, fragte Vasari erstaunt.

»Warum so verwundert?« Bardi hielt an dem hohen Holzzaun, der die Weide umgab.

»Vielleicht liegt es an Ihrer Uniform«, gab Vasari zurück.

»Kommen Sie«, rief Bardi und stieg aus seinem Wagen.

Zögernd tat es ihm Vasari gleich.

»Haben Sie Angst?«, fragte Bardi lächelnd.

»Ein wenig«, gab Vasari zu.

Bardi trat an den Zaun. Eines der grasenden Pferde blickte auf. Als der Dunkelfuchs Bardi entdeckte, kam er herangetrottet und blieb kurz vor dem Zaun stehen.

»Darf ich vorstellen: Das ist Tornado.« Bardi kletterte über den Zaun und tätschelte dem Pferd den Hals, was dieses mit einem lauten Wiehern beantwortete, was wiederum Vasari dazu veranlasste, erschrocken einen Schritt zurückzutreten.

Bardi sah sie forschend an. Vielleicht war es keine gute Idee gewesen, sie hierher zu bringen.

»Sie sind eine Pflanze der Stadt«, bemerkte Bardi.

Vasari schüttelte den Kopf. »Nein. Aber ich bin als kleines Kind einmal vom Pferd gefallen, und seitdem …«

»Dann wäre jetzt der ideale Zeitpunkt, Ihre Angst zu überwinden«, rief Bardi und bot ihr galant eine helfende Hand, damit die Commissaria über den Zaun klettern konnte.

Doch Vasari machte keine Anstalten, Bardis Hilfe anzunehmen. »Ich glaube, Pferde mögen mich nicht. Hunde, Esel, ja sogar Kühe … Kein Problem. Aber Pferde … nein.«

»Tornado ist nicht irgendein Pferd. Er wurde in Argentinien extra für den Polosport gezüchtet«, erklärte Bardi.

»Sie spielen Polo?« Vasari trat jetzt interessiert an den Zaun.

Bardi nickte. »Das Spielfeld befindet sich auf der anderen Seite der Stallungen.«

»Und Tornado stammt aus Argentinien?«

»Er ist eine Kreuzung aus einem argentinischen Criollo und einem Englischen Vollblut. Die Criollos waren früher reine Arbeitstiere und zeichnen sich durch ihre Anspruchslosigkeit und Ausdauer aus. Die englischen Pferde hingegen steuern ihre Schnelligkeit und Wendigkeit bei. Außerdem sind sie leicht zu lenken.« Bardi lehnte sich an den Zaun. Tornado folgte ihm.

Zögernd strich Vasari dem Wallach über die Mähne. Sanft wandte Tornado seinen Kopf und beschnupperte Vasaris Hand, um sie dann zu lecken.

»Er mag Sie«, sagte Bardi. Fast hätte er ›ich‹ gesagt.

13. Kapitel

Die Leute von der Kriminaltechnik hatten das Gelände rund um die *Casa del Colono* weiträumig mit Flatterband abgesperrt. So parkte Bardi seinen Peugeot am Straßenrand.

Vor dem Ferienhaus herrschte reges Treiben. Frauen und Männer in weißen Overalls huschten umher, holten Utensilien aus einem Zelt, das zwischen den Olivenbäumen aufgestellt worden war, und verschwanden wieder im Haus.

Schließlich bemerkte ein frühzeitig ergrauter Mann Bardi und Vasari. Mit einem Lächeln, das mehr für Vasari bestimmt zu sein schien, eilte er auf die beiden zu. Scheinbar kannte er Vasari, denn er verzichtete darauf, sich vorzustellen. Immerhin entnahm Bardi dem Habitus des Mannes, dass es sich um den Leiter der Kriminaltechnik handelte.

»Brauchbare Reifenspuren haben wir keine finden können. Der trockene Boden. Aber wir haben etwas anderes Interessantes«, rief er und stapfte in Richtung des Zeltes. »Eine SD-Karte, wie sie als Speicher für Kameras und Ähnliches benutzt wird, steckte im Schlafzimmer zwischen zwei Dielen. Ansonsten Fehlanzeige: keine Ausweispapiere, keine Brieftasche, kein *Telefonino* … Dasselbe in dem VW mit deutschem Kennzeichen. Außer Fingerabdrücken – nichts …«

Im Inneren des Zeltes war es angenehm kühl. Fast stolperte Bardi über einen der vielen Koffer, in denen die Utensilien der Tatortbeamten aufbewahrt wurden. Am hinteren Ende des Zeltes war ein länglicher Klapptisch aufgestellt worden, auf dem die Monitore eines ganzen Arsenals von Notebooks flackerten. Zwei Männer und eine Frau saßen auf Plastikstühlen vor den Computern. Der Leiter ging zu der Frau, die links außen vor einem der Notebooks saß, und blickte ihr über die Schulter.

»Auf der Karte sind Fotos«, berichtete die Frau und tippte mit dem Zeigefinger auf das Touchpad des Notebooks. Auf dem Monitor erschien ein Foto, das ein altes, herrschaftliches Gutshaus zeigte, vor dessen Eingang zwei große Fässer mit der Aufschrift *Olio extra vergine di oliva – San Pietro* standen. Die Frau tippte erneut auf das Touchpad, um eine Diashow zu starten. In regelmäßigen Abständen erschien ein neues Foto. Und immer war der Ablauf der Motive derselbe. Zunächst gab es ein Foto, auf dem der ganze Vorplatz vor dem Gebäude zu sehen war. Dann folgten Bilder, die Gesichter und Autokennzeichen in Großaufnahme zeigten. Den eingeblendeten Daten und Uhrzeiten zufolge waren diese Serien in den letzten fünf Tagen entstanden. Seit fünf Tagen war das Ferienhaus bewohnt.

»Nicht gerade die üblichen Urlaubsmotive«, bemerkte Vasari.

Bardi nickte. »Das ist das Gut der Vallones. Sie verkaufen dort ihr Olivenöl.«

»Vallone, ist das nicht der Name der Vermieter des Ferienhauses?«

Bardi nickte. »Marco Vallone hat nach dem Tod seines Vaters vor knapp einem halben Jahr das Gut und die Ländereien mitsamt der *Casa del Colono* geerbt. Er weilt zurzeit auf einem Kongress in Mailand.«

»Sind Sie allwissend?«, fragte Vasari mit einer Mischung aus Spott und Anerkennung.

»Zumindest was San Pietro und seine Bewohner angeht«, erwiderte Bardi und grinste.

»Was ist an den Vallones so besonders, dass jemand seinen Urlaub damit verbringt, ihr Gut und deren Besucher zu fotografieren?«, fragte Vasari.

»Vielleicht waren die beiden nicht zum Vergnügen hier«, mutmaßte Bardi.

Vasari ließ ein zustimmendes »Mhm« vernehmen. »Die Vallones, was sind das für Leute?«

Bardi überlegte. Die Vallones gehörten zu den wenigen Einwohnern San Pietros, über die er nicht wirklich viel wusste. Natürlich traf man sich ab und zu auf der Straße und wechselte freundlich ein paar Belanglosigkeiten, aber ein tiefer gehendes Gespräch hatte Bardi weder mit dem alten Vallone oder dessen Frau noch mit seinem Sohn Marco je geführt.

»Soweit ich weiß, kam der alte Vallone Anfang der Fünzigerjahre als Saisonkraft für die Olivenernte nach San Pietro. Er verliebte sich in Elena, die Tochter des Olivenbauers Donati, und heiratete sie Ende der Fünfziger. Elena starb bald darauf bei der Geburt eines Sohnes, der tot zur Welt kam. Da Elena das einzige Kind der Donatis war, erbte Vallone deren Olivenhaine.«

»Wäre der Weinanbau nicht gewinnträchtiger?«, warf Vasari ein.

»Heutzutage schon. Aber damals, vor über fünfzig Jahren, galt der Chianti als Tafelwein von minderer Qualität«, erklärte Bardi. »Jedenfalls blieb Vallone im Olivenbusiness, und es scheint der Familie auch nicht schlecht zu gehen. Immerhin konnten sie es sich stets leisten, lukrative Kaufangebote für ihre Böden abzulehnen.«

Vasari nickte langsam und nachdenklich.

»Später hat der alte Vallone wieder geheiratet: Sara, über zwanzig Jahre jünger als er. Das Ergebnis dieser späten Ehe ist

Marco Vallone, der seit dem Tod seines Vaters die Geschäfte führt. Ein intelligenter Bursche, hat in Rom und Zürich Wirtschaft studiert und ist nebenbei noch dick im Immobiliengeschäft. Als Jugendlicher war er Torjäger des hiesigen Fußballklubs, und wenn man den Worten unseres Barbiers glauben schenken darf, stand er kurz vor einem Probetraining beim AC Florenz. Lässt sich allerdings selten in der Stadt sehen. Seine Verlobte Celia hält es ebenso. Sie müssen mittlerweile schon über ein Jahr verlobt sein, und ich habe Celia bisher nur aus der Entfernung gesehen. Wie man hört, stammt sie aus dem Piemont. Die Leute hier nennen Celia ›Traubenärztin‹. Also scheint sie Önologin zu sein. Mehr weiß ich leider nicht zu berichten.«

»Das ist doch schon eine ganze Menge«, erwiderte Vasari, und Bardi fühlte sich geschmeichelt.

»Ich sehe nur leider keinen Zusammenhang mit dem Mord an der Deutschen«, sagte Bardi nach einer Weile.

»Dennoch haben die Tote und ihr Begleiter sich offensichtlich für die Vallones oder zumindest ihr Gut interessiert.«

»Vielleicht wollten auch sie den Vallones das Gut mitsamt den dazugehörigen Ländereien abkaufen«, überlegte Bardi laut.

»Dem alten Auto und der Kleidung im Haus nach zu urteilen, fehlten den beiden dazu die finanziellen Mittel«, antwortete Vasari zweifelnd und blickte auf ihre Uhr. »Gibt es hier ein gutes, nicht allzu teures Restaurant?«

Bardi nickte. »Ristorante Bardi. Einfache, aber gute Küche, und völlig umsonst.«

Vasari verstand erst nicht, dann aber zeigte sie Bardi ihr bezauberndes Lächeln. »Hört sich gut an.«

14. Kapitel

Als Bardi und Vasari vor der Wache hielten, herrschte dort ein heilloses Durcheinander. Vor der Treppe zum Eingang stand ein Container, aus dem alte Möbel, Elektroschrott und Teppichböden quollen. Ab und zu landete krachend neuer Abfall darin, der aus einem offenen Fenster in der ersten Etage geworfen wurde. Ein älterer Herr im Blaumann, den Bardi erst auf den zweiten Blick als Signora van Laaks Gatten Karl identifizierte, stand an einer kreischenden Kreissäge und schnitt Spanholzplatten zu. Aus dem Haus, in dem sich die Wache befand, drangen schwere Hammerschläge und die jaulenden Geräusche einer hochtourig laufenden Schlagbohrmaschine.

»Fragen Sie nicht«, sagte Bardi, stieg aus und hielt Commissaria Vasari galant die Autotür auf. Der Lärm war so ohrenbetäubend, dass sogar Momo, die sonst überhaupt nicht furchtsame Katze des Pfarrers, ängstlich um Bardis Beine strich.

An der Tür zur Wache kam ihnen Bardis Assistent Emanuele entgegen. Er konnte vor Aufregung kaum sprechen. »Ein Fax von Vice Commissario Meister, und der Junge hat sich in der Abstellkammer verschanzt, als er mich gesehen hat. Ich weiß auch nicht, warum.«

»Eins nach dem anderen«, beruhigte Bardi seinen Assistenten und trat in die Wache, in der ein schlanker, mittelalter

Mann mit einem Schnauzer gegen die Tür zur Abstellkammer klopfte, mal laut drohend und in der nächsten Sekunde leise flehend. Zwar verstand Bardi kein Wort, doch es musste sich um Arabisch handeln. Als der Mann Bardis Gegenwart wahrnahm, hörte er zu klopfen auf und streckte dem Capitano zaghaft die Hand entgegen.

»Das ist Signor al-Salih«, erklärte Emanuele.

Bardi ergriff die Hand des Fremden, der daraufhin seine Hand kraftvoll schüttelte. »Danke, danke, danke.«

Bardi nickte lächelnd und tätschelte dem Syrer mit der freien Hand in einer unbeholfenen Geste die Schulter. »Was ist mit Ihrem Sohn?«

Signor al-Salih verstand, was er meinte und machte ein bekümmertes Gesicht.

Bardi überlegte kurz, dann schickte er die anderen ins Treppenhaus. Er selbst verließ die Wache kurz, um wenig später mit der Katze Momo auf dem Arm zurückzukommen. Momo, die sonst nie in die Wache durfte, konnte ihr Glück kaum fassen und miaute, als Bardi sie vor der Tür zur Abstellkammer absetzte. Es dauerte keine Minute, bis hinter der Tür ein raschelndes Geräusch zu vernehmen war. Momo vernahm das Geräusch ebenfalls, kratzte mit den Pfoten an der Tür und miaute neugierig. Schließlich ging die Tür ein wenig auf und der Junge, den Emanuele am Vortag fast überfahren hätte, steckte vorsichtig seinen Kopf durch den Spalt.

Bardi blieb ruhig und lächelte so freundlich, wie er konnte. Der Junge musterte ihn ängstlich, dann überwog aber die Freude über Momo, die sich an seine Beine schmiegte. Der Junge ging in die Hocke und streichelte die Katze.

Bardi nahm an, dass der Junge einen leichten Schock erlitten hatte, als Emanuele mit dem Dienstwagen auf ihn zugeschossen gekommen war. An das, was der Junge möglicherweise im syrischen Bürgerkrieg erlebt hatte, wagte Bardi gar nicht erst zu denken. Wahrscheinlich hätte der Junge psychologische Betreuung benötigt. Bardi wusste nicht, ob derlei für Kriegsflüchtlinge überhaupt vorgesehen war. Aber er beschloss, diesen Gedanken im Hinterkopf zu behalten.

Bardi trat langsam an den Schreibtisch und holte eine angebrochene Rolle Pfefferminzbonbons aus der Schublade. Er streckte dem Jungen die Rolle hin und nickte ihm auffordernd zu. Zögernd kam der Junge näher. Bardi gab ihm eines der Bonbons, das der Junge sofort in den Mund steckte.

»Ich bin Capitano Bardi. Aber du kannst mich auch Giulio nennen«, sagte er freundlich. »Wie heißt du?«

Der Junge musterte Bardi, während er das Bonbon von einer Backe in die andere schob, um es dann krachend zu zerbeißen. »Omar«, sagte er schließlich und lächelte.

»Willkommen in San Pietro, Omar.«

Jetzt trauten auch die anderen sich wieder hinein. Als Omar jedoch Emanuele entdeckte, machte er einen Satz zurück, aber Bardi legte ihm schnell einen Arm um die Schulter. »Das ist Emanuele. Der einzige Carabiniere, der keiner Fliege etwas zuleide tun kann.«

Obwohl Omar kein Wort verstand, blieb er jetzt ruhig und traute sich, Emanuele die Hand zu schütteln. Sein Vater nahm Omar sanft in den Arm und führte ihn zum Treppenhaus. Als sie an Bardi vorbeikamen, sagte Signor al-Salih leise: »Grazie.«

Bardi zwinkerte Omar zu. »Non c'è di che«, antwortete er dem Vater – *nichts zu danken*. Er schaute Vater und Sohn hinterher, bis sie im Treppenhaus verschwunden waren, wo sie zwei fluchenden und schwitzenden Möbelpackern nach oben folgten.

Dann scheuchte er Momo aus der Wache und wandte sich Emanuele zu.

»Du hast vorhin ein Fax erwähnt.«

Emanuele überlegte kurz. Sein Gesicht lief vor Verlegenheit rot an.

»Wo habe ich es nur abgelegt?«

Emanuele kramte hektisch zwischen den Akten auf seinem Schreibtisch herum. Schließlich fischte er ein Papier heraus, seufzte erleichtert und reichte es Bardi.

Dieser überflog es kurz und reichte es an Vasari weiter. »Das ist an Sie gerichtet.«

15. Kapitel

Während Bardi in seiner Wohnküche Spaghetti kochte und in der Pfanne Butter zergehen ließ, unterhielt er sich durch die geöffnete Terrassentür mit Vasari, die es sich auf einem der Stühle bequem gemacht hatte. Den Chianti, den er ihr mehrfach angeboten hatte, hatte sie ebenso freundlich wie – für Bardis Ohren – etwas zu resolut mit dem Hinweis, sie sei im Dienst, abgelehnt. Bardi hatte diese Aussage in seiner gesamten Laufbahn noch nicht gehört. Schon gar nicht zur Mittagszeit wegen eines Weines. Und er hatte noch nie Italiener erlebt, die betrunken vom Mittagstisch aufgestanden wären.

»Endlich Ruhe!«, rief Bardi.

Die zwanzig Euro, mit denen er die Handwerker mitsamt der Familie al-Salih bestochen hatte, damit sie sich in der kleinen Trattoria, die der Gemüsehändler Mirri neben seinem Hauptgeschäft betrieb, einen kleinen Imbiss leisten konnten, waren eine gute Investition gewesen.

Während Bardi ein paar aromatisch duftende Salbeiblätter, die er frisch aus einem Topf gezupft hatte, der am sonnigsten Platz seiner Terrasse auf einem alten Hocker stand, in der leicht bräunlichen Butter anbriet, berichtete Vasari ihm, was auf dem Fax stand, das Meister ihr geschickt hatte.

»Die Obduktion der Toten hat ergeben, dass sie infolge des Kopfschusses gestorben ist.«

»Für diese Schlussfolgerung hätte es keiner Obduktion bedurft«, rief Bardi aus der Wohnküche und vermischte die Nudeln mit dem Salbei.

»Aber das hier ist interessant«, fuhr Vasari unbeirrt fort. »Die Tote hatte, kurz bevor sie erschossen wurde, Geschlechtsverkehr. Und es ist fraglich, ob dieser einvernehmlich stattfand …«

»Vergewaltigung also?«, fragte Bardi, rieb viel Parmesan über die Nudeln und würzte mit etwas Meersalz und Pfeffer nach.

»Zumindest lassen Risse im Anus und kleine Hämatome an den Innenseiten der Beine darauf schließen. Außerdem gibt es Fesselungsmale an den Handgelenken. Unter dem Bett fanden sich Tücher, die wahrscheinlich dazu verwendet wurden. Die Gerichtsmedizin hat einen Abstrich der Scheide vorgenommen und Spermaspuren sichergestellt.«

Bardi verteilte zwei großzügige Portionen auf Pastatellern und brachte diese auf die Terrasse.

»Aber welcher Vergewaltiger erschießt sein Opfer?«, bemerkte Bardi, während er sich setzte und mit den Handflächen den Duft der frischen Pasta in seine Nase fächerte.

»Stimmt.« Vasari tat es ihm mit genießerischem Gesichtsausdruck gleich. »Sofern man von einer üblichen Vorgehensweise sprechen kann, neigen Vergewaltiger dazu, ihre Opfer mit den bloßen Händen umzubringen. Also durch Erwürgen oder Ersticken. Aber das heißt nicht …«

»Ich halte Morena weiterhin für unschuldig. Der ist doch scheu wie ein Rehkitz«, unterbrach Bardi sie freundlich. »Er mag sich äußerst dumm verhalten und eine ausgeprägte voyeuristische Ader besitzen, aber Vergewaltigung und Mord mit einer Schusswaffe – das passt nicht. Zumal keine Schusswaffe bei ihm gefunden wurde.«

»Ihre Menschenkenntnis in allen Ehren, aber das werden wir erst wissen, wenn der DNA-Test vorliegt …« Vasaris Stimme klang ungewollt barsch. Um die Situation zu entschärfen, schob sie hinterher: »… köstlich. Die einfachen Gerichte sind immer noch die besten.«

Für einen Augenblick lag Spannung in der Luft. Aber dann hatte Vasaris Gesicht erneut einen solch genüsslichen Ausdruck, während sie ihre Gabel auf dem Teller drehte, dass es Bardi warm ums Herz wurde.

»Apropos Schusswaffe …«, Vasari schob das Blatt etwas weiter in die Mitte des Tisches, damit sie den letzten Absatz des Faxes lesen konnte, »… bei der Tatwaffe handelt es sich um eine Beretta 92, neun Millimeter.«

»Die gibt es wie Sand am Meer«, warf Bardi ein. »Meine Dienstwaffe ist vom gleichen Typ.«

Vasari nickte. »Und die Mordwaffe ist nicht in unserer Datenbank gespeichert.«

Sie schob einen Bissen Spaghetti in den Mund und reckte ihr Gesicht mit geschlossenen Augen gen Sonne.

»Eigentlich ist ein solcher Tag viel zu schade, um ihn mit polizeilichen Ermittlungen zu verbringen«, bemerkte Bardi.

Vasari nickte seufzend. »Leider richten sich Mörder nicht nach der Jahreszeit.«

Bardi betrachtete über sein Weinglas hinweg Vasari. Ihr Gesicht wies erste Fältchen auf. Aber diese Reife stand ihr gut. Als sie plötzlich die Augen öffnete, konnte Bardi nicht schnell genug wegschauen.

Vasari blickte ihn ihrerseits forschend an. »Ihrem Akzent nach stammen Sie nicht aus Norditalien.«

Sofort spürte Bardi diesen verdammten Minderwertigkeitskomplex, der ihn jedes Mal überfiel, wenn jemand bemerkte, dass er aus dem Süden stammte – oder noch viel schlimmer: aus Sizilien. Dabei hatte sich sein sizilianischer Zungenschlag im

Laufe der Jahre so weit abgeschliffen, dass jemand schon sehr genau hinhören musste, um festzustellen, woher Bardi stammte.

»Ursprünglich komme ich aus einem kleinen sizilianischen Ort namens Mistretta – oder Mistrettesi, wie die Einwohner es nennen.«

»Mein Großvater mütterlicherseits stammte aus Catania«, warf Vasari ein. »Schöne Gegend, wenn bloß all die Probleme nicht wären.« Vasari seufzte. Dann schenkte sie Bardi ihr umwerfendes Lächeln. »Wie lange leben Sie schon hier in San Pietro?«

Bardi musste nachrechnen und kam zu einem auch für ihn überraschenden Ergebnis. »Seit ziemlich genau elf Jahren. Aber es kommt mir vor, als wäre ich erst vorigen Monat hierhergezogen.«

»Geht mir genauso. Aber ich bin ja auch erst seit acht Monaten in Florenz.«

»Wo haben Sie vorher gearbeitet?«

»Mailand«, antwortete Vasari so knapp und kategorisch, dass Bardi nicht weiter zu fragen wagte. Ein wunder Punkt. Dafür hatte er Verständnis. Denn schließlich gab es auch in seinem Leben mehr als genug davon.

Vasaris *Telefonino* klingelte. Wie Bardi Vasaris Entgegnungen entnehmen konnte, wartete Meister unten in der Wache und hatte Neuigkeiten. Er hoffte, dass es diesmal bessere Nachrichten waren als am Morgen. Bevor Vasari das Gespräch beendete, bat sie Meister, sich noch ein paar Minuten zu gedulden. Dann widmete sie sich wieder ihrem Essen.

»Neuigkeiten?«, fragte Bardi beiläufig zwischen zwei Happen.

Vasari nickte. »Ein weiterer Zeuge.«

16. Kapitel

Als Bardi gefolgt von Vasari die Wache betrat, saß Meister auf Bardis Platz und Emanuele, der hinter ihm stand, schaute Vasaris Assistenten gebannt über die Schulter. Bardi sah, wie Meister mit den Fingern Wischbewegungen auf dem Display seines *Telefonino* vollführte. Alle Sinne der beiden jungen Männer waren so von dem technischen Gerät eingenommen, dass sie Bardis und Vasaris Kommen zunächst nicht wahrnahmen.

Schließlich räusperte Bardi sich, und Meister schoss so schnell in die Höhe, als handele es sich bei Bardis Bürosessel um einen elektrischen Stuhl.

»Das macht er bei mir nie«, bemerkte Vasari mit einem Augenzwinkern in Bardis Richtung.

»Das neue iPhone«, erklärte Emanuele ehrfurchtsvoll, und Bardi zuckte gleichgültig mit den Schultern.

»Dann erzählen Sie mal von diesem Zeugen«, sagte Vasari.

Vorsichtig, als handele es sich um ein rohes Ei, steckte Meister das *Telefonino* in die Innentasche seines Jacketts. Dann wandte er sich Vasari zu. »Heute Vormittag, kurz nachdem Sie gegangen waren, tauchte am Tatort ein Mann auf, seines Zeichens wohl Schäfer. Er berichtete, dass er gestern Mittag seine Schafe auf einer Wiese unweit der *Casa del Colono* weiden ließ, als er einen Knall hörte, der aus der Richtung des Ferienhauses kam.«

»Der Schuss«, warf Bardi ein.

Meister nickte. »Der Schäfer konnte zwar keine genaue Zeit nennen, aber es muss der Schuss gewesen sein. Er ist jedenfalls auf eine kleine Anhöhe geklettert, von der er einen Teil des Dachs des Hauses sowie die Straße dahinter sehen konnte. Er konnte gerade noch sehen, wie eine dunkle Limousine mit getönten Scheiben, seiner Aussage nach ein BMW oder ein Audi, mit hoher Geschwindigkeit davonfuhr.«

»Das entlastet Morena«, bemerkte Bardi.

»Seine Unschuld beweist das aber auch nicht«, entgegnete Vasari. »Konnte dieser Schäfer das Kennzeichen erkennen?«

Meister schüttelte den Kopf.

»In welche Richtung fuhr die Limousine?«, wollte Bardi wissen.

»Nicht in Richtung San Pietro«, erwiderte Meister. »Es kann also nicht der Wagen mit dem römischen Kennzeichen gewesen sein, dem Morena auf dem Weg nach San Pietro begegnet ist.«

Ein Gedankenblitz streifte Bardi. Aber er konnte ihn nicht fassen. »Die Straße führt weiter durchs Chianti-Tal und stößt schließlich auf die A 1«, erklärte Bardi. Aber das war es nicht, was dieser kurze Impuls seiner neuronalen Bahnen bewirkt hatte.

»Ist dem Zeugen sonst noch etwas aufgefallen?«, fragte Vasari.

»Nein. Kurz darauf verlangte wohl eines seiner Schäflein, das sich in einem alten Stacheldrahtzaun verfangen hatte, seine ganze Aufmerksamkeit.«

»Dann wird es Zeit, sich zu verabschieden.« Vasari gab Bardi die Hand. Wieder entlud sich eine kurze elektrische Spannung. »Vielen Dank für das hervorragende Essen und Ihre und

Tornados nette Gesellschaft. Vielleicht kann ich mich einmal revanchieren.«

Bardi hielt ihre Hand etwas länger fest, als es sich ziemte. »Das wäre toll«, antwortete er. »Tornado mag gerne Karotten.«

Vasari lachte und winkte Meister hinter sich her. An der Tür drehte sie sich noch einmal um. »Ich halte Sie auf dem Laufenden.«

Bardi blickte noch einige Sekunden neidvoll auf die Tür, die langsam und quietschend zufiel, dann setzte er sich an seinen Schreibtisch, auf dem ein umfangreicher Fragebogen des Innenministeriums zur Straßensicherheit in den Gemeinden wartete. Emanuele tat es seinem Chef gleich. Auf ihn wartete ein Lehrbuch zum öffentlichen Recht. Ende Juni war seine Laufbahnprüfung zum Brigadiere.

»Verdient man bei der Kriminalpolizei viel?«, fragte Emanuele, nachdem er ein paar Minuten lustlos in seinem Buch gelesen hatte.

»Schau dir die Besoldungstabellen im Internet an«, antwortete Bardi, in den Fragebogen vertieft, sah dann aber auf. »Willst du umsatteln?«

Emanuele überlegte kurz. Dann lächelte er. »Nein. Das wäre mir zu stressig.«

Bardi war froh über diese realistische Selbsteinschätzung seines Assistenten. »Wie teuer ist denn solch ein iPhone?«

»Auf jeden Fall zu teuer für einen einfachen Carabiniere wie mich.«

»Geld ist nicht alles, und viel mehr als telefonieren kann man mit einem iPhone auch nicht.«

»Sie haben keine Ahnung«, rutschte es Emanuele heraus.

»Ich muss auch nicht jeden technischen Quatsch mitmachen.«

»Ein iPhone ist eher eine Art von Lebenseinstellung«, versuchte Emanuele zu erklären.

»Oh Gott, wenn ihr jungen Leute euch einzig und allein über ein *Telefonino* definiert, wird mir angst und bange.«

»Ein iPhone ist kein *Telefonino*«, erwiderte Emanuele trotzig.

»Dann bin ich beruhigt«, sagte Bardi und wandte sich mit einer ausladenden Handbewegung dem Fragebogen zu.

Der Nachmittag verlief ruhig, nur ab und zu wurden Bardi und Emanuele durch Gepolter von oben aus ihrer Konzentration gerissen. Um Punkt siebzehn Uhr steckte Bardi den Fragebogen in den Rücksendeumschlag und Emanuele klappte sein Buch zu. Wie immer verabschiedete sich Emanuele mit einem kurzen »A presto«.

Und wie immer antwortete Bardi mit »Buon viaggio«. Denn eine kleine Reise hatte Emanuele vor sich. Immerhin lag Florenz zwar nur knapp über zwanzig Kilometer entfernt, jedoch durfte Emanuele mit seiner alten, schwach motorisierten Vespa nicht die Autobahn benutzen.

Bardi schloss die Eingangstür ab und machte es sich auf seinem Bürosessel bequem, verschränkte die Arme hinter seinem Kopf und ließ den Tag Revue passieren. Zunächst dachte er an Morena, den immer noch Hauptverdächtigen im Fall der ermordeten Deutschen. Obwohl Morena sich sehr dumm angestellt hatte, tat Bardi der Dichter leid. Morena hatte am Morgen, als er bei der Entrümpelung geholfen hatte, so glücklich gewirkt. Endlich schien er in der Gemeinschaft des kleinen Städtchens angekommen zu sein. Bardi hoffte, dass dieses zarte Pflänzchen nicht durch die Ermittlungen der Florenzer Kriminalpolizei zertrampelt werden würde.

Womit seine Gedanken bei der schönen Commissaria Vasari anlangten. Ein wohliger Schauer durchfuhr ihn dabei. Bardi überlegte, wann er zuletzt eine Frau so begehrt hatte. Er musste lange nachdenken. Bis auf einen Urlaubsflirt mit einer Belgierin auf Madeira vor drei Jahren hatte er nach seiner kurzen Ehe keine Liebschaften gehabt.

Wenn er es sich recht überlegte, war Beatrice Vasari die erste Frau, die er in seine kleinen Gemächer zum Essen eingeladen hatte.

Jäh wurde er durch ein Klopfen aus seinen süßen Gedanken gerissen.

Ehe er ›Herein‹ rufen konnte, wurde die Tür zum Treppenhaus geöffnet und Signora van Laak streckte ihren Kopf herein. »Kommen Sie, Capitano. Die Familie al-Salih lädt Sie herzlich zu einem Abendessen in ihre neue Wohnung ein. Sie werden überrascht sein: Die Handwerker und alle anderen haben wahre Wunder bewirkt.«

17. Kapitel

Signora van Laak hatte nicht zu viel versprochen: Die Räumlichkeiten in der ersten Etage waren nicht wiederzuerkennen. Vom Gerümpel befreit wirkten die Zimmer größer, als Bardi sie in Erinnerung hatte.

»Und morgen wird meine Wohnung renoviert«, bemerkte er scherzhaft, als er das kleine Bad begutachtete, das ein neues Waschbecken und eine neue Duschkabine erhalten hatte.

»Und das alles an einem Tag«, sagte die Grundschullehrerin, Signora Benigni, mit Stolz in der Stimme, und ihr Sohn Alberto nickte zustimmend.

»Was mal wieder beweist: Wenn wir San Pietroer uns etwas in den Kopf setzen, dann schaffen wir das auch«, rief Karl van Laak aus dem Wohnzimmer.

»Sie zählen sich also zu den San Pietroern?«, warf Alberto Benigni lachend ein.

»Jeder, der hier lebt, ist ein San Pietroer«, sagte Bardi, und alle nickten.

»Wo bleibt denn Signor Morena?«, fragte Signora van Laak Bardi. »Wir alle würden uns freuen, wenn er ein wenig mitfeiern würde. Schließlich hat er heute Morgen kräftig mit angepackt.«

»Morena musste in Florenz bleiben«, erwiderte Bardi knapp.

»Er ist doch nicht etwa verdächtig?«, fragte Signora van Laak ungläubig.

»Nein. Nein«, erklärte Bardi schnell, »seine Zeugenaussage ist sehr wichtig.«

»Na dann.« Signora van Laak schien nicht recht überzeugt. Dennoch bat sie Bardi lächelnd in den neuen Wohnraum.

Im kleinen Wohnzimmer saß auf einem Teppich die Familie al-Salih, bestehend aus Signor und Signora al-Salih, Omar und dessen zweijähriger Schwester Zaira, neben der des Gemüsehändlers Mirri, der mit Stefano und Leandro Zwillinge in Omars Alter hatte. Der lebhaftere Leandro und Omar unterhielten sich mit Händen und Füßen über Fußball. In der Mitte standen Platten mit levantinischen Köstlichkeiten. Es gab Kichererbsenpüree, Reis, Auberginenmus, gefüllte Weinblätter, gegrilltes Lamm, Weintrauben und Granatäpfel.

Alberto stellte Bardi eine junge Frau vor. »Das ist Nihal, eine ehemalige Kommilitonin von mir. Ihre Mutter stammt aus dem Libanon. Deshalb spricht sie Arabisch.«

Bardi schüttelte der jungen Frau mit den ernsten dunklen Augen erfreut die Hand.

Dann setzte er sich neben Signor al-Salih und kostete mit großem Genuss alle Speisen, wobei manche ihn an seine sizilianische Heimat erinnerten, die im frühen Mittelalter über zwei Jahrhunderte unter arabischer Herrschaft gestanden hatte.

Plötzlich waren im Treppenhaus Schritte und Stimmen zu hören. Kurz darauf wurde die Tür zum Wohnzimmer aufgestoßen, und bevor irgendjemand reagieren konnte, standen Bürgermeister Tavano und Jonny Ugo in der Mitte des Raumes. Tavano nötigte mit feierlicher Miene Signor al-Salih, sich zu erheben, ergriff dessen Hand und präsentierte ihm mit einem strahlenden Lächeln eine Flasche Rotwein. Der Reporter wieselte um die beiden herum und schoss ein paar Fotos. Kaum waren die Fotos im Kasten, drückte Tavano dem offensichtlich verdutzten Signor al-Salih die Flasche in die Hände und verabschiedete sich. Für eine Weile herrschte betretenes Schweigen. Doch dann musste Bardi über diese absurde Situation dermaßen lachen, dass er alle ansteckte.

»Dass unser lieber Bürgermeister ein Banause ist, wissen wir ja schon lange, aber eine solche Dummheit hätte ich ihm nun wirklich nicht zugetraut«, rief Signora van Laak, nachdem sich alle wieder einigermaßen beruhigt hatten. »Weiß der denn nicht, dass die al-Salihs Moslems sind?«

»So eine Frechheit.« Kopfschüttelnd besah Bardi sich das Etikett des Weines und prustete sofort wieder los. »Ein Vinul sowieso aus Rumänien, ohne Jahresangabe.«

»Wahrscheinlich aus dem Discounter an der SP 16. Kostenpunkt geschätzte 1,99 Euro«, warf Alberto Benigni ein.

»Du kennst dich mit Weinen gut aus«, neckte ihn Nihal, und wieder lachten alle.

Nachdem es zum Abschluss arabischen Kaffee gab, der nach Kardamom und Muskat roch, stand Signor al-Salih auf und hielt eine kurze Ansprache. Nihal übersetzte, Signor al-Salih bedanke sich bei den netten Menschen von San Pietro für ihre Gastfreundschaft und Menschlichkeit. Zum Ende seiner Rede wandte er sich Bardi zu, den er ›Kapitän‹ nannte und auf dessen Schiff seine Familie nun angeheuert habe. Bardi bedankte sich, indem er ebenfalls aufstand und al-Salih freundschaftlich umarmte.

Der Araber erwiderte diese Geste, doch Bardi fühlte eine immerwährende Trauer.

Signor al-Salih beugte sich zu Nihal hinüber und sprach leise mit ihr, wobei er Bardi im Blick behielt. Schließlich wandte sich Nihal nickend Bardi zu.

»Signor al-Salih möchte Ihnen etwas zeigen.«

Bardi nickte und al-Salih winkte ihm, in den Nebenraum zu folgen. Das kleine Zimmer war in ein provisorisches Schlafzimmer umgewandelt worden. Auf dem Boden lagen vier Matratzen. Hinter der Tür hatte ein Kleiderständer Platz gefunden und unter dem Fenster standen zwei große Kunststoffkoffer, denen man die lange Reise ansah. Signor al-Salih klappte einen der Koffer auf und holte einen Fotoumschlag hervor, wie man ihn bekam, wenn man im Drogeriemarkt Fotos ausdrucken ließ. Zögernd reichte er Bardi den Umschlag.

Bardi nahm die Fotos heraus.

»Die hat Signor al-Salih in seiner Heimatstadt aufgenommen«, erklärte Nihal. »Er ist Fotograf und besaß dort ein kleines Fotogeschäft.«

Die ersten Fotos zeigten eine Strandpromenade mit Palmen. Glücklich aussehende Menschen flanierten vor der Linse. Auf einem Foto erkannte Bardi Omar mit einem Eis in der Hand. Der Junge schnitt dabei eine lustige Grimasse und wirkte kein bisschen verängstigt.

»Das war vor zwei Jahren, als der Bürgerkrieg die Heimatstadt der al-Salihs noch nicht erreicht hatte«, übersetzte Nihal Signor al-Salihs erklärende Worte.

Der Kontrast, den die nächsten Fotos zeigten, hätte nicht größer sein können. Bardi sah zerstörte Häuser. Autowracks. Die zerfetzten Leichen einer Familie auf der Promenade. Ungefähr an der Stelle, an der Omar sein Eis gegessen hatte. Dann folgten Fotos, die aus dem Obergeschoss eines Hauses mit einem Teleobjektiv aufgenommen worden waren. Sie zeigten Soldaten, die mit ihren Maschinenpistolen in eine Menge von Demonstranten feuerten. Bardi sah das Blut der Getroffenen spritzen. Zornige und zugleich ängstliche Gesichter.

Signor al-Salih sprach mit leiser, zittriger Stimme. Als Bardi aufblickte, sah er die gleiche Mischung aus Zorn und Angst, in die sich bei al-Salih aber noch Trauer mischte.

»Diese Bilder hat Signor al-Salih heimlich aus seiner Wohnung aufgenommen, die sich über seinem Laden befand«, sagte Nihal.

Signor al-Salih deutete auf die toten Demonstranten, unter denen manche noch halbe Kinder waren. Er sprach jetzt lauter, was die gutturalen Laute seines Arabischs sehr betonte.

Bardi sah Nihal fragend an.

»Signor al-Salih sagt, dass er lieber ein Gewehr gehabt hätte statt seines Fotoapparates. Dann hätte er vielleicht das Leben einiger dieser armen, mutigen Menschen retten können.«

»Das kann ich gut verstehen. Aber dann wären er und seine Familie nicht hier in Sicherheit.«

Nihal dolmetschte Bardis Worte. Signor al-Salih schüttelte zornig den Kopf, während er sprach. Seine Worte klangen resigniert.

»Er meint, dass ohnehin ein Teil seiner Familie gestorben ist. Bardi solle doch nur Omar anschauen. Er ist kein glücklicher zwölfjähriger Junge, weil er schon mehr Leid ansehen musste als ein Greis.«

Bardi nickte seufzend. »Sagen Sie Signor al-Salih, dass wir alles tun werden, damit Omar ein glücklicher großer Junge wird.«

Er schaute noch einmal auf die Fotos. Sie hatten irgendetwas in seinem Gehirn ausgelöst. Neben all den Gefühlen von Abscheu, Mitleid und Zorn, die er beim Anblick des Leids fühlte. Plötzlich war der Gedanke klar und deutlich. Er hatte heute zum zweiten Mal Fotos gesehen, die heimlich mit einem Teleobjektiv aufgenommen worden waren: einmal aus al-Salihs Wohnung und das andere Mal von einem der Hügel über dem Gut der Vallones.

Vielleicht war nicht so sehr die Frage interessant, was die Fotos auf der SD-Karte zeigten, die zwischen den Dielen des Ferienhauses versteckt gewesen war, sondern die Frage, von wo aus sie aufgenommen worden waren. Der Perspektive nach zu urteilen, war es immer derselbe Ort gewesen, und Bardi wusste auch, wo sich dieser Platz befand.

18. Kapitel

In dieser Nacht schlief Bardi erneut schlecht. Aber immerhin blieb er von dem schlimmsten aller Albträume verschont. Das Trauma blieb hinter dem Vorhang: kein Junge, keine Hand, keine Explosion …

Im Traum dieser Nacht mischten sich die Bilder der erschossenen Demonstranten mit dem der ermordeten Touristin. Bardi sah sich in einer orientalischen Stadt durch Blut waten, bis er schließlich zu einem Haus kam, das der *Casa del Colono* frappierend ähnlich sah. Es folgte ein harter Schnitt, und Bardi sah sich neben der Toten auf dem Bett sitzen, ihren Kopf in seinem Schoß. Das Blut aus ihrer Wunde rann ihm durch die Finger. Er drehte ihren Kopf um und blickte in das schöne Gesicht von Commissaria Vasari. Ihre leblosen Augen blickten ihn vorwurfsvoll an. Als das Signal seines Weckers ihn um halb fünf am Morgen aus diesen Albträumen riss, war Bardi fast dankbar, wenngleich er noch müde war. Sein erster Gedanke galt Commissaria Vasaris rotem Haar. Ein direkter Nachklang des Traumes. Bardi richtete sich gähnend auf, rieb sich mit den Händen das Gesicht, blickte aus dem Fenster in die dunkle Nacht und fragte sich, was der Traum wohl zu bedeuten hatte.

Vielleicht sollte er sich in nächster Zeit einmal ein Buch von Sigmund Freud zulegen, dachte Bardi, als er ins Bad schlurfte. Aber eigentlich hielt er von diesem Psychoquatsch wenig. Jedenfalls hatten die Besuche beim Psychologen ihm damals auch nicht helfen können, das Trauma seiner Schuld loszuwerden.

Bardi duschte kalt, um schnell wach zu werden. Während der frisch gemahlene Kaffee durch den Filter lief, briet er zwei Spiegeleier, die er mit etwas Basilikum verfeinerte.

Nachdem er gefrühstückt hatte, befestigte er das Holster mit einem Clip am Hosenbund, überprüfte seine Dienstwaffe, zog einen dünnen Pullover und eine Windjacke über, steckte Handschellen ein und verließ seine Wohnung.

Auf Zehenspitzen – um seine neuen Nachbarn nicht zu wecken – stieg er die Treppe bis zum Keller hinunter. Dort stand das Mountainbike, das Bardi sich im vorigen Sommer zugelegt hatte, um etwas für seine Fitness zu tun. Leider hatte er immer wieder Ausreden gefunden, damit er das Fahrrad nicht regelmäßig benutzen musste. Jetzt jedoch konnte es ihm gute Dienste erweisen.

Das Gut der Vallones lag in einem kleinen Tal hinter dem Hügel, auf dem sich die *Casa del Colono* befand. Der Weg zum Gut war derselbe wie zum Ferienhaus. Obwohl er eine akkubetriebene Lampe am Lenker seines Mountainbikes montiert hatte, musste Bardi aufpassen, dass er keine Kurve verpasste. Er passierte die Zufahrt zur *Casa del Colono*, die immer noch mit Flatterband abgesperrt war.

Der Weg schlängelte sich jetzt bergan durch die Olivenhaine. Schließlich erreichte Bardi den Gipfel der Hügelkette. Wenn er mit seiner Vermutung richtiglag, befand sich der Ort, von dem aus die Fotos vom Gut der Vallones geschossen worden waren, nur ein paar Hundert Meter entfernt.

Er lehnte sein Mountainbike gegen den Stamm einer windschiefen Steineiche und verließ die Piste. Am Horizont kündigte ein leichter roter Schimmer die Morgendämmerung an. Ein verwilderter Pfad führte zwischen einem Urwald aus Ginstergestrüpp, dessen typischer Duft sich mit dem des wilden Thymians und Rosmarins mischte, den Hügelkamm entlang. Bardi musste aufpassen, dass sich seine Füße nicht in den dornigen Schlingpflanzen verfingen, die über den Boden wucherten. Bald begann er, vor Anstrengung zu schwitzen.

Nach einer Viertelstunde hielt er inne. Sein Ziel lag direkt hinter dem Geröllfeld aus hüfthohen Felsen. Vorsichtig kletterte Bardi um einige der Felsen herum, bis er endlich schemenhaft den halb verfallenen Turm erkannte, der wie ein hohler Zahn in circa fünfzig Metern Entfernung aufragte.

Der Turm war das einzige Überbleibsel eines alten *Castello* aus dem zwölften Jahrhundert. Vor ein paar Jahren hatte es Bemühungen gegeben, ihn zu restaurieren, um eine Touristenattraktion zu schaffen. Aber dann war die Finanzkrise auch über die Toskana hereingebrochen und der Turm war wieder in seinen Dornröschenschlaf gefallen.

Immerhin war der Turm hoch genug, um über die Olivenhaine hinweg gute Sicht auf das Gut der Vallones im Tal zu haben. Bardi bereute, sein Fernglas nicht mitgenommen zu haben. Mit bloßem Auge konnte er nicht erkennen, ob sich jemand auf dem Turm befand. Er horchte. Aber außer dem Rauschen, das die leichte Brise in den Blättern der Bäume erzeugte, hörte er nichts.

Langsam schlich er näher an die Ruine heran. Einmal glaubte er, aus dem Augenwinkel eine Bewegung ganz oben auf dem Turm wahrzunehmen. Automatisch hielt er inne und versteckte sich hinter einem der Felsen. Minutenlang verharrte er in dieser Pose und beobachtete das Bauwerk. Mittlerweile war es so hell, dass er die einzelnen Steine unterscheiden konnte, aus denen der Turm gebaut war. Ein paar Vögel, die um ihn herumflogen. Sonst nichts. Langsam und geduckt trat Bardi aus seinem Versteck hervor.

19. Kapitel

Der Schuss war nicht sehr laut, und Bardi reagierte erst, als das Projektil hinter ihm in den Felsen schlug. Er warf sich zu Boden und robbte – wie er es beim Militär gelernt hatte – schnell zurück in Deckung hinter einen Felsen. Verwundert stellte Bardi fest, dass er ganz ruhig war.

Dem Knall nach handelte es sich um eine Faustfeuerwaffe. Dafür sprach auch, dass der Schütze nicht getroffen hatte. Bardi wagte nicht, sich auszumalen, was passiert wäre, wenn mit einem Gewehr auf ihn geschossen worden wäre.

Der Schütze musste sich ganz oben auf dem Turm befinden. Das bedeutete, dass er den gesamten Umkreis überblicken konnte. Sobald Bardi seine Deckung verließ, war er im Schussfeld.

Es gab zwei Möglichkeiten. Entweder wartete er ab, bis der Schütze auf dem Turm die Geduld verlor und selbst nach unten kam. Oder aber er würde mit ein paar gezielten Schüssen dafür sorgen, dass der Schütze seinerseits in Deckung gehen musste.

Bardi entschied sich für die zweite Alternative, weil sie dem Schützen keine Zeit zum Nachdenken ließ. Der Capitano entsicherte seine Beretta, ging in die Hocke und zielte, indem er seine Ellbogen auf dem Felsen abstützte. Dann gab er drei Schüsse in die Richtung ab, in der er den Schützen vermutete.

Er hatte richtig gezielt, denn sofort erschien eine Hand mit einer Pistole über der Brüstung des Turmes und schoss ebenfalls dreimal. Da der Schütze jedoch nicht wagte, seinen Kopf über die Brüstung zu strecken, gingen die Schüsse ins Leere. Bardi gab einen weiteren Schuss ab und sprintete los.

Obwohl er ein paarmal zwischen den Felsen ins Straucheln geriet, erreichte er den Turm in wenigen Sekunden. Er drückte sich an die Turmwand, um im toten Winkel zu bleiben. Von oben wurden zwei weitere Schüsse abgegeben. Offensichtlich hatte der Schütze nicht sehen können, wohin Bardi gerannt war.

Der Capitano wartete, bis er wieder zu Atem kam, dann schlich er sich – immer an der Wand entlang – zum Eingang des Turmes. Dort angekommen lauschte er angestrengt, die Waffe schussbereit mit beiden Händen umklammert. Doch außer dem Gezwitscher einiger Vögel war nichts zu hören. Bardi atmete mehrmals tief ein und aus. Dann stürmte er in das Innere. Der Turm war innen hohl. Zwei steinerne Freitreppen führten hoch zu einem Wehrgang, von dem jedoch die Hälfte bei einem Erdbeben Mitte des achtzehnten Jahrhunderts eingestürzt war. Bardi riss seine Dienstwaffe hoch und vollführte eine halbe Drehung, bis er den Schützen entdeckte. Der Mann kauerte hoch oben hinter der Brüstung. Er trug Boxershorts und eine Trainingsjacke. In seiner Hand glänzte metallen eine Pistole. Erschrocken fuhr er herum, als er unter sich ein knirschendes Geräusch vernahm, das durch Bardis Schuhe auf den Ziegelscherben entstanden war, die den Boden des Turmes bedeckten.

»Legen Sie die Waffe auf den Boden und kommen Sie mit erhobenen Händen herunter!«, schrie Bardi.

Der Mann starrte ihn an, dann richtete er den Lauf seiner Pistole auf den Capitano. Bardi schoss. Der Mann schrie kurz auf und fasste sich an die Schulter. Seine Pistole fiel hinunter.

Als sie vor Bardi auf dem Boden aufschlug, löste sich krachend ein Schuss, und er spürte, wie das Projektil die Spitze seines linken Schuhs streifte.

Erst jetzt, nachdem die Wirkung des Adrenalinschubs nachließ, der Bardi nach dem ersten Schuss des Mannes ereilt hatte, wurde ihm klar, in welche Gefahr er sich begeben hatte. Plötzlich fror er.

Mit zittriger Stimme befahl er dem Mann herunterzukommen. Dieser rappelte sich auf und stieg langsam die Treppe herunter, wobei er sich mit den Händen an der Seitenmauer abstützte. Als er unten angekommen war, musterte Bardi ihn. Der Mann zitterte vor Kälte. Er war nicht viel größer als er. Vielleicht zehn Jahre jünger, also Mitte bis Ende dreißig. Blaue Augen. Drahtig. Dreitagebart. Die Haare kurz geschoren, vielleicht, um eine beginnende Glatze zu kaschieren. Bardi blickte auf die Boxershorts und die Füße des Mannes, die in Badelatschen steckten. Kein Wunder, dass der Mann fror.

»Ich bin Capitano Bardi von den Carabinieri. Sie sind festgenommen«, sagte Bardi.

Ein Blick auf den großen dunklen Fleck, der sich auf der Trainingsjacke des Mannes gebildet hatte, genügte, um auf die Handschellen zu verzichten. Das Gesicht des Mannes war bleich. Bardi konnte Schweißperlen über der Oberlippe erkennen. Er befahl dem Mann, sich an die Mauer zu setzen. Dieser gehorchte mit schmerzverzerrtem Gesicht.

Ohne den Mann aus den Augen zu lassen, hob Bardi dessen Pistole auf. Es handelte sich um einen Beratta-Nachbau. Neun Millimeter.

Bardi überlegte kurz. Offenbar verlor der Mann viel Blut. Deshalb würde er den beschwerlichen Weg zurück zur Straße kaum überstehen.

Bardi steckte seine Waffe und die des Mannes vorsichtig ein und beugte sich über ihn. Die Augenlider des Mannes flatterten.

Er war kurz davor, das Bewusstsein zu verlieren. Bardi umfasste ihn am Oberkörper und brachte ihn in die stabile Seitenlage.

Der Mann blieb bei Bewusstsein, atmete aber stoßweise. Bardi holte sein *Telefonino* hervor und rief den Rettungshubschrauber. Dann wählte er Vasaris Nummer, doch er erreichte nur ihre Mailbox. Bardi blickte auf die Uhr. 6:04 Uhr. Wahrscheinlich schlief Vasari noch. Der Mann stöhnte leise. Bardi kniete sich neben ihn und presste seine Hand auf die Wunde, in der Hoffnung, dass er so die Blutung zumindest verringern konnte. Für einen Druckverband fehlten ihm die Mittel.

Tatsächlich schien es dem Mann nach einiger Zeit etwas besser zu gehen, denn er blickte Bardi an.

»Anna?«, fragte er.

»Sie meinen Anna Jansen«, erwiderte Bardi. Der Mann nickte. »Wie heißen Sie?«, fragte der Capitano.

»Was … ist … mit … Anna?« Der Mann sprach stockend mit einem starken deutschen Akzent.

»Das sage ich Ihnen, wenn Sie mir Ihren Namen nennen«, entgegnete Bardi.

»Nick Trautmann«, sagte der Mann zögerlich. »Was ist mit Anna?« Es kostete ihn sichtlich Überwindung, diese Frage erneut zu stellen.

»Sie ist tot«, antwortete Bardi knapp.

Trautmann schloss die Augen.

»Was ist vorgestern in der *Casa del Colono* geschehen?«

»Ich weiß es nicht.« Trautmanns Stimme klang schwach.

»Warum haben Sie Fotos vom Gut der Vallones gemacht?«

Trautmanns Kopf fiel zur Seite. Bardi tätschelte ihm die Wangen. Doch außer einem leichten Zucken der Augenlider kam keine Reaktion. Blut sickerte durch Bardis Finger. Eine leichte Panik überfiel ihn. Er fühlte sich hilflos. Er hatte noch nie auf einen Menschen schießen müssen. Nicht auszudenken, wenn Trautmann durch seinen Schuss starb.

Angestrengt horchte er. Müsste der Rettungshubschrauber nicht längst da sein? Der nächste war in Florenz stationiert und nach dem Wappentier der Toskana ›Pegaso‹ benannt. Bardi presste seine Hand so fest auf Trautmanns Wunde, dass die Finger schmerzten.

20. Kapitel

»Das wäre die Aufgabe eines Spezialkommandos gewesen.« Commissaria Vasari stand in der Mitte der Wache, die Hände wütend in ihre Hüften gestemmt.

Bardi hob beschwichtigend die Hände. »Ich habe nicht damit gerechnet, dass Trautmann sich dort aufhält.«

»Alles Ausflüchte.« Vasari schüttelte den Kopf. »Sie wollten ein bisschen James Bond spielen, da doch sonst nichts los ist in Ihrem Kaff.«

Jetzt war Bardi ernsthaft beleidigt. »Wäre es nicht Aufgabe der Kriminalpolizei gewesen nachzuprüfen, von wo aus die Fotos von Vallones Gut geschossen wurden?«

»Sie weichen schon wieder aus, Capitano Bardi.« Vasari trat einen Schritt vor, sodass sich ihre Nasenspitzen fast berührten. Er konnte ihr Parfüm riechen.

»Der Dienstweg sieht vor, dass Sie uns als ermittelnde Behörde über Ihre Vermutung informieren«, sagte Vasari. »Ich hatte Mühe, dem Staatsanwalt und dem Polizeipräsidenten zu erklären, warum es zu diesem Schusswechsel gekommen ist.«

Bardi hätte sich denken können, dass Vasari Druck von oben bekam. »Vorgesetzte sind immer eine Plage«, versuchte er ein Friedensangebot.

Doch Vasari dachte nicht daran, darauf einzugehen. »Ab sofort halten Sie sich aus den Ermittlungen raus.«

Bardi grinste spöttisch. »Klar. Jetzt, da ich Ihnen den zweiten Hauptverdächtigen auf dem Silbertablett präsentiert habe, brauchen Sie mich ja nicht mehr.«

»Machen Sie sich nicht größer, als Sie sind«, erwiderte Vasari.

»Wenn die Position nach Körpergröße gemessen würde, wäre ich Bote im Hauptquartier der Carabinieri.«

Jetzt musste Vasari lächeln. »Wir haben uns verstanden?«

Bardi nickte.

Vasari ging zum Ausgang. Dort drehte sie sich zu ihm um. »Ich würde Sie gerne zum Essen einladen.«

Bardi fühlte sich überrumpelt. Denn damit hatte er nach Vasaris Standpauke nicht gerechnet. »Ja … gerne …«, stotterte er.

»Wann?«

»Morgen Abend?«

»Ist halb neun für Sie okay?«

Bardi nickte. »Klar.«

»Dann bis morgen Abend.« Vasari öffnete die Tür.

»Haben Sie nicht etwas vergessen?«, fragte Bardi.

Vasari drehte sich um. »Was denn?«

»Wo?«, erwiderte Bardi mit einem schelmischen Grinsen im Gesicht.

Vasari lachte. »Kennen Sie das *Il Latini* am Anfang der Via dei Palchetti?«

»Nein. Aber ich werde es finden.«

»Okay«, antwortete Vasari und öffnete die Tür. Dann wandte sie sich abermals um. »Morena wird heute Mittag aus der Untersuchungshaft entlassen. Seine DNA stimmt nicht mit den Spuren an Anna Jansens Körper überein.«

Bardi nickte. »Wie geht es mit Trautmann weiter?«

»Ihre Neugierde macht mir Angst.« Vasari zögerte kurz. Dann ließ sie einen lauten Seufzer vernehmen. »Wir werden ihn morgen im Gefängniskrankenhaus vernehmen. Und seine Waffe wird noch heute mit dem Projektil abgeglichen, das Anna Jansen getötet hat. Vielleicht ist der Fall damit morgen geklärt. Dann hätten wir abends etwas zu feiern.«

Bardi zuckte zweifelnd mit den Schultern und Vasari wandte sich zum Gehen.

»Noch etwas, Commissaria Capa«, rief Bardi.

Zum dritten Mal drehte sich Vasari auf dem Absatz um. »Was denn noch, Capitano Bardi«, sagte sie mit übertrieben genervter Stimme.

»Ich mag es nicht, wenn mich jemand ungerechtfertigt zurechtweist«, antwortete Bardi mit strenger Miene. Dann huschte ein jungenhaftes Lächeln über sein Gesicht. »Bei Ihnen jedoch ist selbst das eine Freude.«

Vasari lachte kurz auf, hob die Hand lässig zum Abschied und verließ endgültig die Wache.

In der Tür begegnete Vasari Emanuele, den Bardi zu den Mirris geschickt hatte, die sich in diesem Monat bereits zum dritten Mal über Hundedreck vor ihrem Gemüseladen beschwert hatten.

»Alles in Ordnung, Chef?«, fragte Emanuele neugierig, als die Tür wieder zugefallen war.

Bardi nickte knapp. »Konntest du die Mirris beruhigen?«

»Sie verlangen, dass wir uns auf die Lauer legen, um den Übeltäter auf frischer Tat zu ertappen.«

»Wir werden ein paar Aushänge machen, in denen wir darauf hinweisen, dass Hundedreck, der nicht ordentlich entsorgt wird, ab sofort mit einem Bußgeld belegt wird, das wir auch eintreiben werden. Außerdem soll Padre Adriano seinen Schäflein am kommenden Sonntag ins Gewissen reden.« Bardi klatschte in die Hände. »Zeit für die Mittagspause.«

Das ließ Emanuele sich nicht zweimal sagen. Er holte einen Hamburger und eine Dose Red Bull aus der Plastiktüte, die unter seinem Schreibtisch stand. Dann setzte er die Kopfhörer seines MP3-Players auf.

Kopfschüttelnd betrat Bardi – nachdem er den Wein aus der Abstellkammer geholt hatte – das Treppenhaus. Auf der Treppe nach oben fand er Omar, der auf den Stufen saß und mit Buntstiften zeichnete. Der Junge war so in seine Bilderwelt versunken, dass er Bardi nicht bemerkte. Dieser schaute Omar ein paar Sekunden zu. Dann räusperte er sich leise. Omar schreckte auf, und einige seiner Zeichnungen rutschten die Stufen hinunter vor Bardis Füße. Dieser hob sie auf. Die Motive zeigten Soldaten mit Maschinenpistolen, blutüberströmte Leichen und dazwischen Kinder mit traurigen Gesichtern. Bardi strich Omar über die Haare und legte die Bilder vorsichtig vor dem Jungen ab. Omar schaute ihn ernst an. Bardi zwinkerte dem Jungen aufmunternd zu, um dann weiter die Treppe hochzusteigen.

Lustlos bereitete Bardi Tortellini zu. Omars Bilder gingen ihm nicht aus dem Kopf. Schließlich goss er die fertig gekochten Tortellini in einem Sieb ab und griff zu seinem *Telefonino*.

Am anderen Ende meldete sich Signora Benigni. Bardi erzählte ihr von Omars Bildern.

»Der Junge ist offenbar schwerer traumatisiert, als wir angenommen haben«, erwiderte sie.

»Kann er Hilfe bekommen?«

Signora Benigni dachte laut nach. »Es wird schwer sein, eine psychologische Behandlung bewilligt zu bekommen. Die al-Salihs sind ja nur geduldet.«

»Unser Staat geht langsam vor die Hunde«, warf Bardi wütend ein. »Es gibt genügend gut ausgebildete, junge Leute, die auf der Straße sitzen. Aber unser verkrustetes, veraltetes System bietet ihnen keine Zukunft.«

»Zu wahr«, stimmte die Signora zu, und Bardi wusste, dass sie an ihren arbeitslosen Sohn Alberto dachte, der ehrenamtlich an ihrer Schule aushalf, weil dort Lehrermangel herrschte.

Eine Pause entstand.

»Ich hab eine Lösung«, rief Signora Benigni plötzlich so laut, dass Bardi das Ohr schmerzte. »Erinnern Sie sich an die junge Frau, die Alberto Ihnen anlässlich des Willkommensessens der al-Salihs vorgestellt hat?«

»Nihal«, antwortete Bardi und setzte mit gespielter Entrüstung hinzu: »So verkalkt bin ich noch nicht, dass ich mich nicht an gestern erinnern kann.«

»Auch so ein hoffnungsloser Fall«, erklärte Signora Benigni. Bardi wusste zunächst nicht, worauf die Lehrerin hinauswollte.

»Studium in Rekordzeit. Promovierte Historikerin mit summa cum laude. Jetzt studiert sie im dritten Semester Psychologie.«

»Dann wäre sie die perfekte Wahl«, sagte Bardi begeistert. »Zumal sie Arabisch spricht.«

»Ich werde Alberto bitten, Nihal noch heute anzurufen. Vielleicht hilft sie uns.« Wieder überlegte Signora Benigni. »Und vielleicht können wir einen kleinen Teil des Kulturetats unserer Gemeinde als Honorar für Nihal verwenden.«

»Ich werde mit unserem geliebten Bürgermeister darüber sprechen«, stimmte Bardi zu, und beide lachten.

»Außerdem muss Omar ab nächster Woche die Schule besuchen. Ich werde ihn persönlich unter meine Fittiche nehmen, damit er schnell Italienisch lernt und sich mit anderen Kindern anfreundet.«

21. Kapitel

Den Nachmittag und den darauffolgenden Vormittag verbrachten Bardi und sein Assistent Emanuele mit Routinearbeiten. Der Capitano übernahm die nachmittägliche Streife, auf der er dem Gemüsehändler einen Besuch abstattete, um ihn wegen des Hundedrecks vor der Ladentür milde zu stimmen, was ihm auch einigermaßen gelang. Danach klopfte er an die Tür des Dichters Morena. Der öffnete zögerlich, um sich dann wortreich bei Bardi zu entschuldigen. Dieser nahm die Entschuldigung an und hatte plötzlich eine Idee.

»Beschreiben Sie in Ihren Gedichten nur zwischenmenschliche Gefühle oder auch die Landschaft um San Pietro?«

»Ich habe auch die Schönheit des Chianti-Gebietes in meinen Gedichten gewürdigt«, antwortete Morena vorsichtig.

»Signor al-Salih ist Fotograf«, sagte Bardi.

»Ein netter, aber geheimnisvoller Mensch.«

»Nett ja. Aber ›geheimnisvoll‹ würde ich ihn nicht nennen. ›Ernst‹ trifft es besser.«

Morena nickte. »Ich verstehe nicht ganz, worauf Sie hinauswollen, Capitano Bardi.«

Bardi lächelte. »Das werden Sie noch früh genug erfahren.«

Jetzt blickte Morena ängstlich. »Muss ich zurück ins Gefängnis?«

Bardi schüttelte den Kopf. »Nein, Ihre Unschuld ist bewiesen. Und etwas Gutes hatte die ganze Sache für Sie auch.«

»Was könnte das sein?«, fragte Morena zweifelnd.

»Mit Ihrer tatkräftigen Unterstützung bei der Renovierung der Wohnung für die Familie al-Salih haben Sie die Herzen der San Pietroer gewonnen.«

»Meinen Sie?«

»Ganz sicher. Aber Sie sollten mehr auf die Leute zugehen, damit es dabei bleibt.«

»Ich werde es versuchen«, erwiderte Morena und lächelte zaghaft.

Der Capitano verabschiedete sich und beendete seinen Rundgang durch das Städtchen.

Am nächsten Morgen überkam Bardi plötzlich Panik, während er bei Giovanni, dem Barbier, auf dem Stuhl saß und dem schabenden Geräusch der Klinge auf seiner Backe lauschte. Denn ihm fiel plötzlich auf, dass er in letzter Zeit seine Kleidung arg vernachlässigt hatte. Die Uniform war natürlich gut in Schuss. Aber was seine Freizeitkleidung anging, so hatte Bardi sich wenig Mühe gegeben, diese zu erneuern. Dies lag sicher daran, dass er tagsüber ohnehin seine Carabinieri-Uniform trug. Danach hatte er es gern bequem. Und so waren die ausgebeulten Chinos und verwaschenen Sweaters seine Freizeituniform geworden.

Jetzt aber hatte er ein Rendezvous. Zumindest hoffte Bardi, dass es eines war. Und er bezweifelte, dass er auf die schöne Beatrice Vasari Eindruck machen würde, wenn er in seiner Dienstuniform erschien.

Immerhin stand ihm just die Autorität in Sachen Stil und Mode gegenüber: Giovanni, der zwar nicht mehr ganz junge, aber doch unbestreitbar bestangezogene Mann San Pietros.

»Wo kaufst du deine Anzüge?«, fragte Bardi.

»Bei Gente in Montevarchi, Capitano«, erwiderte Giovanni, als wäre dies die einzig mögliche Antwort.

Zurück auf der Wache überließ Bardi Emanuele erneut den Bürodienst und fuhr mit dem Dienstwagen ins nahe gelegene Montevarchi, um sich einen neuen Anzug zu kaufen. Dieser kostete zwar fast ein halbes Monatsgehalt, jedoch kehrte Bardi mit dem guten Gefühl, gegen jeden Florentiner in modischen Dingen bestehen zu können, nach San Pietro zurück.

Als er gut gelaunt die Wache betrat, telefonierte Emanuele gerade. Offensichtlich war er froh, dass sein Chef genau in diesem Moment zurückkehrte, denn er streckte Bardi, kaum dass er am Schreibtisch angelangt war, den Hörer entgegen.

Es war Vasari.

»Kleine Planänderung: Können Sie sofort hierher nach Florenz kommen? Offensichtlich will Trautmann nur mit Ihnen sprechen. Im Krankenhaus.«

Bardi antwortete, dass er schon auf dem Sprung sei. Bevor er das Gespräch beendete, erkundigte er sich noch, wie es Trautmann gehe.

»Er ist gestern Mittag operiert worden. Die Kugel ist unter dem rechten Schulterblatt stecken geblieben. Er hat wohl viel Blut verloren, wird aber keine bleibenden Schäden zurückbehalten«, berichtete Vasari.

Bardi bedankte sich für die Information, erklärte Emanuele kurz die Sachlage und fuhr gleich darauf nach Florenz.

22. Kapitel

Vasari erwartete Bardi im selben Raum des Polizeipräsidiums, in dem sie drei Tage zuvor mit Morena gesessen hatten. Diesmal waren neben Meister auch Dottore Mesto, ein Staatsanwalt, dem Bardi schon bei einigen früheren Ermittlungen begegnet war, und ein Angehöriger der deutschen Botschaft in Rom anwesend, dessen Namen Bardi sofort wieder vergessen hatte.

»Bisher hat Signor Trautmann jede Aussage verweigert«, erklärte Vasari.

»Was sein gutes Recht ist«, warf der Mann von der deutschen Botschaft ein. »Hinzufügen möchte ich, dass Herr Trautmann gut beraten wäre, einen Rechtsbeistand hinzuzuziehen.«

»Den wird er natürlich bekommen«, sagte Dottore Mesto. »Aber wenn Signor Trautmann darauf besteht, mit Capitano Bardi zu sprechen, kann er dies gerne tun. Auch ohne Anwalt.«

Der Mann von der Botschaft nickte ergeben. »Dann bestehe ich darauf, dass ich zugegen sein werde.«

»Kein Problem. Vorausgesetzt, Signor Trautmann hat gegen Ihre Anwesenheit nichts einzuwenden«, sagte Dottore Mesto.

»Und das Gespräch muss inoffiziell sein. Das heißt: kein Tonband, keine gerichtsrelevanten Aktenvermerke.«

»Dem kann ich nicht zustimmen«, warf Vasari ein. »Wenn Signor Trautmann selber nichts gegen eine Aufzeichnung seines Gespräches mit Capitano Bardi hat, steht dem rechtlich nichts entgegen.«

»Dann werde ich Herrn Trautmann dringend von einem Gespräch abraten«, erwiderte der Deutsche säuerlich lächelnd.

Dottore Mesto blickte Commissaria Vasari an. Diese nickte zögernd.

»Ich hoffe, die deutsche Botschaft weiß unser Entgegenkommen zu schätzen«, wandte sich Dottore Mesto an den Botschaftsangehörigen.

Der lächelte erneut säuerlich und knetete seine Finger, dass es knackte.

»Vielleicht können Sie uns etwas mehr über Signor Trautmann erzählen, als nur seine Meldedaten herzugeben«, sagte Dottore Mesto und drehte den Bogen Papier vor sich um, damit alle sehen konnten, dass dieser nur einseitig und nur zur Hälfte bedruckt war.

Der Deutsche rang kurz mit sich. Dann nickte er. »Viel konnte unsere Botschaft in der Kürze der Zeit nicht in Erfahrung bringen. So viel steht fest: Nick Trautmann war ein erfolgreicher Journalist. Unter anderem schrieb er für Deutschlands wohl wichtigstes Nachrichtenmagazin. Vor ein paar Jahren wurde er allerdings entlassen. Man munkelt, dass er Gelder veruntreut habe, die für seinen investigativen Journalismus bestimmt waren. Trautmann scheint ein Spieler zu sein, denn seine Daten wurden während einer Razzia in einem illegalen Spielcasino in Bremen aktenkundig. Ansonsten ist er nicht vorbestraft. Und er hat einen Waffenschein. Scheinbar wurde er in seiner Zeit als Journalist mehrfach bedroht.«

»Von wem?«, wollte Vasari wissen und fing sich dafür einen bösen Blick von Dottore Mesto ein, der die Zusammenkunft offenbar für sein Spiel hielt.

»Anonyme Drohungen, die wohl im Zusammenhang mit einer Reportage über die Russenmafia standen«, erwiderte der Deutsche.

»Zum Glück die Russen«, sagte Dottore Mesto, und alle lächelten pflichtbewusst.

Vasari blickte auf ihre sportliche Armbanduhr. »Ich denke, wir setzen den Termin auf fünfzehn Uhr an.«

Der Botschaftsangehörige blickte seinerseits auf die Uhr und nickte. »Universitätsklinik Careggi?«, fragte er nach.

Vasari nickte. »Die Adresse lautet …« Sie sah Meister fragend an, der sein iPhone bemühen wollte. Doch der Diplomat sagte schnell, dass er – beziehungsweise sein Taxifahrer – die Klinik schon finden werde.

* * *

Wenig später saß Vasari mit Bardi und Meister in ihrem Büro, das gerade Platz für drei Personen bot. Immerhin hatte dieser Raum ein Fenster, wenngleich der Blick auf ein paar triste Wohnblocks ging. Vasaris Schreibtisch war aufgeräumt. Neben einem Laptop, der in einer Dockingstation steckte, stand ein silberner Standbilderrahmen, in dem das Foto eines jungen Mädchens steckte, das fröhlich in die Kameralinse lächelte. Es hatte rote Haare und Sommersprossen.

»Ihre Tochter?«, fragte Bardi interessiert.

Vasari nickte kurz, und Bardi verstand, dass sie nicht weiter dazu befragt werden wollte. So blieben ihm nur Mutmaßungen. Da Vasari keinen Ehering trug, nahm er an, dass sie geschieden war oder in Trennung lebte. Hatte sie nicht erwähnt, dass sie bis vor Kurzem in Mailand gearbeitet hatte? Vielleicht lebte die Tochter bei ihrem Vater in Mailand.

»Warum besteht Nick Trautmann darauf, ausgerechnet mit Ihnen zu sprechen?«, fragte Meister und riss Bardi aus seinen Gedanken.

»Vielleicht, weil ich ihm das Leben gerettet habe«, erwiderte Bardi.

»Genauso gut könnte man sagen, dass Sie ihn fast erschossen hätten«, sagte Meister und hatte damit leider recht, wie Bardi sich eingestehen musste.

»Es muss also einen anderen Grund geben«, sagte Vasari.

»Vielleicht hält er unseren Capitano für einen – sagen wir – etwas hinterwälderischen Dorfpolizisten.« Meister lächelte süffisant.

»Erstens bin ich nicht Ihr Capitano, zweitens brauchen Sie nicht so blöd grinsen, und drittens könnte dies natürlich zutreffen. Natürlich nur in Trautmanns scheinbar etwas einfach veranlagten Gehirnwindungen, hoffe ich zumindest«, erwiderte Bardi und nickte Meister übertrieben freundlich zu.

Meisters Mund stand für einen Augenblick offen. Scheinbar musste er erst über den Sinn von Bardis Worten nachdenken. Vasari konnte ein Glucksen nicht unterdrücken.

»Gut gebrüllt, Capitano Bardi«, sagte sie schließlich.

»Ich wollte Sie nicht beleidigen«, presste Meister etwas steif hervor.

»Das haben Sie keineswegs«, erwiderte Bardi und tätschelte Meisters Knie. »Vielleicht ist es ein Vorteil, wenn Trautmann mich unterschätzt. Denn der einzig plausible Grund dafür kann nur lauten: Signor Trautmann möchte uns auf eine falsche Fährte locken.«

»Was sagen Sie dazu, Meister?«, fragte Vasari.

Meister nickte stumm.

»Dann lassen Sie Trautmann bei Ihrem Gespräch doch in dem Glauben, dass Sie harmlos sind. Vielleicht gibt er dann mehr preis, als er eigentlich will«, sagte Vasari.

»Was haben wir bisher gegen Trautmann in der Hand?«, wollte Bardi wissen.

»Noch nicht viel. Seine DNA wurde noch nicht mit den Spermaspuren bei der Toten abgeglichen. Und was seine Waffe anbelangt, handelt es sich um eine brasilianische Taurus PT92. Neun Millimeter. Ein Beretta-Nachbau. Die Wahrscheinlichkeit, dass Anna Jansen mit dieser Waffe ermordet wurde, beziffern unsere Experten mit fünfzig Prozent«, erklärte Meister eifrig, froh, endlich wieder etwas Handfestes zum Gespräch beitragen zu können. »Das Projektil ist durch einen Aufprall an der Steinwand des Hauses dermaßen verformt, dass keine genaueren Aussagen möglich sind.«

»Was sagen fünfzig Prozent aus?«, wollte Bardi wissen.

»Wenn ich Lehrerin wäre, würde ich sagen, *insufficiente* – nicht genügend«, erklärte Vasari.

23. Kapitel

Das Gespräch mit Nick Trautmann fand in einem abgedunkelten Krankenzimmer auf der chirurgischen Station statt. Im Fahrstuhl zur Station stellte Bardi die Aufnahmefunktion seines *Telefonino* ein und steckte es in die Außentasche seiner Uniformjacke. Dann sagte er ein paarmal »Test« und überprüfte das Ergebnis. Seine Stimme klang dumpf, war aber gut zu verstehen.

Auf dem Gang vor Trautmanns Krankenzimmer wartete bereits der Botschaftsangehörige, dessen Namen Bardi immer noch nicht kannte, und unterhielt sich mit den beiden Polizeibeamten, die dort Wache hielten, über Fußball.

Als Bardi mit dem Botschaftsangehörigen hereinkam, saß Trautmann halb senkrecht und studierte eine deutsche Tageszeitung. Zwar hing er noch am Tropf, doch das Gesicht des Deutschen hatte bereits wieder eine gesunde Farbe angenommen. Bardi zog einen der beiden Stühle, die an der Wand standen, zu Trautmanns Bett und setzte sich. Der Botschaftsangehörige zog es vor, an einer Wand lehnend dem Gespräch zu folgen.

»Wie geht es Ihnen?«, begann Bardi und deutete auf den Verband, der Trautmanns rechten Arm am Körper fixierte.

Trautmann antwortete auf Deutsch.

»Herr Trautmann möchte, dass ich dolmetsche«, erklärte der Diplomat.

Bardi nickte zustimmend, obwohl er sich sicher war, dass Trautmann recht gut Italienisch sprach. Schließlich hatte er mit dem Deutschen, als dieser angeschossen in seinen Armen lag, Italienisch gesprochen. Und auch wenn es nur ein paar Worte gewesen waren, hatte Trautmann alles verstanden. Zudem hatte Morena ausgesagt, dass er Trautmann auf Italienisch telefonieren gehört hatte.

»Also, wie geht es Ihnen?«, wiederholte Bardi.

Trautmann sprach ein paar Worte.

»Er hat noch Schmerzen. Aber laut Aussage des behandelnden Arztes werden keine Spätfolgen zurückbleiben«, übersetzte der Botschaftsangehörige.

»Das freut mich«, erwiderte Bardi und bemühte sich, es wie eine Reaktion auf gute Neuigkeiten klingen zu lassen, obwohl er diese Information bereits von Vasari erhalten hatte. »Sie würden uns sehr helfen, wenn Sie uns von dem Tag berichten würden, an dem Ihre Begleiterin Anna Jansen ermordet wurde.«

»Herr Trautmann sagt, dass Frau Jansen und er an diesem Tag spät aufgestanden seien und den ganzen Vormittag im Haus verbracht hätten«, dolmetschte der Mann von der Botschaft, nachdem Trautmann gesprochen hatte.

»Wäre es möglich, dies zu präzisieren? Wie genau lief der Vormittag ab?«

Wieder redete Trautmann. Bardi merkte, dass dem Deutschen eine Stelle scheinbar peinlich war. Denn Trautmann stockte und räusperte sich, bevor er weitersprach.

»Nun ja«, setzte der Botschaftsangehörige an, dem das Folgende offensichtlich ebenfalls peinlich war. »Herr Trautmann und Frau Jansen hatten … Geschlechtsverkehr … Sex miteinander.«

»Einvernehmlich?«

Trautmann nickte leicht ungehalten. »Perché?«

»Nun ja. Die Gerichtsmedizin hat bei Frau Jansen Verletzungen vorgefunden, die auf eine Vergewaltigung schließen lassen könnten«, sagte Bardi, wobei er *könnten* betonte.

Der Botschaftsangehörige übesetzte die Frage und Trautmann musterte Bardi eindringlich.

Bardi bemerkte eine Verschlagenheit in Trautmanns Blick. Ob diese aus kühler Intelligenz oder nur aus Bauernschläue resultierte, konnte er nicht sagen.

Nach einigen Sekunden leckte Trautmann über seine Lippen und begann, langsam zu sprechen. Obwohl er Deutsch sprach, schaute er dabei Bardi an, als versuche er, dessen Gedanken zu lesen.

Der Botschaftsangehörige trat jetzt einen Schritt vor und räusperte sich abermals. »Herr Trautmann und Frau Jansen praktizierten harten Sex. Sie liebte es, von ihm gefesselt zu werden. Weitere Einzelheiten möchte Herr Trautmann aus Gründen der Intimsphäre und Respekt vor der Toten nicht preisgeben.«

»Das kann ich verstehen«, sagte Bardi. Vorausgesetzt Trautmann sagte die Wahrheit, war die Vergewaltigung damit vom Tisch und auch Morena endgültig entlastet.

»Grazie«, bedankte sich Trautmann mit belegter Stimme.

Bardi beschloss, nun einen höheren Gang einzulegen. »Warum haben Sie an jedem der Tage, an dem Sie in San Pietro waren, Fotos vom Gut der Vallones geschossen?«

Der Diplomat sagte in eindringlichem Ton etwas zu Trautmann, von dem Bardi annahm, dass es sich nicht um die Übersetzung seiner Frage handelte.

Leise erwiderte Trautmann etwas. Dann schaute er Bardi an und lächelte. Es folgte ein längerer Monolog. Als Trautmann endlich fertig war, blickte Bardi fragend zum Mann von der Botschaft hinüber.

»Anna Jansen war die uneheliche Tochter von …«, der Deutsche schaute Trautmann fragend an.

»Corrado Vallone«, sagte Trautmann und blickte forschend zu Bardi hinüber.

Doch Bardi hatte sein Pokerface aufgesetzt, obwohl ihn diese Neuigkeit elektrisierte.

»… Corrado Vallone«, fuhr der Botschaftsangehörige fort. »Er hielt sich Anfang der Siebzigerjahre in Bremerhaven auf. Dort lernte er Anna Jansens Mutter kennen. Sie verschwieg ihrer Tochter stets den Namen des Vaters. Vor zwei Jahren verstarb sie, und Anna Jansen entdeckte im Nachlass einige Briefe ihrer Mutter, die an Corrado Vallone, San Pietro, Italien, adressiert waren. Offensichtlich kamen sie postwendend zurück. Aus den Inhalten dieser Briefe geht hervor, dass Corrado Vallone sich nach Italien abgesetzt hatte, nachdem er erfahren hatte, dass Anna Jansens Mutter schwanger war.«

»Und warum dann die Fotos?«

»Weil Anna Jansen sich nicht auf das Gut traute. Herr Trautmann hatte in Erfahrung gebracht, dass ihr Vater ebenfalls verstorben ist. Und sie wollte wohl keine Unruhe in die Familie Vallone bringen. Schließlich konnte diese ja nichts dafür, wie sich der alte Vallone verhalten hat.«

Von dieser Geschichte glaubte Bardi nur, dass Anna Jansen die uneheliche Tochter des verstorbenen Vaters von Marco Vallone war. Dies erklärte, warum Bardi das Gesicht der Toten so seltsam bekannt vorgekommen war.

»Haben die Fotos etwas mit einer neuen Story zu tun, die Sie schreiben? Schließlich sind Sie Journalist«, fragte Bardi freundlich.

Zur Antwort redete Trautmann leise auf seinen Landsmann ein. Nachdem Trautmann seine Suada beendet hatte, sprach der Botschaftsangehörige. »Herr Trautmann arbeitet seit einiger Zeit nicht mehr als Journalist. Er verdient sein Geld als professioneller Pokerspieler. Und wie mir Herr Trautmann soeben versicherte, mit einigem Erfolg. Der Aufenthalt hier in der Toskana war rein privater Natur.«

Bardi war sich sicher, dass Trautmann mit seinen gedrechselten Worten von etwas ablenken wollte. Deshalb kostete es ihn einiges an Selbstbeherrschung, um nicht schärfer nachzufragen. Aber er wollte sich unbedingt an die mit Vasari besprochene Linie halten.

»Okay. Kommen wir noch einmal auf jenen Vormittag zurück. Was passierte, nachdem Sie und Anna Jansen sich geliebt hatten?«

»Herr Trautmann hat ein Nickerchen gemacht«, übersetzte der Mann von der Botschaft, sichtlich froh, eine Klippe umschifft zu haben.

Wieder folgte ein längerer Monolog Trautmanns. Der Deutsche unterstützte seine Worte mit so dramatischen Gesten, dass ein Theaterregisseur seine wahre Freude daran gehabt hätte.

»Nachdem Herr Trautmann mit Anna Jansen …«, der Botschaftsangehörige machte eine verlegene Miene, »… Sie wissen schon.«

Bardi nickte.

»Herr Trautmann hat danach ein Nickerchen gemacht. Lärm in der benachbarten Küche weckte ihn. Er zog sich schnell etwas über, holte seine Pistole aus dem Schrank und wollte gerade nachsehen, was da los war, als die Tür aufgerissen wurde und ein Mann ins Zimmer trat. Er hatte eine Waffe in der Hand. Obwohl es eine Art Pattsituation war, gelang es Herrn Trautmann, den Mann in Schach zu halten, bis er aus dem Fenster fliehen konnte. Er hörte noch, wie der Mann etwas auf Italienisch rief. Ein zweiter Mann nahm die Verfolgung auf, aber Herrn Trautmann gelang es, zum Turm zu fliehen, wo er sich versteckte.«

»Und Sie versuchten nicht, Ihre Freundin zu beschützen?«, fragte Bardi ungläubig.

Trautmann schüttelte verneinend den Kopf, wobei sich sein Mund vor Schmerzen verzog und er nach dem Klingelknopf tastete, der an einem Kabel neben seinem Bett schaukelte.

»Wie sah der Mann mit der Waffe aus, der in das Schlafzimmer kam?«

»Zwischen eins fünfundsiebzig und eins fünfundachtzig groß, schlank, Alter um die vierzig. Dunkle Haare. Trug eine Sonnenbrille und einen schwarzen Anzug«, übersetzte der Botschaftsangehörige.

»Das trifft auf die Hälfte aller Italiener zu«, sagte Bardi. »Haben Sie den Mann vorher schon einmal gesehen? Vielleicht auf den Fotos, die Sie vom Gut der Vallones gemacht haben.«

Trautmann schüttelte den Kopf.

Sein Dolmetscher sprang ihm bei. »Herr Trautmann hat Schmerzen. Deshalb sollten wir die Unterredung jetzt abbrechen.«

Bardi musste einsehen, dass er von Trautmann nicht mehr erfahren würde. So bedankte er sich, wünschte Trautmann gute Besserung und verabschiedete sich von den beiden Deutschen.

24. Kapitel

Kurz nach fünf saß Bardi erneut in Vasaris Büro, um das vorangegangene Gespräch mit der Commissaria und ihrem Assistenten Revue passieren zu lassen. Zunächst lauschten sie der Aufnahme auf Bardis *Telefonino*, das Meister mit einem fachmännischen, aber spöttischen Lächeln bedacht hatte, da es in seinen Augen wohl aus der Steinzeit stammte.

Nachdem die Aufnahme zu Ende war, lehnten sich alle drei in ihren Stühlen zurück, um zu überlegen, was Trautmanns Worte bedeuteten.

»Trautmann ist gerissen«, meldete Bardi sich als Erster zu Wort.

»Inwiefern?«, wollte Vasari wissen.

»Er bleibt vage. So muss er nicht lügen. Und wir erfahren rein gar nichts.«

»Trautmann ist Spieler«, zeigte sich Vasari wenig überrascht.

»Aber nicht aus freien Stücken, sondern weil er spielsüchtig ist. Deshalb hat er auch seinen Job als Journalist verloren«, erklärte Bardi.

»Und jetzt ist er hinter einer Story her, die ihn wieder ganz nach oben katapultieren könnte«, warf Meister ein. »Wir sollten mit härteren Bandagen kämpfen. Warum holen wir Trautmann nicht einfach hierher und unterziehen ihn einem richtigen Verhör? Wir sollten ausnutzen, dass er noch geschwächt ist.«

»Solch eine Aussage wäre nichts wert«, unterbrach Vasari.

Aber so schnell gab sich Meister nicht geschlagen. »Nicht vor Gericht. Aber uns würde sie helfen.«

»Wir sind nicht bei der CIA.«

»In einer Sache bin ich mit Ihnen einer Meinung«, erklärte Bardi in Meisters Richtung. »Trautmann ist an einer Story dran, die etwas mit den Vallones zu tun hat.«

Vasari lachte auf. »Dass der alte Vallone eine uneheliche Tochter gehabt hat, ist nicht mal der Regionalzeitung die Druckerschwärze wert.«

»Wenn das die Story wäre, hätte Trautmann sicher nicht verraten, dass Anna Jansen Vallones Tochter war«, entgegnete Bardi.

»Er ist hinter was anderem her. Etwas viel Größerem«, sagte Meister.

»Meine Herren, mir scheint, Sie verlieren den Blick auf das Wesentliche, das da wäre: der Mord an Anna Jansen und das Motiv dafür. Beispielsweise wäre ein Erbschaftsstreit ein solches Motiv.«

»Aber würde ein Erbschaftsstreit nicht anders geklärt?«, fragte Bardi zweifelnd. »Für so etwas gibt es Rechtsanwälte. Da braucht niemand hinterm Busch zu sitzen und Fotos knipsen.«

»Genau«, sagte Meister und blickte seine Chefin patzig an.

Vasari lachte auf. »Haben sich die Herren jetzt gegen mich verschworen?«

Bardi und Meister grinsten zur Antwort. Mit einem spöttischen Nicken Vasaris war die schlechte Stimmung weggefegt.

»Nehmen wir also an, dass mehr dahintersteckt«, begann Vasari. »Dass Trautmanns Freundin Marco Vallones Halbschwester ist, war vielleicht nur der Auslöser.«

Bardi nickte zustimmend. »Und dann juckt Trautmann die alte Spürnase. Er findet etwas heraus, das die Vallones in arge Bedrängnis bringen könnte. In ärgere Bedrängnis als eine Erbschaft. Ich bin kein Jurist, aber mehr als ein Pflichtteil wäre für Anna Jansen nicht herausgesprungen.«

»Sie sind so still, Meister«, sagte Vasari, die ein verschmitztes Lächeln bei ihrem Assistenten bemerkt hatte.

»Ich habe mir, während Capitano Bardi Trautmann verhört hat, einmal die Mühe gemacht, die Gesichter auf den Fotos durch unser Erkennungssystem zu schicken«, erklärte Meister.

Bardi wusste nicht einmal, dass es ein solches System gab, geschweige denn, wie man die Software bediente.

Als könnte er Bardis Gedanken lesen, erklärte Meister kurz das System, über das online Fotos mit einer zentralen Datenbank abgeglichen werden konnten, die Bilder von sämtlichen jemals in Italien straffällig gewordenen Personen enthielt. »Ich weiß nicht, ob die Carabinieri darauf Zugriff haben«, beendete Meister seinen Vortrag.

»Wir verlassen uns seit 1814 auf unsere Hände und unser Gehirn«, erwiderte Bardi bitter lächelnd. Es wurde Zeit, sich auf den neuesten Stand der Technik zu bringen, wollte er nicht als Fossil aus einer längst vergangenen Epoche der Kriminalistik enden. Vielleicht sollte er Emanuele doch öfter zuhören, wenn dieser von den neuesten Techniktrends berichtete. Jedoch schwor sich Bardi, dass dies nicht *Cannibal Corpse*, Red Bull und Pizza bedeuten durfte. Irgendwo gab es schließlich Grenzen.

»Was haben Sie entdeckt?«, fragte Vasari ungeduldig.

»Auf einem der Fotos ist Franco Mauro zu sehen«, erklärte Meister stolz und präsentierte den Ausdruck eines gestochen scharfen Fotos, das einen glatzköpfigen Mann um die siebzig zeigte, der ein Zigarillo im Mund hatte.

»Und wer ist dieser Franco Mauro?«, wollte Vasari wissen.

»Die Mauros gehörten zu den einflussreichsten Familien der 'Ndrangheta«, erklärte Bardi mit belegter Stimme. Er spürte, wie alte Wunden aufbrachen und Wut wie bittere Galle in ihm hochstieg.

»Hatten Sie mit denen schon einmal zu tun?«, fragte Meister erstaunt.

Bardi antwortete nicht.

»In San Pietro?«, hakte Meister nach.

»Ich hatte ein Leben vor San Pietro«, erwiderte Bardi knapp, um nach einer kurzen Pause hinzuzufügen: »Ein Berufsleben, wohlgemerkt.«

Meister öffnete den Mund, um mehr zu erfahren, Vasari kam ihm jedoch zuvor.

»Eine Verbindung zur organisierten Kriminalität. Das hört sich schon mehr wie eine Story an.«

25. Kapitel

»Mit dieser Aufmachung kann ich unmöglich in ein Restaurant gehen«, sagte Bardi und strich sich mit einer abfälligen Handbewegung über seine Uniform.

»Die Uniform steht Ihnen gut«, erwiderte Vasari. »Richtig fesch.«

»Wir gehen aber nicht auf einen Offiziersball.«

Bardi saß immer noch bei Vasari im Büro. Meister hatte sich bereits in den Feierabend verabschiedet.

»Ich könnte natürlich nach Hause fahren, um einen Anzug anzuziehen.«

Vasari blickte auf die Uhr.

Bardi nickte. Bis er wieder in Florenz wäre, wäre es weit nach einundzwanzig Uhr. »Und nun. Sollen wir es verschieben?«

Er klang beinahe enttäuscht, was Vasari nicht entging, denn sie legte ihre Hand auf seinen Arm.

»Warum holen wir uns nicht einfach ein paar Antipasti zum Mitnehmen?«

»Hierher?«, platzte es aus Bardi heraus.

Er schaute dermaßen entgeistert, dass Vasari lachen musste. »Sie werden es nicht glauben, aber auch ich habe eine Wohnung. Zwar nicht mit einer solch schönen Terrasse wie Sie. Aber immerhin mit einem kleinen Wohnzimmer.«

* * *

Wie Bardi feststellen musste, hatte Vasari, was das Wohnzimmer anging, gelogen, denn dies hatte die Ausmaße eines Ballettsaals. Als er ihr eine halbe Stunde später in die Wohnung folgte, glaubte er, sich im Inneren eines Palazzos aus dem neunzehnten Jahrhundert zu befinden. Vasaris Wohnung nahm die ganze obere Etage eines Wohnhauses unweit der Kathedrale *Santa Maria del Fiore* ein. Durch die Fenster des riesigen Wohnzimmers konnte Bardi die Kuppel des Doms sehen, die im Abendrot majestätisch und unwirklich überdimensional über den Dächern von Florenz thronte. Die Wände des Raumes waren mit Stoff bespannt, der üppige Blumenmuster zeigte. An den hohen Decken gab es Stuckdekor aus Meisterhand zu bestaunen. Im Gegensatz zu dieser Opulenz war die Einrichtung in minimalistischer moderner Klassik gehalten: Stahlrohr, Glas und schwarzes Leder dominierten.

»Bin ich bei der letzten Besoldungserhöhung übergangen worden?«, fragte Bardi, als Vasari die Antipasti und die 2012er-Flasche *Regaleali bianco*, die sie in der Trattoria nebenan erstanden hatten, in die Küche trug.

»Nein, …«, lachte Vasari und kramte einen Korkenzieher aus einer der Schubladen des Küchenschrankes, »die Wohnung gehört einer alten Freundin von mir. Oder vielmehr ihrem Mann, der einer alten Florenzer Familie entstammt. Er musste einen Posten an der italienischen Botschaft in Santiago de Chile antreten, und die beiden wollten ihre Wohnung ungern unbeaufsichtigt lassen. So habe ich sie günstig mieten können.«

»Eine klassische Win-win-Situation«, bemerkte Bardi, während er gekonnt die Weinflasche entkorkte.

»Eigentlich ist dieser Palast die reinste Verschwendung für jemanden wie mich, da ich ohnehin nur zum Schlafen hierherkomme.« Vasari drapierte Parmaschinken, verschiedene Salamisorten und ein großes, bröseliges Stück Parmesan auf einem Teller. »Wie kommt es eigentlich, dass ein Capitano der Carabinieri auf einem solchen Posten landet wie Sie?«

»Sie meinen auf solch einem langweiligen und unbedeutenden Posten wie Stationsleiter von San Pietro«, entgegnete Bardi.

»Ich wollte Sie nicht beleidigen«, antwortete Vasari. »Aber der typische Karriereverlauf ist das nicht.« Sie leckte sich das Öl der Crostini von den Fingern, die sie auf eine Holzplatte gelegt hatte.

»Das ist eine lange Geschichte«, antwortete Bardi und setzte hinzu, »die Sie garantiert nicht hören wollen.«

»Oh, ich liebe spannende Geschichten.« Nun verteilte sie gefüllte Oliven und in Öl eingelegte Tomaten, Paprika und Zucchini in ein paar Schalen.

»Meine ist eher traurig«, erwiderte der Capitano wortkarg. »Wo befinden sich die Weingläser?«

»Im Hängeschrank ganz rechts. Ich trinke nichts«, erklärte Vasari. Jetzt war sie es, die kurz angebunden klang, fiel Bardi auf.

Er half, die Teller und Schalen auf den Tisch im angrenzenden Esszimmer zu stellen.

»Wollen Sie Ihre Jacke nicht ausziehen?«, fragte Vasari.

Bardi nickte dankbar, denn der dicke Stoff der Uniformjacke hatte ihn ins Schwitzen gebracht, obwohl es in der Wohnung recht kühl war. Er hängte die Jacke über die Rückenlehne eines der mit Leder bezogenen Stühle und goss sich etwas Wein ins Glas.

»Und Sie wollen wirklich nichts trinken?«

Zur Antwort deutete Vasari auf die Pellegrinoflasche, die sie aus dem Kühlschrank geholt hatte. »Die habe ich nicht zum Blumengießen geholt.«

Bardi goss ihr ein Glas Wasser ein und prostete ihr dann zu. »Danke für die Einladung.«

»Ich hatte ein kleines Problem mit dem Alkohol«, erklärte Vasari.

Er nickte verständnisvoll. »Mir ging es schon einmal ähnlich.«

»Auch Alkohol?«

»Nein. Psychopharmaka.«

Beide schwiegen für einige Zeit nachdenklich. Jeder schien für sich noch einmal die Hölle nachzuempfinden. Schließlich wollte Bardi das Eis brechen, indem er seine Hand nach dem Messer ausstreckte, um sich ein Stück Parmesan abzuschneiden. Doch Vasari hatte die gleiche Idee. Ein Gerangel entstand, das in Gelächter endete.

»Sie zuerst«, sagte Bardi.

»Ich lasse Ihnen den Vortritt, Sie waren schneller.« Plötzlich lag Vasaris Hand auf Bardis.

Sie blickten sich für ein paar Sekunden tief in die Augen Die kleinen grünen Sprenkel faszinierten ihn.

»Ich hatte die Probleme nach der Trennung von Marcus, meinem Mann. Er ist Dozent an der Mailänder Uni und konnte seine Finger nicht von den Studentinnen lassen. Irgendwann hatte ich genug und bin gegangen. Lydia entschied sich, bei Marcus zu bleiben.«

»Lydia?«

»Meine vierzehnjährige Tochter. Haben Sie Kinder?«

Bardi nickte. »Antonella, dreizehn, lebt mit ihrer Mutter in Kalifornien. Ich habe sie zuletzt vor elf Jahren gesehen.«

»Warum so lange?«

»Meine Frau, oder vielmehr meine Ex …«, Bardi schüttelte den Kopf. »Schrecklicher Ausdruck.«

Vasari nickte. »Hört sich so entmenschlicht an.«

Bardi nickte ebenfalls und räusperte sich. »Antonia ist Geologin im Bereich Geodynamik. Erdbebenforschung, Spezialgebiet: tektonische Verschiebungen. Hier in Italien hangelte sie sich immer von einem befristeten Vertrag zum nächsten. Dann lernte sie Grant kennen. Ein Kalifornier, wie er im Buche steht. Also das genaue Gegenteil von mir.« Bardi lachte säuerlich.

»Grant ist Professor für Geophysik mit einem Labor in Menlo Park, einer Kleinstadt südlich von San Francisco. Er verliebte sich in Antonia. Sie sich in ihn. Er gab ihr einen festen, gut dotierten Job in seinem Institut. Sie schenkte ihm eine kleine Familie.« Bardi versuchte, seine Verbitterung mit Ironie zu übertünchen. Doch es wollte ihm nicht gelingen.

»Aber warum elf Jahre? Da war Ihre Tochter doch fast noch ein Baby.« Vasari schüttelte den Kopf. »Ich könnte das nicht. Ich vermisse Lydia jeden Tag, den ich sie nicht sehe.«

»Damals kamen noch berufliche Probleme hinzu. Ein traumatisches Erlebnis hat mich aus der Bahn geworfen.«

»Deshalb die Tabletten?«

Bardi nickte. »Wenn ich mich heute an diese Zeit erinnere, graut es mir vor mir selber.«

»Das kenne ich«, pflichtete Vasari ihm bei und streichelte sanft seine Hand. Die Berührung tat ihm gut.

»Jedenfalls ist der Kontakt irgendwann abgebrochen. Ich war einfach viel zu sehr mit mir selbst beschäftigt. Ich nehme an, dass Antonella in Kalifornien glücklich ist. Wenn Sie das Bedürfnis verspürt, mit ihrem leiblichen Vater Kontakt aufzunehmen, wird sie es tun. Würde ich dort auftauchen, gäbe es nur Verwirrung, die leicht in Schmerz enden könnte.«

»Sie haben Angst, dass Sie verletzt werden«, diagnostizierte Vasari.

»Könnte sein«, brummte Bardi, dem das Gespräch jetzt zu sehr ins Psychologische abdriftete.

»Die Versetzung hat mich gerettet. Ich konnte Alkohol mit Arbeit substituieren.« Vasari prostete Bardi zu und trank einen Schluck Wasser.

»Das Gleiche kann ich von San Pietro behaupten«, erwiderte Bardi. Dann tranken und aßen sie schweigend. Die Sonne war mittlerweile untergegangen, und Vasari zündete die diversen Kerzen in der Wohnung an, wobei Bardi ihr folgte.

Am Sofa im Wohnzimmer endete der Rundgang. Beide setzten sich nebeneinander. Bardi war sich nicht sicher, ob er einen Vorstoß wagen sollte. Vasari musste sein Zögern bemerkt haben, denn sie nahm ihm die Entscheidung ab, indem sie mit ihrer Hand unter Bardis Hemd fuhr und sanft seine Brust streichelte. Bardi erwiderte die Geste. Bald berührten sich ihre Lippen. Bardi sog Vasaris Parfüm ein, das ihn schon auf der Fahrt nach San Pietro betört hatte. Die Küsse wurden immer verlangender. Bardi fühlte der Form von Vasaris erstaunlich vollen Brüsten nach und spürte, wie ihr Atem schneller ging.

»Wollen wir ins Schlafzimmer gehen?«, flüsterte Vasari ihm ins Ohr, wobei ihre Stimme vor Verlangen fast versagte.

»Ja«, antwortete Bardi mit rauer Stimme. »Beatrice.«

Als sie ihn an der Hand fasste, klingelte das Telefon. Beide schüttelten den Kopf.

»Ich lasse es klingeln«, kicherte Vasari und zog Bardi hoch. Tatsächlich hörte das Klingeln auf.

Doch jetzt bimmelte Vasaris *Telefonino* im Entree. »Das ist mein privates Telefon«, erklärte Vasari mit entschuldigender Miene und eilte zum Flur.

Bardi atmete tief durch. Leise hörte er Vasaris Stimme. Die Worte konnte er nicht verstehen, doch sie klang besorgt. Das Gespräch dauerte weniger als eine Minute. Als Vasari zurückkam, sah Bardi sofort, dass etwas geschehen war.

26. Kapitel

Das Wochenende verbrachte Bardi, indem er seinen neuen Nachbarn beim Einbau einer kleinen Küche half, sich im Internet nach den Preisen für einen Flug nach San Francisco erkundigte, von dem er wusste, dass er ihn doch nicht antreten würde, und mit Paolo Conte auf der Terrasse.

Einziges Highlight war das Polomatch des San Pietro Polo Clubs gegen ein Team aus der Nähe von Mailand. Die Idee zur Gründung eines Polo-Klubs war Bardi gemeinsam mit seinen Freunden Luigi Mirri und John Thompson, einem ehemaligen englischen Popstar, der sich Ende der Achtziger in der Toskana niedergelassen hatte, an einem weinseligen Sommerabend gekommen. Thompson hatte ein großes Anwesen, und anderthalb Jahre später verfügte der Klub bereits über Ställe, ein Klubhaus, zwei Polofelder und eine Sandbahn. Und obwohl der Klub erst ein paar Jahre alt war, konnte er einen regen Zulauf aus der ganzen Toskana verzeichnen.

Doch bei dem Match war Bardi derart unkonzentriert gewesen, dass es seinetwegen verloren wurde.

Sein *Telefonino* trug er – gegen seine Gewohnheiten – stets bei sich, in der Hoffnung, dass Vasari sich meldete. Ein paarmal wählte er ihre Nummer, wagte es jedoch nicht, die Verbindungstaste zu drücken. Am Sonntagabend war er von einer solchen inneren Unruhe ergriffen, dass an Schlaf nicht zu denken war. Die Symptome waren deutlich: Bardi diagnostizierte bei sich eine große Verliebtheit, wie er sie seit fünfunddreißig Jahren nicht mehr verspürt hatte, als er sich als Teenager in Antonia verliebt hatte. Er verfluchte den Anruf, während dem Vasari mitgeteilt worden war, dass ihr Nochehemann einen Herzinfarkt erlitten hatte. Woraufhin Vasari noch in der Nacht zu ihrer Tochter nach Mailand gefahren war. Zum Abschied hatte sie ihm einen Kuss auf die Wange gedrückt. Bardi konnte ihre Lippen immer noch spüren. Und wenn er die Augen schloss, kam es ihm vor, als stünde sie neben ihm und er könne ihr Parfüm riechen.

Bardi schlief schlecht, weshalb er froh war, als die ersten Sonnenstrahlen den Montagmorgen ankündigten. Sofort war dieses aufgeregte Kribbeln wieder da und er fragte sich, ob er als über fünfzigjähriger Mann nicht etwas abgeklärter reagieren sollte. Aber gegen die Endorphine seines Körpers konnte der Verstand nichts ausrichten. Wenn sich nur Vasari melden würde.

Giovanni schaute Bardi erstaunt an, als er den Capitano vor seinem Laden wartend vorfand.

»So früh?«, fragte Giovanni, während er die Rollläden vor der Eingangstür hochschob. Obwohl es erst kurz vor neun Uhr war, herrschte eine leichte Schwüle, weswegen sich Giovanni mit einem riesigen weißen Taschentuch den Schweiß von der Stirn wischte.

Bardi antwortete nicht, sondern betrat den Barbiersalon, sobald der Rollladen hoch genug war.

»Ist Ihr Rendezvous gut verlaufen?«, fragte Giovanni, während er die Espressomaschine in Gang setzte.

»Woher wissen Sie …?«

»Sie fragen mich nach meinem Herrenausstatter. Und ich zähle eins und eins zusammen«, erklärte der Barbier grinsend und streckte Bardi ein Espressotässchen entgegen.

Bardi leerte den Espresso mit einem Schluck und setzte sich auf seinen Stammplatz.

»Was wissen Sie über den alten Vallone?«, wollte Bardi wissen, als Giovanni seine untere Gesichtshälfte gekonnt eingeseift hatte.

»Über Tote soll man nicht schlecht reden«, erklärte der Barbier kategorisch.

»Die Wahrheit ist niemals schlecht«, nuschelte Bardi unter der Seife.

Giovanni ließ sich diesen Gedanken durch den Kopf gehen. Scheinbar kam er zu dem Schluss, dass Bardi recht hatte, denn seine Beredsamkeit gewann die Oberhand.

»Corrado Vallone hielt sich immer für etwas Besseres. Zumindest ließ er sich hier im Städtchen selten blicken. Wie sagten wir hier in San Pietro immer: ›Bei den Vallones bleibt alles auf ihrem Gut.‹ Eines fragten wir uns allerdings alle …«

Er legte eine Kunstpause ein, während er das Rasiermesser am Streichriemen glättete. Aus Erfahrung wusste Bardi, dass er Giovanni nicht drängen durfte, fortzufahren. Denn damit hätte er den Barbier an dessen Geschwätzigkeit erinnert – was dann den doppelten Aufwand an Überzeugungskraft erfordert hätte, um den Redefluss wiederherzustellen.

»… woher Corrado Vallones Reichtum stammte. Er kam als bettelarmer Tagelöhner hier an, konnte weder lesen noch schreiben, heiratete die Tochter eines armen Olivenbauers, dessen Geschäft er übernahm, und schwupps …«, Giovanni schnippte mit den Fingern seiner freien Hand, »wird er zum reichsten Mann weit und breit. Fuhr immer den neuesten und größten Mercedes, baute das Bauernhaus in eine Villa um und kaufte Immobilien in der ganzen Toskana.«

»Vielleicht wirft das Olivenölbusiness mehr ab, als ihr alle glaubt«, wandte Bardi ein.

»Vielleicht wird meine Großmutter Papst«, entgegnete Giovanni lachend.

»Warum ist Corrado Vallone Anfang der Siebziger nach Deutschland gegangen?«

Bevor er antwortete, drehte sich der Barbier um und vergewisserte sich, dass außer ihnen nicht doch jemand im Laden war. »Damals wurde auf der alten Landstraße zwischen San Pietro und Siena ein Toter in einer Limousine gefunden. Erschossen. Wie sich herausstellte, handelte es sich wohl um den Boss einer Erpresserbande aus Siena, der sich als ehrenwerter Geschäftsmann getarnt hatte. Vieles blieb im Dunkeln. Jedenfalls verschwand bald darauf der alte Vallone nach Deutschland. Obwohl, damals war der noch gar nicht so alt ...«, Giovanni lachte rau. »Seine Olivenölproduktion übernahm für die Zeit ein zwielichtiger Neffe von ihm.«

»Wurde der Mörder des Gangsterbosses gefasst?«

Giovanni lachte wie über einen guten Witz. »Nein. Anfangs schnüffelten hier ein paar Polizisten herum, aber scheinbar wurde der Fall bald ad acta gelegt. Angeblich hatten sich Anhaltspunkte für einen Selbstmord gefunden. Aber hier in San Pietro war es ein offenes Geheimnis, dass Corrado Vallone etwas mit dem Mord zu tun hatte.«

Der Barbier drückte Bardis Nasenspitze nach oben, um die Bartstoppeln über der Lippe fortzukratzen.

»Wenn Sie mich fragen, hat weit oben jemand seine schützende Hand über Vallone gehalten.«

»Mafia?«, sprach der Capitano das verbotene Wort aus, und Giovanni hörte vor Schreck auf zu rasieren.

»Wissen Sie, woher Corrado Vallone ursprünglich stammte?«

»Kalabrien«, erwiderte Giovanni. »Genauer: San Luca.« Den Namen des Ortes raunte er Bardi ins Ohr.

»'Ndrangheta?«

Der Barbier nickte kaum merklich. »Vallone blieb fast drei Jahre in Deutschland. Irgendwo im kalten Norden. Dann kam er zurück, als wäre nichts geschehen. Fuhr einen nagelneuen Mercedes Benz. Angeblich hatte er mit einem Restaurant in Deutschland ein Vermögen gemacht. Sein Neffe verabschiedete sich noch am Tag von Vallones Rückkehr.«

Giovanni zog das Unterlid seines rechten Auges mit dem Zeigefinger hinunter. »Viele hier haben ihm geglaubt. Aber ich halte das für Quatsch. Nicht einmal ein Dreisternekoch macht in knapp drei Jahren ein Vermögen, und Vallone taugte höchstens zum Pizzabäcker.«

Bardi nickte. Nach Meister war Giovanni nun schon der Zweite, der die Vallones in die Nähe der berüchtigten 'Ndrangheta rückte. Aber wie hing dies mit dem Mord an der Deutschen zusammen?

»Haben Ihre Fragen mit der Toten im Ferienhaus der Vallones zu tun?« Giovanni legte ein kühlendes Tuch auf Bardis Gesicht.

»Indirekt«, murmelte Bardi unter dem Tuch. »Ich bin einfach noch nicht lange genug in San Pietro, um über diese alten Geschichten Bescheid zu wissen.«

Giovanni nahm das Tuch ab und tätschelte etwas Aftershave auf die Wangen seines Kunden. Der brennende Schmerz war kurz, aber heftig. Bardi verzog sein Gesicht. »Trotzdem würde ich es sehr schätzen, wenn das Gespräch unter uns bliebe.«

»Mafia, 'Ndrangheta: Da wird mir immer ganz unheimlich«, flüsterte Giovanni und schüttelte sich.

»Davon haben Sie gesprochen«, erwiderte Bardi und erhob sich mit einiger Mühe aus dem tiefen Rasiersessel.

Er spendierte Giovanni ein großzügiges Trinkgeld und verließ pfeifend den Laden. Auf der Straße herrschte jetzt morgendlicher Betrieb. Frische Waren für Mirris Lebensmittelgeschäft wurden angeliefert, einige San Pietroer eilten zur Arbeit, andere – meist ältere – hielten ein morgendliches Schwätzchen. Und alle grüßten ihn freundlich.

Wie im Paradies, dachte Bardi. Oder wie in einem kitschigen Werbefilm. Bei diesem Gedanken musste der Capitano grinsen. Das *Telefonino* klingelte und vibrierte in seiner Jackentasche. Hektisch kramte Bardi es hervor. Vasaris Nummer stand auf dem Display.

»Paradies«, sagte Bardi.

»Bardi?«, fragte Vasari am anderen Ende.

»Wie geht es dir?«

»Müde, aber okay. Meine Tochter ist mit mir nach Florenz gekommen.«

»Und dein Mann?«, fragte Bardi und ertappte sich dabei, dass er ihm nichts Gutes wünschte.

»Ein leichter Infarkt. Ein Schuss vor den Bug.« Vasari klang darüber erleichtert.

Natürlich, dachte Bardi und schämte sich für seinen schlimmen Gedanken. »Das freut mich, Beatrice.« Er stockte. War dies das erste Mal, dass er Vasari beim Vornamen genannt hatte?

»Danke … Giulio.«

»Bardi klingt besser. Ich mag meinen Vornamen nicht besonders.«

»Ich werde heute Vormittag diesem Marco Vallone auf den Zahn fühlen …«

»Soll ich mitkommen?«

»Wir waren uns doch einig, dass ich die Ermittlungen führe.«

»Wie du willst«, erwiderte Bardi enttäuscht. Aber natürlich hatte Vasari recht. Es war ihr Fall. Also berichtete er ihr, was er bei Giovanni erfahren hatte. Vasari zeigte sich davon wenig beeindruckt. Sie nannte es Dorfgeschwätz.

»Sehen wir uns danach?«, fragte Bardi.

»Zum Mittagessen?«

»Bis dann.«

So einfach war das also. Bardi beschloss, sich ab jetzt aus dem Mordfall Jansen herauszuhalten. Schließlich war die Beziehung zu Beatrice viel mehr wert als ein beruflicher Erfolg, für den er sich garantiert einen Rüffel seiner Vorgesetzten einfing, wenn er nicht der Weisung der Kriminalpolizei folgte.

Tatsächlich fühlte sich Bardi hin- und hergerissen. Einerseits hatte ihn der kriminalistische Ehrgeiz gepackt. Auf der anderen Seite lockte ihn der angenehm unaufgeregte Alltag in San Pietro mit all den kleineren und größeren Sorgen seiner Einwohner. Denn in erster Linie fühlte sich Bardi für ein gutes Miteinander der San Pietroer zuständig. Häufig verglich er seine Arbeit mit dem Öl im Getriebe eines gut funktionierenden Autos. Auch wenn San Pietro eher ein *Topolino* denn ein Ferrari war.

27. Kapitel

An der kleinen Bäckerei mit den Stehtischen machte er kurz halt, um ein kleines Frühstück zu sich zu nehmen: Latte macchiato aus viel erwärmter, mit Espresso verrührter Milch und ein *Cornetto*.

Die Bar Puccini, an deren Tresen er früher stets gefrühstückt hatte, war im Winter für immer zugemacht worden. Zuvor war das Haus, in dem sich die Bar befunden hatte, von einem schweizerischen Immobilienhai als Renditeobjekt gekauft worden und der Pächter war nicht gewillt, die neue horrende Miete für seinen Laden zu bezahlen. Freilich stand das Haus bis auf die Wohnung des alten Dagoberto jetzt leer. Der Alte hatte einen Mietvertrag auf Lebenszeit, und auch eine hohe Abfindung konnte ihn nicht dazu bewegen, seine Wohnung zu räumen.

Während er das Hörnchen in den Milchkaffee tunkte, unterhielt sich Bardi mit der rundlichen Bäckersfrau. Mittlerweile war der Mord an der Deutschen seit fast einer Woche Stadtgespräch.

»Zum Glück ist Morena nicht der Mörder«, sagte die Bäckersfrau über die Theke hinweg.

Bardi nickte kauend.

»In unseren Reihen mag es ja einige Idioten geben. Aber doch keine Mörder«, fuhr die Frau fort. »Gott sei Dank haben Sie den richtigen Mörder dingfest gemacht, Capitano.«

Bardi nickte erneut. Er hielt es für besser, wenn die Einwohner glaubten, Trautmann sei bereits überführt. Ruhe war in einem kleinen Ort wie San Pietro ein hohes Gut. Nicht auszudenken, wenn die Bewohner sich selbst nicht mehr über den Weg trauen würden.

Als Bardi fertig gefrühstückt hatte, holte er sein Portemonnaie hervor. Die Bäckersfrau lehnte eine Bezahlung jedoch brüsk ab.

»Für mich sind Sie ein Held, Capitano Bardi.«

Bardi kam sich veräppelt vor und lachte. Sie blieb allerdings ernst. Schulterzuckend verließ Bardi mit einem freundlichen »A presto!« die Bäckerei.

In der Wache begrüßte er kurz Emanuele, der über seinen Lehrbüchern brütete. Beruhigt, dass der Vormittag wahrscheinlich ruhig bleiben würde, betrat Bardi danach das benachbarte Rathaus.

Signorina Bella, die Sekretärin des Bürgermeisters, an der nach Bardis Schätzung höchstens fünfzig Prozent des Körpers echt waren, begrüßte ihn mit einem flötenden, wenngleich etwas gelispelten: »Buon giorno.«

»Ist der Bürgermeister zu sprechen?« Bardi konnte nicht anders, als auf das grotesk üppige Dekolleté von Signorina Bella zu starren, das zwei Fußbällen gleich unter einem golden changierenden Top hervorstach. Es kam ihm vor, als wären die Brüste der Signorina schon wieder gewachsen.

Signorina Bella missdeutete Bardis Blick und leckte sich lasziv über ihre aufgespritzten Lippen.

Bardi lenkte seinen Blick auf die Wanduhr über ihr. Sie blätterte daraufhin in ihrem riesigen, mit schwarzem Rindsleder eingebundenen Terminkalender. Dann blickte sie auf, klimperte mit ihren künstlichen Wimpern, auf denen ein Spatz bequem Platz gefunden hätte, und flötete: »Signor Tavano hat fünf Minuten.«

»Das reicht vollkommen«, erwiderte Bardi und klopfte kurz an die Tür zum Bürgermeisterbüro, um sie direkt zu öffnen.

Er erwischte Tavano hinter seinem riesigen Schreibtisch sitzend mit dem Zeigefinger in der Nase. Der Bürgermeister erhob sich und streckte Bardi die Hand über den Schreibtisch entgegen.

»Bleiben Sie doch bitte sitzen«, verzichtete der auf den Handschlag.

»Haben Sie heute schon Zeitung gelesen?«, fragte Tavano und hielt die neueste Ausgabe des *IL FLASH!* in die Luft.

Bardi schüttelte den Kopf.

»Sehr schöner Artikel über die Gastfreundschaft von San Pietro.« Er deutete auf ein großes Bild, das ihn mit Signor al-Salih und der Weinflasche zeigte. Stolz reichte er Bardi die Zeitung.

»Und sogar in Farbe«, bemerkte Bardi.

Tavano wurde stutzig, doch Bardi blickte ihn mit einer solch unschuldigen Miene an, dass der Bürgermeister es als Lob aufnahm.

Bardi überflog Ugos Artikel, der eine einzige Lobhudelei auf den Bürgermeister war. Alles sei Tavanos Idee gewesen, der die Renovierung der Wohnung für die syrische Flüchtlingsfamilie zudem tatkräftig unterstützt habe. Alles in allem habe die Verwaltung San Pietros mal wieder bewiesen, wie man human und unbürokratisch auf Notfälle reagieren müsse. Bardi konnte sich ein spöttisches Grinsen nicht verkneifen, als er Tavano die Zeitung zurückgab.

In San Pietro würde ohnehin niemand den Artikel für bare Münze nehmen. Bardi wettete, dass es Tavano darum auch gar nicht ging. Wahrscheinlich wollte der Bürgermeister mit diesem Artikel sein Standing bei seiner Partei verbessern, deren Zentrale sich in Mailand befand. Wenngleich Bardi sich vorstellen konnte, dass es bei dieser Partei besser angekommen wäre, wenn Tavano die al-Salihs ins nächste Flugzeug zurück nach Damaskus gesetzt hätte. Aber vielleicht war Tavano als humanitäres Feigenblättchen vorgesehen. Bardi kam mal wieder zum Schluss, dass Parteipolitik ein verachtenswertes Geschäft war.

»Omar, der Sohn der al-Salihs, bedarf dringend psychologischer Unterstützung, da er in Syrien Dinge sehen musste, die nicht für die Augen eines kleinen Jungen bestimmt sind«, erklärte Bardi.

Tavano stöhnte. »Sie wissen so gut wie ich, dass die Finanzlage unserer Stadt mehr als prekär ist.«

»Und Sie wissen ganz genau, dass nicht Sie den Artikel verdient haben, sondern Signora van Laak und all die netten Mitmenschen, die geholfen haben, dass die al-Salihs ein Dach über dem Kopf haben.«

Tavano lief puterrot an. Bardi befürchtete schon einen Wutanfall. Doch der Bürgermeister tat es einem Dampfkessel gleich, indem er die Wangen aufblies und die Luft langsam durch seinen gespitzten Mund entweichen lies.

»Wir haben eine Studentin der Psychologie mit arabischen Sprachkenntnissen gefunden, die Omar helfen könnte. Ich denke, zwanzig Stunden zu einem Satz von dreißig Euro würden zunächst genügen.«

»Zehn Euro«, erwiderte Tavano.

»Fünfundzwanzig Euro. Die junge Frau kommt von außerhalb.«

»Fünfzehn Euro sind mein letztes Wort.«

Bardi nickte zögernd. »Ich werde an die Menschenfreundlichkeit der jungen Dame appellieren müssen.«

»Tun Sie das«, erwiderte der Bürgermeister patzig.

Offenbar war ihm Bardis Scheinheiligkeit nicht aufgefallen. Denn dieser hatte befürchtet, dass Tavano seinen Vorschlag kategorisch ablehnen würde. Wahrscheinlich hätte Nihal dann sogar unentgeltlich geholfen. Aber dreihundert Euro waren für eine Studentin viel Geld, das sie sicher gut gebrauchen konnte.

Der Bürgermeister breitete die Zeitung auf seinem Schreibtisch aus und blätterte zur Titelseite, auf der ein Foto der Einfahrt zur *Casa del Colono* samt Flatterband der Polizei zu sehen war. Darüber prangte in großen Lettern die Überschrift *Sensationelle Wende im Mordfall Jansen* und in kleineren Buchstaben: *Nach Schusswechsel – ist ihr Freund der Mörder?*

Bardi nahm die Zeitschrift erneut und las den Artikel, der aus ein paar dürren Zeilen bestand und ebenfalls aus Ugos Feder stammte. Darin wurde von einer wilden Schießerei zwischen Polizei und Trautmann gesprochen. Bardis Name wurde nicht erwähnt. Dafür wurde Tavano zitiert, der froh sei, dass jetzt wieder alle Bürger von San Pietro ruhig schlafen könnten, und der sich für die Wiedereinführung der Todesstrafe aussprach.

»Ich hoffe, dass sich diese Sache nicht auf unsere Touristenzahlen auswirkt«, erklärte Tavano. »Ein Mord ist verdammt schlechte Publicity.«

»Sind bei Ihnen die Übernachtungszahlen rückläufig?«, fragte Bardi betont arglos.

Tavano war nicht nur Bürgermeister von San Pietro, sondern darüber hinaus noch der größte Hotelier im Umkreis. Ihm gehörten ein Wellnesshotel, zwei Anlagen mit Ferienwohnungen und ein Golfhotel samt Golfplatz. Alles im Umkreis von San Pietro.

»Bis jetzt noch nicht«, sagte Tavano mit ernster Miene. »Und ich hoffe, das bleibt auch so.«

Bardi nickte. »Deshalb bin ich gekommen.«

»Gibt es noch einen Mord?« Tavano stand pure Angst in den Augen. »Ich dachte, der Mörder ist gefasst.«

»Kein neuer Mord. Vielmehr habe ich gehört, dass der Stadt San Pietro Fördermittel in Höhe von fünfzigtausend vom Ministerium für Kulturgüter und kulturelle Aktivitäten zugesprochen wurden.«

»Gerüchte.« Der Bürgermeister machte eine abfällige Handbewegung.

»Signora Benigni verbreitet für gewöhnlich keine Gerüchte«, erwiderte Bardi. Signora Benigni saß im *Consiglio comunale,* dem Gemeinderat San Pietros, und war dementsprechend gut informiert.

Tavano nickte misstrauisch. »Wir wollen dafür neue Hinweisschilder installieren, die auf Übernachtungsmöglichkeiten im Umland hinweisen.«

»Und das kostet fünfzigtausend Euro?«

»Schilder sind teuer.«

»Kommt darauf an, welche Firma man damit beauftragt.«

Tavano blickte Bardi zornig an. »Was wollen Sie mir damit unterstellen?«

»Nichts, verehrter Bürgermeister.«

Tavano seufzte. »Sie wissen doch, wie das läuft.«

»Nein«, antwortete Bardi. »Aber Sie können es mir gerne erklären.«

»Wir lassen die Schilder in Florenz produzieren. Dafür erklärt sich Florenz bereit, sich an der Ausbesserung einiger Straßen hier in der Umgebung zu beteiligen.«

»Sie meinen nicht zufälligerweise die Straße, deren einziges Ziel Ihr Golfplatz ist?«, fragte Bardi spitz.

Sein Gegenüber lief rot an. »Sie gehen jetzt besser, Capitano Bardi. Kümmern Sie sich um Ihre Parksünder, Ruhestörer und Ladendiebe, ich bin für die Amtsgeschäfte zuständig. Die, wie auch Sie einsehen werden, etwas komplizierter sind.«

»Aber Bürgermeister«, Bardi hob beschwichtigend die Hände, »wir alle wissen doch, dass Sie stets das Beste für San

Pietro wollen. Und sei es, dass die Straße zum einzigen Golfplatz auf unserem Stadtgebiet saniert wird.«

»Warum habe ich bei Ihnen immer das Gefühl, dass Sie etwas im Schilde führen?«, fragte Tavano kopfschüttelnd.

»Vielleicht, weil dem so ist«, erwiderte Bardi lächelnd.

»Dann raus mit der Sprache.«

28. Kapitel

Wieder auf der Piazza angelangt, an der sich das Machtzentrum San Pietros bestehend aus Kirche, Rathaus und Carabinieri-Wache befand, klopfte Bardi zufrieden etwas Schnupftabak auf seinen Handrücken und genoss dessen belebende Wirkung. Die Hupe eines Autos schreckte ihn auf. Er wandte sich um, bereit, dem Störenfried die Leviten zu lesen. Doch als er Vasaris Alfa Romeo erkannte, huschte ein Lächeln über sein Gesicht.

Wenig später tranken sie auf Bardis Terrasse erfrischende sizilianische Orangenlimonade. Die Schwüle hatte noch weiter zugenommen. Aus weiter Entfernung vernahm Bardi das dumpfe Grollen einer Gewitterfront.

»Ich war eben bei den Vallones.« Vasari hielt sich die Limonadenflasche, aus der ein roter Strohhalm ragte, an die Stirn.

»Und ich dachte, du seist meinetwegen gekommen«, erwiderte Bardi mit gespielter Entrüstung in der Stimme.

»Den weiten Weg aus Florenz?« Vasari schüttelte neckisch den Kopf.

»Und hat es sich gelohnt?«

»Das weiß ich noch nicht«, sagte Vasari und griff nach Bardis Hand.

Bei dieser Berührung durchlief Bardi ein wohliger Schauer.

»Wenn du die Vallones meinst, so hätte ich gleich in Florenz bleiben können.«

»Das Erbe Kalabriens.«

Vasari sah Bardi fragend an.

»War doch klar, dass du bei denen auf Granit beißt. Der alte Vallone stammte aus Kalabrien. Und die Kalabreser sind nicht gerade für ihre Geschwätzigkeit bekannt. Vor allem nicht, wenn sie der Polizei gegenüberstehen.«

»Das ist doch Mafia-Humbug.« Vasari sah Bardi zweifelnd an und entzog ihm sogar ihre Hand. »Marco Vallone ist eher der Typus des aalglatten Geschäftsmannes, seine Mutter eine misstrauische, verhärmte, alte Frau und seine Verlobte redet nicht, weil sie Angst hat, etwas Falsches zu sagen.«

»Die reden nicht, weil sie dir nicht vertrauen«, erklärte Bardi.

»Ich bin Polizistin.«

»Als ob die Polizei bei uns im Land für Vertrauen steht.«

»Aber die Carabinieri.« Vasari sah Bardi spöttisch an.

»Und was ist mit dem 'Ndrangheta-Boss, den Meister auf Trautmanns Foto entdeckt hat?«

»Vielleicht haben die Vallones Verbindungen zur 'Ndrangheta«, räumte Vasari ein. »Aber was soll das mit dem Mord an einer deutschen Touristin zu tun haben?«

»Hast du Marco Vallone zu diesem Punkt befragt?«

»Dazu kam es gar nicht erst«, antwortete Vasari.

»Der springende Punkt ist, dass die Vallones dich nicht kennen.«

»Jetzt verstehe ich.« Vasari schüttelte den Kopf. »Du willst dich wieder in meine Ermittlungen drängen.«

Verärgert stellte Bardi fest, dass ihr Gespräch in die falsche Richtung lief. »Ich habe den heutigen Morgen genossen wie schon lange keinen Montagmorgen mehr.«

Er berichtete von seinem Rundgang durch das friedliche San Pietro, den Gesprächen mit den Einwohnern und von dem, was er beim Bürgermeister erreicht hatte.

»Da brauche ich keinen Mordfall«, schloss Bardi seinen kurzen Bericht.

»Entschuldige.« Vasari griff erneut nach Bardis Hand.

»Du hast zu viel Stress«, sagte Bardi und drückte sanft Vasaris Hand. »Wie geht es deinem Mann?«

»Interessiert dich das wirklich?«

»Eigentlich möchte ich wissen, wie es dir geht«, lenkte Bardi ein.

»Er muss zwei Wochen in der Klinik bleiben und danach kommt die Reha.«

»Und deine Tochter …« Bardi musste kurz überlegen, wie der Name von Vasaris Tochter lautete. Zum Glück fiel er ihm schnell ein. »Lydia.«

Vasari seufzte. »Lydia ist mit nach Florenz gekommen. Ich habe sie von der Schule befreit. Sie wird zwei Wochen bei mir wohnen. Zum Glück konnte meine Mutter sofort kommen. Sie wird sich um Lydia kümmern, wenn ich arbeite.«

»Volles Haus also.«

Vasari verdrehte die Augen. »Lydia ist in einem schwierigen Alter. Außerdem gibt sie mir die Schuld für Marcus' und meine Trennung.«

Plötzlich krachte es, ein Donner, der in den engen Gassen San Pietros metallen widerhallte. Sofort prasselten große Regentropfen auf Vasari und Bardi nieder. Obwohl der Weg ins Wohnzimmer nicht einmal vier Meter betrug, waren die beiden, nachdem sie dorthin geflüchtet waren, so durchnässt, als hätten sie ausgiebig geduscht. Beide mussten lachen.

»Im Bad findest du frische Handtücher«, sagte Bardi.

Vasari nickte und verschwand in diese Richtung. Währenddessen entledigte sich Bardi im Schlafzimmer seiner nassen

Kleidung und suchte im Schrank nach trockenen Sachen für sich und Vasari.

»Mir ist kalt«, hörte Bardi Vasaris Stimme von hinten, und als er sich umwandte, konnte er gerade noch sehen, wie die splitternackte Commissaria unter seine Bettdecke kroch.

Vasari betrachtete Bardi von oben bis unten, wobei ihr Blick in der Mitte etwas länger verharrte. Dann streckte sie ihren Arm aus und Bardi kroch zu ihr ins Bett. Während der Regen aufs Dach prasselte, liebten sie sich ausdauernd und stumm.

Danach lag ihr Kopf auf seiner Brust. Ihr Haar kitzelte ihn in der Nase und er fühlte sich schläfrig und dazu geborgen wie schon lange nicht mehr. Ja, er fragte sich, ob er sich jemals so geborgen gefühlt hatte.

»Kennst du das Gefühl, als laufe man immer gegen eine Wand?«, murmelte Vasari.

Bardi brummte zustimmend.

»Ich bin bei diesem Mordfall kein Stück weitergekommen. Alle weichen aus oder verweigern die Auskunft.«

»Trautmann hat geredet«, wandte Bardi gähnend ein.

»Trautmann wird übermorgen um Punkt acht Uhr die Untersuchungshaft verlassen.«

»Aber die Indizien sprechen gegen ihn.«

»Rate mal, wie Trautmanns Anwalt heißt«, erwiderte Vasari.

»Ich mag keine Quizsendungen.«

»Ein alter Bekannter von dir.«

»Wer soll das sein?«

Vasari richtete sich auf und blickte ihm ins Gesicht. »Dottore Fabiano Fabri.«

Plötzlich war Bardi hellwach. »Woher weißt du, dass …«

Vasari schwieg, bis er begriff.

Bardi rückte von Vasari ab. »Du hast meine Akte gelesen?«

Sie nickte. »Aber da wusste ich noch nicht, dass ich mich in dich verlieben würde.«

Bardi nickte unschlüssig. »Machst du das immer?«

Sie nickte abermals. »Ich weiß gerne, mit wem ich es zu tun habe.« Sie strich Bardi über die Wange und fügte hinzu: »In beruflicher Hinsicht.«

»Okay.« Er zog Vasari zu sich heran und gab ihr einen ausgiebigen Kuss auf den Mund, den sie hingebungsvoll erwiderte.

»Dann kennst du meine Geschichte ja«, sagte Bardi, nachdem sie wieder voneinander gelassen hatten.

»Zumindest das, was in der Akte steht.«

29. Kapitel

Vor Bardis innerem Auge tauchten die Bilder auf, die er so gern vergessen hätte. »Wie du dann sicher weißt, war meine Einheit für den Schutz des damaligen Innenministers zuständig. Er war einer der Guten, ein Freund Falcones. Deshalb wurde er von der organisierten Kriminalität bedroht.«

»Ich kann mich an den Minister erinnern. Ein aufrechter Mann«, erwiderte Vasari.

»Eines Morgens erhielt ich in meinem kleinen Büro auf dem Anwesen des Ministers einen anonymen Anruf. Eine Stimme sagte, dass am Wagen des Innenministers eine Bombe angebracht sei. Und dann beging ich den größten Fehler meines Lebens …«

»So steht das nicht in den Akten«, sagte Vasari.

»Der fünfjährige Sohn des Chauffeurs spielte auf dem Hof vor der Privatvilla des Ministers Ball. Dort war auch die Dienstlimousine geparkt …« Bardi stockte.

»Du musst es mir nicht erzählen«, flüsterte Vasari und drückte ihn an sich.

»Anstatt sofort alle Personen aus dem Umkreis des Autos zu evakuieren, eilte ich zum Minister, der auf seiner Terrasse frühstückte. Ich weiß noch, dass er sich Orangenmarmelade auf ein Brötchen schmierte, als ich zu ihm kam. Er sah mich ganz erstaunt, fast belustigt an. Und dann …«

Vasari strich Bardi übers Haar.

»Der Sohn des Chauffeurs musste wohl die hintere Tür des Autos geöffnet haben. Dadurch wurde der Sprengsatz unter dem Wagen ausgelöst. Bis heute wurde nicht ermittelt, wie es diesen Schweinen gelang, ihn dort unbemerkt zu installieren.« Bardi wurde plötzlich kalt, sodass er zitterte. »Weißt du, was seltsam ist?«

Vasari brummte verneinend.

»Seitdem träume ich fast jede Nacht von Dario, dem Sohn des Chauffeurs. Ich sehe seine kleine Hand, die den Türgriff berührt und dann …«, Bardi seufzte, »dann knallt es. Dabei war ich doch auf der verdammten Terrasse, als der Sprengsatz detonierte.«

»In den Akten wird dir keinerlei Schuld dafür gegeben.«

»Was nützt mir ein Freispruch in den Akten«, sagte Bardi. Seine Stimme klang verbittert.

Vasari nickte, und Bardi lächelte tapfer.

»Zur Strafe bist du hierher in die tiefste Provinz versetzt worden«, mutmaßte sie.

»Wenn dem nur so wäre. Vielleicht könnte ich dann wenigstens mit meiner Schuld besser umgehen.« Bardi lachte bitter auf. »Nein. Der Minister wollte mir einen Orden für mein mutiges Handeln verleihen. Sogar der Chauffeur machte mir keine Vorwürfe, da er sich selber die Schuld an dem Tod seines Sohnes gab. Denn eigentlich hätte der Junge nicht in der Nähe des Wagens spielen dürfen.«

»Na siehst du«, versuchte Vasari, Bardi zu trösten.

»Aber er spielte immer dort. Und ich wusste das …« Bardi starrte auf das Fußende des Bettes. Dann blickte er Vasari an. »Ich habe den Orden abgelehnt und um einen Deal gebeten. So behielt ich meinen Rang als Capitano, aber landete hier in der toskanischen Provinz, wo es keine Minister, keine Sprengstofffallen und keine Mafia gibt … Dachte ich zumindest.«

Vasari streichelte Bardi sanft über den Bauch. »Du bist naiv«, flüsterte sie. Ihre Worte klangen nicht beleidigend, sondern tröstlich.

»Einen Fehler hatte die ’Ndrangheta jedoch begangen«, erzählte Bardi weiter. »Man konnte den Anrufer ermitteln, der mich gewarnt hatte: ein halb debiler Autoschlosser aus Catanzaro, Kalabrien.«

Er legte eine Kunstpause ein. »Ein halb debiler Autoschlosser mit Kontakten zur ’Ndrangheta. Genauer gesagt arbeitete er für den Clan der Mauros, zu dem auch Franco Mauro gehört. Der Mann, den Meister auf dem Foto entdeckt hat.«

»Laut Akte wurde dieser Autoschlosser freigesprochen.«

Bardi nickte. Er merkte, dass die Wut in ihm langsam Oberhand gewann. Denn die alte Geschichte wühlte ihn immer noch mehr auf, als ihm lieb war. »… und sein Anwalt hieß Dottore Fabiano Fabri, hatte damals Kanzleien in Florenz und Rom. Dieser Winkeladvokat nutzte einen kleinen Verfahrensfehler, verdonnerte seinen Mandanten zum Schweigen und sorgte so dafür, dass der Fall niemals aufgeklärt werden konnte.«

»Und jetzt verteidigt Fabri Trautmann«, warf Vasari ein.

Bardi nickte abermals. »Ich glaube kaum, dass Trautmann sich einen solchen Anwalt leisten kann. Es sei denn …«

»… jemand anderes bezahlt Fabri«, vollendete Vasari seinen Satz.

»’Ndrangheta«, presste Bardi zwischen den Zähnen hervor. Jetzt konnte er seine Wut kaum mehr unterdrücken.

»Du hast recht, in diesem Fall kommt die ’Ndrangheta ein bisschen zu häufig vor.«

»Aber warum?«, warf Bardi ein.

Bevor Vasari etwas erwidern konnte, wurde die Tür zum Schlafzimmer langsam aufgeschoben und Emanueles Kopf erschien im Türspalt, um daraufhin sofort wieder zu verschwinden.

»Was willst du hier?«, rief Bardi entrüstet.

»Ich habe geklopft, aber niemand hat reagiert«, antwortete Emanuele hinter der Tür.

»Ausgerechnet heute traut er sich das«, murmelte Bardi kopfschüttelnd, und Vasari kicherte.

»Also, warum störst du uns?«, rief Bardi.

»Vor der Wache warten zwei Herren, die Commissaria Vasari sprechen wollen.«

»Zwei Herren?«, fragte Vasari.

»Ihr Auto hat ein römisches Kennzeichen.«

Vasari zuckte mit den Schultern.

»Wir kommen gleich runter«, rief Bardi.

»Okay«, erwiderte Emanuele. Ein paar Sekunden später hörten Vasari und Bardi, wie er die Wohnung verließ.

»Dieser indiskrete Idiot«, sagte Bardi, während er in ein paar frische Klamotten schlüpfte.

»Ich kam mir vor wie ein Teenager, der von seinem Vater mit dem Freund im Bett erwischt wird«, kicherte die Commissaria und verließ ebenfalls das Bett.

Bardi genoss für ein paar Sekunden ihren Anblick, und sie ließ ihn gewähren.

»Das war schön mit dir«, sagte sie. »Aber jetzt brauche ich trockene Kleidung.«

»Was meinst du, wer diese beiden Typen unten sind?«, fragte Bardi, während er ihr eine Jeans und ein Hemd reichte.

Schulterzuckend zog Vasari die Männerkleidung an. Die Jeans passte halbwegs, während das Hemd ein paar Nummern zu groß war. Trotzdem fand Bardi, dass seine Sachen ihr gut standen.

Auf dem Weg nach unten trafen sie Omar, dessen Lieblingsplatz offensichtlich das Treppenhaus geworden war. Der Junge hatte mehrere Blätter Papier ausgebreitet, die er mit Zeichnungen versehen hatte.

Während Vasari nach unten eilte, betrachtete Bardi für einen Augenblick die Kunstwerke. Omar beobachtete ihn dabei stolz. Bardi erkannte Sonnenblumen, Olivenhaine und die Häuser San Pietros. Der Junge hatte Talent.

Dann stutzte Bardi. Auf einem der Bilder war ohne Zweifel die *Casa del Colono* zu sehen. Bardi nahm das Bild hoch, um es genauer zu betrachten. Was hatte Omar dort gesehen? Immerhin war er in der Nähe gewesen, als Bardi und Emanuele ihn auf dem Weg zum Ferienhaus fast überfahren hätten.

Sofort riss Omar ihm das Bild aus der Hand und verschwand in der Wohnung der al-Salihs.

Bardi überlegte kurz, ob er ihm folgen sollte, um der Sache auf den Grund zu gehen, entschied sich jedoch dagegen. Wahrscheinlich würde er in dieser Situation ohnehin nichts aus dem Jungen herausbekommen, zumal die Sprachbarriere existierte. Nein, er musste warten, bis Nihal sich um Omar kümmern würde.

30. Kapitel

Durch das Fenster der Wache, das zur Piazza ging, beobachtete Bardi, wie Vasari in die schwarze Audi-Limousine mit römischem Kennzeichen stieg, die wie ein riesiger Mistkäfer in der Sonne glänzte. Die verdunkelten Scheiben verhinderten, dass er erkennen konnte, wer sich außer Vasari noch in dem Wagen befand. Ein Gefühl der Angst beschlich ihn. Angst um sie. Was, wenn es sich um Mitglieder der ’Ndrangheta handelte?

Zum Glück öffnete sich die hintere Tür nach kurzer Zeit wieder und Vasari erschien auf der Piazza. Sie sah wütend aus. Der Audi setzte zurück, beschrieb einen Halbkreis und verschwand auf der Zufahrtsstraße.

Emanuele hatte sich die ganze Zeit hinter seinem Schreibtisch verschanzt. Offensichtlich war ihm sein Auftritt in Bardis Wohnung peinlich. Sehr zu Recht, wie Bardi fand. Deshalb verließ er wortlos die Wache, um von Vasari zu erfahren, was es mit den Männern aus Rom auf sich hatte. Nach dem Gewitter war die Luft angenehm frisch.

Sie setzten sich auf die Stufen des Portikus, der zur Wache führte.

»Ich bin den Fall los«, sagte Vasari wütend.

»Wer waren die Männer?«, fragte Bardi.

»*Direzione Investigativa Antimafia.*«

»Mafiajäger.«

»Abteilung Polizeiliche Ermittlungen. Wahrscheinlich sind Meisters Besuche in der Datenbank nicht unbemerkt geblieben«, erwiderte Vasari seufzend. »Wie dem auch sei, ab jetzt kümmert sich Rom um die Angelegenheit.«

»Offensichtlich lagen wir mit unserer Mafiavermutung nicht falsch«, versuchte Bardi, sie aufzumuntern.

»Das war deine Vermutung.«

Er starrte schweigend auf das nasse Pflaster vor ihnen, auf dem sich die Sonnenstrahlen spiegelten.

»Was überlegst du?«, wollte Vasari von ihm wissen.

»Vielleicht könnte ich …«

»Ausgeschlossen.« Sie schüttelte energisch den Kopf.

»Jetzt könnte es von Vorteil sein, dass mein Posten so unbedeutend ist. Ich könnte quasi unter dem Radar fliegen.«

»So etwas geht nicht lange gut.«

»Aber wir Carabinieri sind doch die Witzfiguren der Nation. Und ich glaube kaum, dass sich diese beiden römischen Herren mit ihrem Tunnelblick für eine Witzfigur interessieren.«

Vasari nickte. »Ich glaube zu wissen, worauf du hinauswillst.«

Bardi sprang auf. »Ich werde dir berichten. Rein privat natürlich.«

Sie erhob sich ebenfalls und lächelte tapfer. »Na immerhin habe ich somit mehr Zeit für meine Tochter.«

»Deine Sachen müssten jetzt wieder trocken sein.« Bardi öffnete die Eingangstür zur Wache und erwischte Emanuele, der offensichtlich gelauscht hatte.

»Deine Neugierde steht dir nicht gut«, rüffelte Bardi seinen Assistenten, der daraufhin schnell wieder hinter seinen Schreibtisch wieselte.

31. Kapitel

Am späten Nachmittag zog Bardi Freizeitkleidung an, setzte sich auf sein Mountainbike und machte sich unter dem Vorwand, dass er Olivenöl brauche, auf den Weg zum Gut der Vallones.

Emanuele hatte ihn angesehen, als zweifle er an dessen Verstand. Denn niemand in San Pietro kam normalerweise auf die obskure Idee, sich auf den beschwerlichen Weg zum Gut der Vallones zu machen, um deren unterdurchschnittliches Olivenöl zu kaufen, wo es im Laden der Mirris doch erlesene Öle zum günstigeren Preis gab.

Bald passierte Bardi die Zufahrt zur *Casa del Colono*; der Weg stieg jetzt serpentinenförmig bergan. Dann kam auf dem Scheitelpunkt der Hügelkette die Stelle, an der er sein Fahrrad abgestellt hatte, bevor er Trautmann aufspürte, um schließlich einem Wegweiser zu folgen, der auf die Olivenölproduktion der Vallones aufmerksam machte. Der Weg schlängelte sich am Fuße des Berghangs entlang, auf dessen Kamm sich der Turm des alten *Castello* befand.

Nach etwa einem Kilometer beschrieb der Weg eine Kurve von neunzig Grad, und zwischen den Bäumen wurde ein Postkartenblick auf das Gut der Vallones frei, das inmitten großer

Wiesen und Olivenhaine, die von Zypressen eingegrenzt waren, auf einem kleinen Hügel lag.

Das Gut war wie die *Casa del Colono* aus grobem Naturstein erbaut worden und bestand aus einem Haupthaus, in dem die Vallones wohnten, und einem Nebenhaus, in dem das Olivenöl verkauft wurde. Dahinter befand sich ein Gebäude neueren Datums, das die Ölmühlen beherbergte. Alles strahlte die gewollt gepflegte Verwahrlosung aus, die in der Toskana häufig anzutreffen war. Das letzte Stück des Weges säumten Terrakottakübel, in die Orangenbäume gepflanzt waren.

Plötzlich hörte Bardi das Röhren eines Motors, und ehe er sichs versah, schoss ein roter Ferrari an ihm vorbei, in dem er Marco Vallone mit seiner Mutter erkannte.

Für kurze Zeit war Bardi von der Staubwolke umgeben, die der Sportwagen hinterlassen hatte. Einen Augenblick lang überlegte er, nach San Pietro zurückzukehren, da er Marco Vallone offensichtlich verfehlt hatte.

Doch dann kam ihm Vallones Verlobte Celia in den Sinn, die sicher auf dem Gut zu finden war, da sich das blecherne *Aperto*-Schild vor der Einfahrt im Wind wiegte.

Am Telefon hatte sie recht vernünftig geklungen. Deshalb hoffte er, von ihr mehr über die Vallones zu erfahren und so vielleicht einem Motiv für den Mord an Anna Jansen etwas näher zu kommen. Bardi war sich sicher, dass der Grund für den Mord hier auf dem Gut der Vallones zu finden war. Möglich, dass die Vallones selbst sich darüber nicht im Klaren waren. Aber warum sonst hatte Trautmann heimlich Fotos von den Besuchern des Gutes geschossen, unter denen sich mit Franco Mauro ein Mitglied der 'Ndrangheta befand?

Der Capitano lehnte sein Mountainbike an die Wand des Nebenhauses und betrat den kleinen Hofladen. Hier war es angenehm kühl. Das unverputzte Mauerwerk des Verkaufsraums war weiß getüncht. Vor den Wänden standen alte

Olivenfässer, auf denen Körbe standen, in denen auf Stroh Olivenölflaschen lagen. An der Längsseite befand sich eine lange Theke, hinter der Celia saß. Die junge Frau las in einer Fachzeitschrift für Weinbau. Als sie Bardi bemerkte, legte sie die Zeitschrift mit einem Lächeln auf die Theke und erhob sich von ihrem Hocker.

»Sie sind Capitano Bardi«, stellte sie fest und reichte Bardi über die Theke die Hand.

»Leider haben wir bisher nur miteinander telefoniert.« Er schüttelte ihr die Hand.

Celia nickte. Sie war eine schöne junge Frau, wenngleich um ihren Mund ein leicht verhärmter Zug lag. »Sie kommen wegen der Toten in der *Casa del Colono?*«

»Nein. Eigentlich wollte ich Olivenöl kaufen«, entgegnete Bardi mit einem Lächeln.

»Keiner aus San Pietro kauft unser Olivenöl.«

»Warum denn?«, fragte Bardi unschuldig.

»Sie kommen wegen des Mordfalls«, erwiderte Celia und lächelte lustlos.

Er nickte. »Ich hatte gehofft, Ihren Verlobten sprechen zu können.«

»Marco haben Sie knapp verpasst. Er ist mit seiner Mutter nach Arezzo gefahren. Sie wollen dort eine neue Olivenwaschanlage bestellen.«

»Ihr Fachgebiet ist ein anderes …« Bardi deutete auf die Zeitschrift.

Celia nickte. »Bei dieser Lage könnten wir in drei bis vier Jahren Spitzenweine produzieren. Aber Marcos Mutter ist dagegen.«

»Wenn die Geschäfte gut laufen, sollte man daran nichts ändern«, erwiderte Bardi.

»Die Mailänder zahlen Mondpreise«, seufzte Celia.

»Die Mailänder?«

»So ein Großhändler. Er nimmt uns achtzig Prozent der Produktion ab. Zu einem extrem guten Preis. Ich weiß nicht, wie die den wieder reinholen. Aber vielleicht können Supermarktkunden in Finnland schlechtes Olivenöl nicht von gutem unterscheiden.«

»Marco war letzte Woche in Mailand.«

»Das hatte aber nichts mit dem Olivenbusiness zu tun.«

»Immobilien«, warf Bardi wissend ein, und Celia nickte.

»Das ist Marcos zweites Standbein. Er hat in Einkaufszentren und Hotels investiert. Hauptsächlich in der italienischsprachigen Schweiz.«

»Kennen Sie einen Mann namens Franco Mauro?«

Celia sah Bardi verwirrt an. »Wer soll das sein?«

Da Vallones Verlobte wirklich ahnungslos zu sein schien, ging Bardi nicht weiter darauf ein.

»Ist Ihnen in letzter Zeit etwas Ungewöhnliches aufgefallen?«

»Was meinen Sie?«

»Leute, die nicht hierhergehören …«

Celia schüttelte den Kopf. »Gesehen habe ich niemanden.«

»Aber?«

Celia zuckte mit den Schultern. »Nur so ein Gefühl.«

Sie sah Bardi an, als müsse er wissen, wovon sie sprach. Da er jedoch schwieg, erklärte sie es ihm. »Ich fühle mich manchmal beobachtet. Kennen Sie dieses Gefühl: Man sieht aus dem Augenwinkel eine Bewegung, und wenn man genauer hinschaut, ist dort nichts.«

Bardi nickte. »Haben Sie dieses Gefühl noch immer?«

Celia nickte. »Zuletzt heute Morgen, als diese Polizistin hier war.«

»Haben Sie mit Ihrem Verlobten darüber gesprochen?«

»Marco meint, das wären Hirngespinste. Dabei war er selber …« Celia sprach den Satz nicht zu Ende.

»Was ist mit Marco?«, fragte Bardi sanft.

Doch Celia hatte ihr Visier jetzt heruntergeklappt. Sie war auf der Hut. »Nichts.«

»Die Tote ist Marcos Halbschwester.«

Sie nickte. »Marco hat es heute Morgen von dieser Polizistin aus Florenz erfahren. Er war wirklich geschockt.«

»Aber nicht so sehr, dass er nicht mit seiner Mutter nach Arezzo fahren konnte.«

»Was wollen Sie damit sagen?« Celia verschränkte ihre Arme vor der Brust.

»Wusste Marco vorher, dass er eine Halbschwester in Deutschland hat?«

Celia überlegte kurz. »Nein, das hätte er mir erzählt.«

Sehr sicher klang sie nicht.

»Die Vallones sind sehr verschwiegen.«

Die junge Frau nickte. Bardi wartete ab. Nach geraumer Zeit öffnete Celia den Mund, als wolle sie etwas sagen. Dann besann sie sich eines Besseren und schwieg. Von ihrer Seite war das Gespräch beendet.

Der Capitano holte eine Visitenkarte aus seiner Hosentasche, legte sie auf den Tresen, grüßte militärisch knapp mit einer zackigen Handbewegung zur Stirn und verließ den Laden.

Als Bardi sich wieder auf sein Mountainbike schwingen wollte, klingelte sein *Telefonino*. Am anderen Ende war Vasari. Bardi berichtete ihr von seinem Besuch bei Vallones Verlobter.

»Du meinst, dass die Olivenölproduktion der Vallones als Geldwaschanlage fungiert?«, sagte Vasari, nachdem er gesprochen hatte.

»Das würde erklären, warum dieser Mailänder Großhändler viel zu viel für das mittelmäßige Öl der Vallones bezahlt«, bekräftigte Bardi.

»Aber was hat das mit dem Mord an der Deutschen zu tun?«

»Vielleicht kann Trautmann uns da weiterhelfen.«

Bardi hörte Vasari bitter lachen. »Ich bin raus, schon vergessen?«

»Trotzdem glaube ich, dass Trautmann der Schlüssel zu allem ist.« Am anderen Ende der Leitung herrschte Stille. »Bist du noch dran?«

»Trautmann wird übermorgen um Punkt acht Uhr aus der Untersuchungshaft im Gefängnis Sollicciano entlassen«, sagte Vasari nach einer Weile. »Scheinbar sind lediglich noch ein paar unwichtige Details zu klären. Im Endeffekt wird alles auf unerlaubten Waffenbesitz hinauslaufen. Soweit ich herausbekommen habe, ist unsere Staatsanwaltschaft einen Deal mit den deutschen Kollegen eingegangen: Trautmann wird sich in seiner Heimat dafür verantworten müssen.«

32. Kapitel

Am Abend traf sich Bardi mit Signor al-Salih, Morena und Jonny Ugo in der Wohnung der al-Salihs, die durch großzügige Spenden noch wohnlicher geworden war. So schmückte das Wohnzimmer ein alter, aber frisch abgeschliffener und geölter Esstisch aus Eiche, auf dem Bardi Omars Malutensilien erkannte. Auch Nihal war anwesend und übersetzte.

Bardi erzählte von seinem Besuch beim Bürgermeister.

»Ihr Artikel ist wirklich gut«, sagte Bardi in Ugos Richtung. Der Reporter nickte stolz, bis Bardi hinzufügte: »Jedenfalls für den Bürgermeister.«

»Ich bin streng neutral«, wandte Ugo ein, was dem Capitano ein Lächeln entlockte.

»Wie allgemein bekannt ist, stagnieren die Übernachtungszahlen in San Pietro«, erklärte Bardi.

»Seit wann sind die Carabinieri für den Tourismus verantwortlich?«, wandte Ugo ein.

»Deshalb habe ich den Bürgermeister überzeugen können, zehntausend Euro aus der staatlichen Förderung für eine Werbebroschüre bereitzustellen, die die Schönheiten San Pietros hervorheben soll.«

»Und die sollen wir verteilen«, mutmaßte Morena.

Bardi lächelte. »Nein. Die Broschüren sollen über das Internet von potenziellen Besuchern San Pietros bezogen werden können.«

»Aber San Pietro besitzt nicht einmal einen Internetauftritt«, sagte Ugo.

»Den wird der Neffe des Bürgermeisters erstellen, der ab nächsten Monat hier wohnen wird, weil er in Florenz ein Praktikum bei einer Multimediaagentur beginnt«, erklärte Bardi.

»Sie sollten mit Kühen handeln«, bemerkte der Reporter anerkennend.

»Für einen solchen Prospekt müssen natürlich Fotos gemacht und Texte geschrieben werden.«

»Das übernehme ich gerne«, sagte Ugo.

Doch Bardi schüttelte den Kopf. »Ich habe eher an Signor al-Salih und Signor Morena gedacht.«

Nihal übersetzte und Signor al-Salih erwiderte leise etwas.

»Signor al-Salih besitzt keine Fotoausrüstung«, sagte Nihal.

»Sehen Sie«, warf Ugo ein.

»Werden zweitausendfünfhundert Euro für eine Kamera reichen?«, fragte Bardi in Signor al-Salihs Richtung.

Der nickte, nachdem Nihal die Frage auf Arabisch wiederholt hatte.

Bardi war zufrieden. »Und Sie, Morena, verfassen die Texte. Ihr Salär beträgt ebenfalls zweitausendfünfhundert Euro.«

Morena nickte, und seine Augen füllten sich mit Freudentränen. »Ich dachte, Sie wären mir böse, weil ich …«

»Ich hoffe, Sie haben aus der ganzen Geschichte gelernt«, unterbrach Bardi ihn, denn Ugos Ohren wuchsen ins Elefantenhafte.

»Und wozu brauchen Sie mich?«, fragte Ugo beleidigt nach einer kurzen Pause.

»Die Zeitschrift, für die Sie arbeiten, hat doch sicher einen Werbeetat?«

Der Reporter nickte. »Aber für den bin ich nicht zuständig.«

»Wenn Sie als Erster alle Informationen im Mordfall Jansen erhalten, wäre dann Ihre Zeitung bereit, die Hälfte der Druckkosten für die Broschüre zu übernehmen? Natürlich gegen Nennung ihres Namens.«

Ugo überlegte kurz. »Ich werde mit dem Verleger reden. Aber wenn die Broschüre in seiner Druckerei produziert wird, kann ich mir sehr gut vorstellen, dass er damit einverstanden ist.«

»Klasse«, rief der Capitano und drückte allen drei Männern die Hand.

Nachdem Ugo und Morena gegangen waren, nahm Bardi Nihal zur Seite. Signor al-Salih war in der Küche verschwunden, um Tee zu machen.

Ehe Bardi zu sprechen beginnen konnte, kam ihm die Studentin zuvor, indem sie ihm einen Kuss auf die Wange drückte.

Verwirrt blickte er sie an.

»Ich hätte auch nie gedacht, dass ich jemals einen Carabiniere küssen würde«, sagte Nihal und lachte. »Aber Sie sind eine große Ausnahme. Sie scheinen die Menschen wirklich zu mögen.«

»Ich tue mein Bestes«, erwiderte Bardi verlegen.

»Nein …«, entgegnete Nihal, »Sie tun mehr als das.«

»Wissen Sie, ich empfinde es als großes Glück, in einer Stadt wie San Pietro arbeiten zu dürfen, in der Werte wie Menschlichkeit, Zusammenhalt und Nächstenliebe noch gelebt werden. Und als Carabiniere stehe ich besonders in der Pflicht, dafür zu sorgen, dass dies so bleibt. Das ist ein bisschen wie bei einer Waage. In beiden Schalen muss immer gleich viel liegen.«

»Und dafür sorgen Sie zum Beispiel, indem der Bürgermeister mir dreihundert Euro bezahlt, damit ich mich um Omar kümmere«, sagte Nihal, und Bardi nickte. »Und im Gegenzug macht dieser Reporter ein Foto von der Geldübergabe und lässt den Bürgermeister in der Zeitung als Samariter auftreten.«

Zunächst konnte Bardi nicht erkennen, ob Nihal sich darüber empörte. Als jedoch ein Lächeln über ihr Gesicht huschte, wusste er, dass sie sein System der Waagschalen verstanden hatte.

Er ging zum Esstisch hinüber und blätterte durch Omars Zeichnungen. Schließlich zog er das Bild hervor, das die *Casa del Colono* zum Motiv hatte. Bardi zeigte es Nihal. Diese betrachtete die Zeichnung eingehend.

»Omar hat Talent«, bemerkte sie. »Das könnte helfen, ihn aus seinem Trauma zu befreien.«

»Das Bild zeigt das Haus, in dem letzte Woche die deutsche Touristin ermordet wurde«, erklärte Bardi, »die *Casa del Colono.*«

Instinktiv legte Nihal das Blatt zurück auf den Tisch, als hafte ihm das Unheil an.

»Ich glaube, dass Omar zum Zeitpunkt der Tat in der Nähe des Hauses war.« Bardi erzählte Nihal von seiner ersten Begegnung mit Omar.

»Vielleicht können Sie dies im Hinterkopf behalten, wenn Sie Omar helfen.«

»Wenn Omar auch hier Zeuge einer solch schrecklichen Tat geworden sein sollte, würde das sein Trauma, das er vom Bürgerkrieg in Syrien mitgebracht hat, noch vertiefen.« Nihal sah hilflos aus. »Ich weiß wirklich nicht, ob meine Kenntnisse ausreichen, um ihm zu helfen.«

»Sie sind die Einzige, die hier helfen kann.«

Nihal nickte. »Wir dürfen Omar nicht drängen, von seinen Erlebnissen zu erzählen. Denn dann wird er sich verschließen.«

»Omars Gesundheit steht an erster Stelle. Der Rest kann warten. Aber wenn er von der *Casa del Colono* erzählt, können Sie mir davon berichten.«

Nihal nickte abermals.

33. Kapitel

In dieser Nacht schlief Bardi wie ein Stein. Kein Albtraum kroch durch sein Unterbewusstsein.

Obwohl er schon kurz vor Einsetzen der Morgendämmerung aufwachte, fühlte er sich wie neugeboren. Er setzte einen starken Kaffee auf, duschte schnell und setzte sich dann, in eine Decke gehüllt, auf seine Terrasse. Der Kaffee dampfte in der frischen Morgenluft. Der klare Himmel war tiefblau und in das Zwitschern der Vögel mischte sich nur ab und zu das leise Brummen eines weit entfernten Autos oder Motorrollers.

Bardi kam der Song *Azzurro* in den Sinn. Allerdings nicht in der Hitversion, die Adriano Celentano berühmt machte, sondern von Paolo Conte gesungen, der dieses Lied auch komponiert hatte. Während Bardi die Melodie leise vor sich hin summte, wurde es langsam heller und San Pietro erwachte.

Da waren das Klappern der Fensterläden, die geöffnet wurden, Hundegebell, erste Schritte in den Gassen und das Rauschen des Wassers in den Rohren. Ein Baby weinte, während der Anlasser eines Autos vergeblich jaulte. Als die Sonne rot am Horizont erschien, trank Bardi seinen letzten Schluck Kaffee und ging zurück in seine Wohnung.

In der Wache nutzte er die frühe Stunde, um Routinearbeiten zu erledigen. Emanuele war erstaunt, seinen Chef schon so früh vorzufinden, als er hereinkam. Normalerweise bemühte er sich stets, als Erster auf der Wache zu sein. Auf diese Regel wurde bei den Carabinieri großen Wert gelegt. Der Rangniedrigere hatte stets zuerst da zu sein: ob beim Appell oder beim Dienst.

»Keine Angst, du bist nicht zu spät«, beruhigte Bardi ihn und verabschiedete sich direkt, um pünktlich beim Barbier zu sein. Giovanni hatte Bardis Gesicht gerade eingeseift, als dessen *Telefonino* klingelte. Über die moderne Technik fluchend bat Bardi Giovanni, ihm das *Telefonino* zu halten, damit dieses keine Seife abbekam. Am anderen Ende meldete sich ein aufgeregter Emanuele, aus dessen Worten Bardi zunächst nicht schlau wurde.

»Langsam, Emanuele. Wer hat angerufen?«

»Es war wieder ein anonymer Anruf. Ein Mann.«

»Und was hat dieser Mann gesagt?«

»Dass an der *Casa del Colono* etwas ist, das uns interessieren würde.«

»Das waren seine Worte?«

»Ja, der genaue Wortlaut«, antwortete Emanuele. Seine Stimme klang beleidigt. »Der Anrufer fragte, ob er mit Ihnen spreche. Als ich verneinte, sagte er: ›Dann richten Sie Ihrem Boss aus, dass an der *Casa del Colono* etwas ist, das ihn interessieren wird.‹«

34. Kapitel

Eine Viertelstunde später ließ Emanuele den Dienstwagen kurz vor der Zufahrt zur *Casa del Colono* ausrollen. Leise entstiegen Bardi und er dem Auto, die Waffen schussbereit mit beiden Händen umklammert.

Auf der Fahrt hatten sie besprochen, dass sich Emanuele dem Ferienhaus von der rückwärtigen Seite über die Terrasse nähern würde, während Bardi den vorderen Teil übernahm.

Bardi hielt sich am Rande der Auffahrt, sodass seine Schuhe nicht im Kies knirschten und die Olivenbäume ihm Deckung boten. Als er die Steinmauer erreichte, die den Hof des Ferienhauses von dem Olivenhain abtrennte, lugte Bardi vorsichtig über die Oberkante.

Er kam sich etwas lächerlich vor. Fast wartete er darauf, dass eine Stimme ›Und … Action!‹ aus dem Off rief. Dann sah er es: Mitten auf dem Hof stand ein roter Ferrari, der Lack zerkratzt, die Windschutzscheibe zerschlagen, die Reifen zerstochen. Auf dem Fahrersitz erkannte Bardi Celia, die Verlobte Vallones. Der Sitz war auf etwa fünfundvierzig Grad gestellt, sodass Celia mehr lag als saß. Ihr Kopf lag leblos auf der Seite. Ihre Körperhaltung erinnerte Bardi an die ermordete Deutsche. Er konnte Celias Gesicht sehen. Ihre Augen waren geschlossen.

Jetzt kam Emanuele ins Blickfeld. Als er den Ferrari erblickte, blieb er stehen. Bardi fluchte leise. Falls dies ein Hinterhalt war, bot Emanuele die perfekte Zielscheibe.

»Runter«, zischte Bardi, und sein Assistent suchte sofort an der Hauswand Schutz.

Vorsichtig schlich der Capitano an der Mauer entlang, bis er die Toreinfahrt erreichte. Dann rannte er geduckt zum Ferrari und verharrte für einige Sekunden in der Deckung, die ihm das Heck des Sportwagens bot. Er horchte. Nichts. Also winkte er Emanuele zu sich. Dieser legte einen Sprint hin, den er, als er sein Ziel erreicht hatte, so stark abbremsen musste, dass er einen Meter über den Boden rutschte.

»Du durchkämmst die Umgebung. Aber vorsichtig«, befahl Bardi ihm. Dann richtete er sich auf, bereit, sofort wieder Deckung zu suchen. Für ein paar Sekunden stand er regungslos da. Horchend. Schauend. Alle Sinne auf Empfang gestellt. Aber nichts rührte sich in der Umgebung. Deshalb steckte er seine Waffe in das Holster, trat neben die Fahrertür und legte Zeige- und Mittelfinger an Celias Hals. Ihr Puls war schwach, aber regelmäßig.

Im Fußraum lag ein Tuch. Bardi beugte sich vor, nahm es und roch vorsichtig. Ein süßer, chemischer Geruch stieg ihm in die Nase, der ihn kurzzeitig benebelte. Scheinbar war Celia mit Chloroform betäubt worden.

Per *Telefonino* rief Bardi den Notarztwagen. Da Celia atmete, beschloss er, die junge Frau in ihrer Position zu belassen. Erst jetzt fand er Zeit, einen Schritt zurückzutreten, um alles genauer zu betrachten: Eine Pistole lag im Sonnenlicht glänzend auf dem Beifahrersitz. Wie Bardi unschwer erkannte, handelte es sich um eine Beretta 92. Mit einer solchen Waffe war Anna Hansen nur weniger Meter entfernt im Ferienhaus ermordet worden.

Sein Blick wanderte zu Celia. Ihre Bluse war bis zum Bauchnabel aufgeknöpft. In ihrem schwarzen BH steckte ein blutrotes Tuch. Bardi zog es heraus. Sofort hatte er rote Farbe an den Händen. Schon befürchtete er, dass es sich um Celias Blut handelte, da stieg ihm ein eigentümlicher Geruch in die Nase. Offensichtlich war das Tuch in Ketchup getränkt. Ein Knoten kam zum Vorschein, der zur Hälfte zerschnitten war.

Bardi legte das Tuch vorsichtig auf die Kühlerhaube und wischte sich kopfschüttelnd die Finger an seinem Taschentuch ab. Er kam sich vor wie in einer Verfilmung von Puzos Paten. Aus der Ferne konnte er jetzt die Sirenen des Notarztwagens hören. Zur Sicherheit fühlte er noch einmal Celias Puls. Sie schien okay zu sein.

Für einen Augenblick überlegte er sein weiteres Vorgehen. Normalerweise hätte er jetzt Vasari informiert, damit die Kriminalpolizei die Ermittlungen aufnahm. Aber Vasari war der Fall entzogen worden und die Nummer der Ermittler aus Rom besaß er nicht.

Bevor er zu einem Entschluss kommen konnte, hörte er eilige Schritte die Auffahrt heraufkommen. Erneut zog er seine Waffe aus dem Holster und ging wieder in Deckung.

Ein paar Sekunden darauf erschien Marco Vallone im Tor. Als er Celia entdeckte, rannte er zu ihr. In panischer Hast hielt er ihren Kopf. Dann entdeckte er die Ketchupreste auf ihrer Bluse. Verzweifelt sah er zu Bardi auf.

»Ist sie …« Vallone wagte nicht, das letzte Wort auszusprechen.

»Sie lebt«, erklärte Bardi und steckte seine Waffe wieder weg. »Ich habe den Notarzt informiert.«

»Gut«, erwiderte Vallone erleichtert.

»Was hat das alles zu bedeuten?«, fragte Bardi und fügte ein strenges »Marco« hinzu.

»Ich kam von meinem morgendlichen Rundgang durch die Olivenhaine zurück, als ich meine Mutter gefesselt und geknebelt im Wohnzimmer vorfand. Sie sagte, dass zwei bewaffnete

Männer gekommen seien. Die beiden haben Celia und meine Mutter bedroht. Meine Mutter haben sie gefesselt, während sie Celia mit meinem Ferrari entführt haben.«

»Warum haben Sie mich nicht augenblicklich informiert?«, fragte Bardi streng.

»Das wollte ich. Aber gerade als ich mein Handy zur Hand nahm, bekam ich einen Anruf, dass ich sofort zur *Casa del Colono* kommen solle.«

»Kannten Sie den Anrufer?«

»Nein«, erwiderte Vallone schnell. Etwas zu schnell für Bardis Geschmack.

Jetzt kam der Notarztwagen auf den Hof gefahren, gefolgt von Emanuele. Emanuele berichtete Bardi, dass er nichts Auffälliges entdeckt habe.

Während Celia vorsichtig von dem Sanitäter und dem Notarzt – es waren dieselben wie zuvor bei der toten Deutschen – auf eine Trage gelegt wurde, sprach Bardi weiter mit Vallone.

»Haben Sie das Tuch auf der Motorhaube gesehen?«

Vallone nickte.

»Es steckte im BH Ihrer Verlobten. Und auf dem Beifahrersitz liegt eine Pistole des Fabrikats, mit dem Ihre Halbschwester Anna Jansen ermordet wurde. Hier geht es nicht um Celia. Es geht um Sie. Und für mich sieht das aus wie eine Warnung.«

»Wer sollte mich warnen und warum?« Vallone ließ seine Verlobte, der gerade eine Infusion gelegt wurde, nicht aus den Augen.

»Ich tippe auf die 'Ndrangheta. Die kalabrische Mafia, der Ihr Vater angehörte.« Bardi wusste, dass er sich mit dieser Behauptung auf Glatteis begab. Aber Vallones gespielte Unwissenheit ärgerte ihn.

»Sie wissen gar nichts«, erwiderte Vallone. Jetzt schaute er Bardi in die Augen.

Da war kein Hass, nicht einmal Trotz. Es war die kalte Angst, die Bardi anblickte.

»Dann klären Sie mich auf.«

Vallone machte eine wegwerfende Handbewegung, die eine Mischung aus Resignation und Wut verriet.

»Ich bin auf Ihrer Seite.«

»Wohl kaum«, erwiderte Vallone.

Der Notarzt winkte Vallone zu sich. »Ihre Verlobte kommt zu sich.«

Vallone hockte sich neben Celia und strich ihr sanft über die Stirn. Die junge Frau schlug die Augen auf und lächelte benommen.

Bardi kam sich plötzlich hilflos vor. Er fragte sich, ob dieser Fall nicht mindestens eine Nummer zu groß für ihn war. Es gab einfach zu viele lose Enden, die er nicht verknüpfen konnte: Trautmann, Marco Vallone, die kalabrische Mafia … Bardi beschloss, jetzt doch Vasari anzurufen.

Doch kaum hatte er das *Telefonino* aus den Tiefen seiner Jackentasche hervorgekramt, kam jene schwarze Audi-Limousine mit römischem Kennzeichen auf den Hof gefahren, in der Vasari zwei Tage zuvor mitgeteilt worden war, dass ihr der Mordfall Jansen entzogen worden sei.

35. Kapitel

Der Wagen beschrieb einen eleganten Halbkreis und hielt dann vor Bardis Fußspitzen. Fahrer- und Beifahrertür schwangen simultan auf und zwei gut gekleidete Männer mittleren Alters entstiegen der Limousine.

Während der Fahrer lächelnd auf Bardi zukam, ging der andere mit düsterem Gesichtsausdruck zu Vallone, der sofort aufsprang.

Der Fahrer setzte eine Sonnenbrille auf, nuschelte seinen Namen und »DIA« hinterher.

»Direzione Investigativa Antimafia«, murmelte Bardi. Sein Gegenüber nickte zackig.

»Sie haben hier sehr gute Arbeit geleistet«, sagte der Mann und schüttelte Bardi die Hand so heftig, dass dieser Angst um sein Schultergelenk hatte. »Um den Rest kümmern wir uns.«

Bardi wollte etwas erwidern, aber dann fielen ihm seine eigenen Worte ein. *Immer unterm Radar bleiben.* Deshalb tat er erleichtert und nickte.

»Guter Mann«, sagte der Römer und tätschelte Bardi die Schulter, als handele es sich bei ihm um ein altes Brauereipferd. Danach war der Capitano für die Antimafiajäger nur noch Luft.

Bardi ließ sich vom Notarzt bestätigen, dass für Celia keine gesundheitliche Gefahr mehr bestand. Dann hockte er sich noch einmal neben die junge Frau.

»Danke«, sagte sie leise.

»Wofür?«

»Dass Sie so schnell gekommen sind.«

Bardi griff nach ihrer Hand. »Sie wissen, dass Sie sich immer an mich wenden können, wenn es Probleme gibt.« Er machte eine Kopfbewegung in Vallones Richtung, der von den beiden Römern zu deren Audi geführt wurde.

»Marco ist in letzter Zeit so anders«, flüsterte Celia.

»Woran kann das liegen?«

»Keine Ahnung.«

»Seit wann hat er sich verändert? Seit dem Mord an seiner Halbschwester?«

»Nein. Das fing schon vorher an. Eigentlich seit sein Vater tot ist.«

Bardi nickte. Was war nach dem Tod des alten Vallone geschehen? Hatte Marco Vallones Veränderung mit seiner Erbschaft zu tun?

Bardi nickte Celia zum Abschied zu. Während er mit Emanuele den Hof verließ, sah er, wie Vallone eingekeilt zwischen den Römern auf der Rückbank des Audis saß, wo eine leise, aber heftige Diskussion entbrannt war, deren Wortlaut Bardi nicht hören konnte.

Auf dem Weg zurück nach San Pietro starrte Bardi aus dem Fenster, ohne jedoch zu bemerken, was er sah.

Offensichtlich war Marco Vallone den Ermittlern der DIA heute nicht zum ersten Mal begegnet. Der Körpersprache nach zu urteilen, waren die Römer ziemlich sauer auf Marco Vallone gewesen. Denn er war nicht wie ein Verdächtiger behandelt worden, sondern wie … Ja, wie eigentlich? Bardi musste überlegen. Er blickte zu Emanuele hinüber. Die Ermittler hatten sich

Marco Vallone gegenüber so benommen wie Bardi, wenn Emanuele nicht das tat, was er ihm befohlen hatte. Die Ermittler hatten eher enttäuscht gewirkt. Enttäuscht von Marco Vallone. Aber wie konnte dieser die Ermittler enttäuschen?

36. Kapitel

Während er die mit Fleischfarce gefüllten Tortellini fürs Mittagessen in Rinderbrühe aufkochte, rief Bardi Vasari an, erreichte jedoch nur ihren Anrufbeantworter. Er hinterließ ihr eine kurze Nachricht, die mit einem »Ich vermisse dich« endete.

Hier in San Pietro gab es immer noch ein paar Traditionalisten, die Tortellini ausschließlich zu Weihnachten servierten. Bardi hielt es jedoch wie die meisten Italiener, die die köstlichen Fleischtaschen das ganze Jahr über genossen. Natürlich mussten sie frisch zubereitet sein und durften keinesfalls getrocknet in den Topf gelangen. Bardi bezog seine Tortellini im Laden der Mirris, in dem es sie stets in frischester Qualität zu kaufen gab.

Nachdem die Tortellini fertig gekocht waren, blätterte Bardi durch seine LP-Sammlung auf der Suche nach *Azzurro*. Schließlich fand er mit Paolo Contes *Concerti* die Platte, die er im Sinn hatte. *Azzurro* war der dritte Titel auf der letzten Seite dieser live aufgenommenen Doppel-LP. Bardi war bei einem der drei Konzerte, deren Aufnahmen für diese LP benutzt worden waren, dabei gewesen.

Damals, 1985 in Perugia, war die Welt noch eine ganz andere. Bardi erinnerte sich an den Tag, als wäre es gestern gewesen. Er hatte mit Antonia Urlaub in Rimini gemacht. Zu mehr hatte sein karger Sold bei der Marine nicht gereicht. Eines Morgens am Strand hatte er sie mit den Eintrittskarten für das Konzert von Paolo Conte in Perugia überrascht. Antonia war schon vor ihm ein Fan von Conte gewesen und hatte ihn mit dem Conte-Virus infiziert. So waren sie mit ihrem klapprigen Fiat Panda nach Perugia gefahren. Das ganze Konzert über hatten sie sich in den Armen gelegen, hatten mit Conte gelacht, geweint und gesungen. Auf dem Rückweg spät in der Nacht hatte Antonias Panda einen Motorschaden. Aber immerhin tat es das Kassettenradio noch, und so hatten sie bis zur Morgendämmerung Conte gehört. Sich in den Armen gelegen, gelacht, geweint und geliebt. Es waren seine glücklichsten Stunden mit Antonia gewesen – ja, vielleicht war dies sogar der schönste Tag seines Lebens. Jedenfalls kam er in die engere Wahl, sollte Bardi jemals vor eine solche gestellt werden.

Bardi war kein Audio-Purist, der das gute analoge Vinyl mit fundamentalistischem Stoizismus gegen das böse digitale Plastik verteidigte. Jedoch war er mit seinen Helden älter geworden. Weshalb es ihn nicht störte, wenn eine alte Platte knackte und rauschte.

So zog er die Scheibe aus der Hülle, befreite sie vorsichtig mit einem antistatischen Tuch vom Staub und legte sie auf den Plattenteller seines über dreißig Jahre alten Plattenspielers. Er zählte die breiteren Rillen ab, die den Anfang der Lieder markierten, und setzte die Nadel vorsichtig an die gewünschte Stelle.

Er sang das Lied lauthals mit und gönnte sich dazu eine große Portion Rotwein, die er zusammen mit den Tortellini auf die Terrasse trug. Kaum war Contes Lied beendet – der archivierte Applaus des Publikums von 1985 brandete über Bardis Terrasse –, klingelte sein *Telefonino*. Die Nummer auf dem Display kannte er nicht.

Umso erstaunter war Bardi, als er Vasaris Stimme vernahm. »Bist du in der Mailänder Scala?«

»Ich wünschte, du wärest hier.«

»Das wird diese Woche nichts mehr. Ich habe Urlaub genommen. Und hier in meiner Wohnung führt meine Mutter ein strenges Regime.«

»Verstehe«, erwiderte Bardi schmunzelnd. »Aber deshalb hast du mich nicht angerufen, oder?«

»Doch.«

»Lügnerin«, rief Bardi und lachte lauthals. »Warum rufst du nicht von deinem Telefon aus an?«

»Ich habe mir Lydias Handy ausgeliehen, weil ich den Verdacht habe, dass meine Anschlüsse angezapft werden.«

»Hallo NSA«, kicherte Bardi.

»Ich meine es ernst.«

Bardi brauchte einen Augenblick, bis er realisierte, dass Vasari jedes Wort so meinte, wie sie es gesagt hatte. »Okay.«

»Es ist nur eine Frage der Zeit, bis sie auch deinen Anschluss abhören.«

»Und nun?«

»Gibt es in deiner Nähe eine öffentliche Telefonzelle?«

»Der fehlt seit vorigem Dezember der Hörer«, erwiderte Bardi. »Aber ich habe eine Idee.«

»Hört sich gut an.«

»Bis gleich.«

37. Kapitel

Bardi machte sich sofort auf den Weg zu den Mirris, deren Lebensmittelladen sich in einer jener Seitenstraßen befand, die sternförmig von der zentralen Piazza abgingen. Auf der Piazza stieß Bardi mit Signorina Bella zusammen.

»Gut, dass ich Sie treffe«, sagte sie und streckte ihren üppigen Busen kampfeslustig nach vorn.

»Leider bin ich in Eile«, erwiderte Bardi und wollte an ihr vorbei. Doch Signorina Bella trat einen Schritt zur Seite und verstellte ihm so erneut den Weg.

»Alle Ihre Anrufe landen bei uns im Rathaus, und ich nehme an, dass die unseren bei Ihnen auf der Wache landen.«

Jetzt wurde Bardi hellhörig, ließ sich jedoch nichts anmerken. Sollten Vasaris Hirngespinste sich doch als wahr erweisen? Ein kalter Schauer lief Bardis Rücken herunter.

»Bei technischen Problemen ist Emanuele der richtige Ansprechpartner«, erwiderte Bardi mit einem bemüht freundlichen Lächeln.

Die Signorina nickte huldvoll und stakste davon, wobei die Pfennigabsätze ihrer Pumps auf dem Pflaster klackerten.

Wie immer herrschte vor dem Laden der Mirris reges Treiben. Hausfrauen tauschten über die Gemüse- und Obstkisten gebeugt den neuesten Tratsch aus, während die Kinder Fangen spielten oder sich die ersten Erdbeeren stibitzten.

»Die Plakate und die Predigt unseres Pfarrers haben tatsächlich etwas bewirkt«, empfing ihn Mirri.

»Plakate?«

Mirri sah Bardi wegen dessen plötzlicher Vergesslichkeit besorgt an. »Wegen der Hundehaufen überall auf den Straßen.«

Bardi nickte beiläufig. »Kann ich mal dein Telefon benutzen?«

Mirri schien etwas verwirrt, machte dann aber eine einladende Geste in Richtung des Büros, dessen Zugang sich hinter der Verkaufstheke befand.

Der fensterlose Raum war kaum größer als eine Abstellkammer. Bardi machte Licht und schloss die Tür hinter sich. Auf dem Schreibtisch türmten sich Lieferscheine, Rechnungen und Großhandelskataloge für Lebensmittel. Unter dem Durcheinander fand er das Telefon.

Vasari schien ungeduldig, als Bardi sie zurückrief. Er berichtete ihr von den vertauschten Telefonnummern zwischen Rathaus und Wache.

»Glaubst du mir jetzt, dass ich keine Gespenster sehe«, erwiderte Vasari daraufhin, und Bardi grunzte zustimmend. Danach berichtete Vasari, was sie über den Vorfall wusste, der sich am Vormittag an der *Casa del Colono* abgespielt hatte.

»Ich dachte, dir wurde der Fall entzogen und du hast Urlaub.«

»Erinnerst du dich an Dottore Mesto?«

»Der Staatsanwalt. Ich hatte schon ein paarmal mit ihm zu tun.«

»Genau der. Er ist ein alter Bekannter. War früher auch in Mailand.«

»Aha«, bemerkte Bardi wissend.

»Nicht, was du denkst«, entgegnete Vasari. »Mesto ist einfach nur ein guter Kollege …«

»… der dich mit Informationen versorgt.«

»Jedenfalls so gut er kann. Diese Sache mit den Vallones scheint höchste Sicherheitsstufe zu besitzen. Selbst Mesto kommt kaum an Informationen heran. Aber die Pistole, die bei Vallones Verlobter im Auto gefunden wurde …«

»… ist die Tatwaffe, mit der Anna Jansen ermordet wurde«, beendete Bardi Vasaris Satz.

»Mesto konnte sich auch nicht erklären, wie die Römer das so schnell feststellen lassen konnten. Die scheinen über bessere Möglichkeiten zu verfügen als unsereins.«

»Aber was bedeutet das alles?«

Bardi hörte Vasari am anderen Ende der Leitung seufzen. »Mesto nimmt an, dass Marco Vallone als Kronzeuge für die DIA fungieren soll.«

»Eitel Sonnenschein herrscht zwischen Marco Vallone und den Herren aus Rom aber nicht«, erwiderte Bardi und berichtete von dem Streit, den er beobachtet hatte.

»Vielleicht hat Marco Vallone kalte Füße bekommen«, sagte Vasari.

»Offensichtlich wird er von der 'Ndrangheta bedroht. Da hätte ich Eisfüße.«

»Was hast du als Nächstes vor?«

»Herausbekommen, wer Anna Jansen ermordet hat«, antwortete Bardi. »Denn das scheint mir bei diesen Herren aus Rom nicht an erster Stelle zu stehen.«

»Ich wünschte, ich könnte dich davon abbringen«, sagte Vasari.

Bardi schwieg.

»Sei vorsichtig«, flüsterte Vasari und schickte ihm einen Kuss durch die Leitung. »Ich glaube, es ist besser, wenn wir bis auf Weiteres Funkstille halten.«

»Wahrscheinlich«, pflichtete Bardi ihr traurig bei.

Zurück im Verkaufsraum revanchierte sich Bardi für das Telefonat mit dem Kauf eines großen Stückes lang gereiften, bröseligen Parmesans.

Auf der Wache fand Bardi Emanuele im angeregten Plausch mit Signorina Bella vor, was ihn erstaunte, weil er Emanuele bisher nur als schüchternen jungen Mann erlebt hatte, der schon allein beim Anblick eines weiblichen Wesens rot wurde.

»Das Problem hat sich von alleine gelöst«, erklärte Signorina Bella, als sie Bardis Anwesenheit endlich bemerkte. Sie warf Emanuele eine Kusshand zu und verließ das Büro. Mit stiller Genugtuung stellte Bardi fest, dass Emanueles Gesicht jetzt doch eine leichte Rotfärbung angenommen hatte.

38. Kapitel

Am nächsten Morgen um kurz vor acht wartete Bardi in seinem Peugeot auf dem Parkplatz vor dem Eingang des Gefängnisses Sollicciano, einem schmucklosen weißen Betonbau.

Er hatte seine Position so gewählt, dass er das automatische Metalltor beobachten konnte. Bardi hatte erwartet, dass Trautmann von dem deutschen Botschaftsangehörigen oder von seinem Anwalt abgeholt werden würde. Jedoch war die einzige Person, die sich außer ihm auf dem Parkplatz befand, ein Taxifahrer, der an seinem Fahrzeug lehnte und alle paar Sekunden nervös auf die Uhr schaute.

Die Digitaluhr auf dem Armaturenbrett zeigte 7:58 Uhr, als das Metalltor langsam aufglitt und Trautmann in Jeans und Lederjacke das Gefängnis verließ. Offensichtlich hatte man ihm ein paar persönliche Sachen aus dem Ferienhaus ins Gefängnis gebracht. Den rechten Arm trug er in einer Schlinge, der linke umfasste einen kleinen Koffer. Vor dem Tor stellte er seinen Koffer ab und schaute sich suchend um. Bardi rutschte hinter das Lenkrad, um nicht gesehen zu werden. Den Taxifahrer beachtete Trautmann erst, als dieser auf ihn zukam. Die beiden Männer wechselten ein paar Worte. Trautmann schien nicht sehr zufrieden, als er dem Mann zum Taxi folgte.

Bardi wunderte sich über den Fahrer, da dieser es nicht einmal für nötig hielt, Trautmanns Koffer zu tragen, geschweige denn dem gehandicapten Deutschen zu helfen, das Gepäckstück in den Kofferraum zu legen.

Zögernd stieg Trautmann ins Taxi, das umständlich wendete und den Parkplatz verließ. Bardi vermutete, dass der Taxifahrer nach links abbiegen würde, um in östliche Richtung zum *Aeroporto Amerigo Vespucci* zu fahren. Der Mann wählte jedoch die andere Richtung. Bardi folgte dem Taxi, wobei er darauf achtete, nicht zu nah aufzufahren, um nicht bemerkt zu werden.

Sollte das Ziel tatsächlich *Aeroporto Amerigo Vespucci* lauten, so musste der Fahrer ziemlich ortsunkundig sein, denn er fuhr immer weiter in die entgegengesetzte Richtung. Bald hatten sie die Stadtgrenze von Florenz erreicht. Ein paar Gewerbegebiete, versprengte Wohnblocks, dann folgten Felder und Wälder. Das Taxi bog auf immer kleinere Straßen ab. Bardi ließ sich noch weiter zurückfallen, da der Verkehr immer dünner wurde, bis das Taxi und sein Peugeot die einzigen Fahrzeuge weit und breit waren.

Da sah Bardi, wie das Taxi plötzlich auf die Gegenspur lenkte. Erst in letzter Sekunde gelang es dem Fahrer, das Fahrzeug wieder auf die richtige Bahn zu lotsen.

Bardi fuhr etwas näher auf. Durch das Rückfenster des Taxis sah er, wie Trautmann wild vor sich hin gestikulierte, soweit ihm dies mit einem Arm möglich war. Offenbar war dem Deutschen endlich aufgefallen, dass das Taxi nicht zum Flughafen fuhr.

Schließlich bog das Taxi rumpelnd auf einen schmalen Waldweg ab. Bardi parkte am Straßenrand und stieg aus. Ein mulmiges Gefühl beschlich ihn. Zum Glück hatte er seine Dienstwaffe eingesteckt, denn eine innere Stimme sagte ihm, dass er sie bald gut gebrauchen konnte. Zunächst blieb er stehen, um zu horchen. Das Motorgeräusch des Taxis war nicht mehr zu vernehmen. Jedoch hörte er, wie erst eine Autotür geöffnet wurde und kurz darauf eine zweite. Stimmen ertönten. Die eine befehlend, die andere ängstlich schimpfend.

Mit seiner Waffe in der Hand folgte Bardi dem Pfad, der eine lange Kurve beschrieb. Schließlich entdeckte er durch die Bäume das Taxi auf einer Lichtung. Er schlich näher und sah den Taxifahrer zehn Meter neben dem Wagen. Er hielt eine Pistole mit Schalldämpfer in der Hand. Trautmann kniete vor ihm.

Bardi sah, wie sich der Zeigefinger des Taxifahrers am Abzug der Pistole krümmte und am Druckpunkt verharrte.

Jetzt schrie Trautmann. »No! No! No! … Prego! Prego! Prego! … Bitte nicht!«

Das Geschrei setzte den Taxifahrer sichtlich unter Druck. Er fuchtelte nervös mit der Waffe herum. Offensichtlich war er kein Profi, schließlich hätte er nur abdrücken müssen, um dem Geschrei ein Ende zu setzen. Dennoch war der Mann unberechenbar, und Bardi war sich bewusst, dass jederzeit ein Unglück geschehen konnte.

Kurz entschlossen entsicherte Bardi seine Waffe und stürmte – über Äste und Wurzeln springend – auf die Lichtung.

Während Trautmann nichts begriff, zielte der Taxifahrer abwechselnd auf Trautmann und Bardi.

»Die Waffe fallen lassen!«, schrie Bardi.

Der Taxifahrer gehorchte zwar nicht, fixierte jetzt aber ausschließlich Bardi.

Geistesgegenwärtig robbte Trautmann ins Dickicht. Als der Taxifahrer dies bemerkte, schoss er dreimal in die Richtung, in der er Trautmann vermutete.

Bardi gab einen Warnschuss in die Luft ab. Blitzschnell fuhr der Taxifahrer herum und schoss auf Bardi. Der duckte sich aber weg. Das Projektil sauste über seinen Kopf hinweg und fuhr mit einem dumpfen Schlag in einen Baumstamm hinter ihm. Bardi gab einen weiteren Schuss ab. Diesmal zielte er knapp neben den Mann, der schnell Deckung hinter seinem Taxi suchte. Diese Zeit nutzte Bardi, um seinerseits im Wald Schutz zu suchen. Schwer atmend lehnte er an einem Baumstamm und horchte. Schließlich wurde das Taxi gestartet. Sekunden später raste der Wagen mit hochtourigem Motor davon.

Als das Taxi nicht mehr zu hören war, trat Bardi auf die Lichtung und rief Trautmanns Namen.

Doch Trautmann war verschwunden. Auf sich allein gestellt hielt Bardi eine Suche für sinnlos. Fluchend kehrte er zu seinem Wagen zurück.

39. Kapitel

Bardi steckte den Zündschlüssel ins Schloss und überlegte, wie er weiter vorgehen sollte. Seine Gedanken wanderten zu jenem Tag zurück, an dem Anna Jansen ermordet worden war. Sofort musste er an Vasari denken. Fast bewog der Gedanke an sie Bardi dazu, den Fall ruhen zu lassen und zu ihrer Wohnung zu fahren. Warum interessierte ihn dieser verdammte Mordfall überhaupt noch? Sollten sich doch die Kriminalpolizei oder die Beamten aus Rom darum kümmern.

Natürlich kannte Bardi die Antwort, die aus einem Wort bestand: Vergangenheitsbewältigung. Aber war dies nicht nur ein Synonym für ›Rache‹? Ging es ihm um kalte Rache? Darauf wusste Bardi keine Antwort.

Der Hubschrauber kam ihm in den Sinn. Bardi erinnerte sich über seine kurze Verärgerung wegen der Störung, als der Hubschrauber über seine Terrasse hinweggeknattert war. Das waren die letzten Stunden, bevor er Vasari zum ersten Mal begegnet war. Wie hatte er sich damals gefühlt? Damals, vor so kurzer Zeit. Bardi stellte fest, dass er sich das Lebensgefühl dieser Zeit nicht in Erinnerung rufen konnte. Es kam ihm vor wie ein Klumpen feuchten Lehms. Schwer, glitschig, undurchdringlich – eine homogene Masse ohne Kern. Was hatte auf der Unterseite des Helikopters gestanden? *HELI-TAXI …*

Gewohnheitsgemäß wollte Bardi zum *Telefonino* greifen, damit er Emanuele beauftragen konnte herauszufinden, wo diese Firma ihren Sitz hatte. Dann besann er sich eines Besseren. Wenn Vasaris *Telefonino* und der Festanschluss der Wache wirklich abgehört wurden, konnte jede Information, die er über das Telefon bekam, eine zu viel sein. Deshalb startete er den Motor und fuhr zurück nach Florenz. Er hatte Glück, denn schon die erste Tankstelle, an der er vorbeikam, besaß eine kleine Ecke im Verkaufsraum, in der drei Computer mit Internetanschluss standen. Bardi bezahlte einen Euro und bekam einen Platz zugewiesen. Die beiden anderen waren leer. Er tippte *HELITAXI* in das Suchfeld auf der Startseite ein und bekam mehrere Hundert Treffer. Deshalb hängte Bardi *S.r.l.* an. Eine solche Firma gab es nur am Flughafen Malpensa. Mailand. War dort nicht Marco Vallone auf einem Immobilienkongress gewesen? Celia hatte dies zumindest behauptet, als er sie am Mordtag vor der *Casa del Colono* angerufen hatte. Aufgeregt notierte sich Bardi die Adresse. Jetzt blieb ihm nur noch, den Veranstaltungsort dieses Kongresses herauszufinden. Bardi gab *Immobilienkongress* und *Mailand* ein. Schon das zweite Ergebnis wies auf einen Kongress hin, der in der letzten Woche stattgefunden hatte. Der Veranstaltungsort lautete: *Mondial Hotel Congress-Centrum.* Auf Google Maps fand Bardi schnell heraus, dass es sich ganz in der Nähe des Flughafens befand. Die Fotos an der Seitenleiste zeigten einen großen Kasten mit Seminarräumen, Bowlingbahn, Spa und Fitnesscenter. Zufrieden notierte Bardi auch diese Adresse. Das Internet kam ihm immer noch wie Zauberei vor. Dann füllte er den Tank seines Wagens auf und rief Emanuele an.

»Kannst du den Dienst für mich übernehmen?

»Kein Problem. Aber warum?«

»Mir ist privat etwas dazwischengekommen.« Bardi beendete das Gespräch, bevor sein Assistent weitere Fragen stellen konnte. Besser, Emanuele wusste nicht zu viel, falls jemand nachfragen sollte.

Bardi startete den Motor und blickte auf die Anzeige im Armaturenbrett: 9:28 Uhr. Wenn er gut durchkam, konnte er kurz nach dreizehn Uhr in Mailand sein. Doch Bardi hatte nicht mit den unzähligen Baustellen auf der A 1 gerechnet, und so war es bereits fünfzehn Uhr, als er endlich vor einer schmucklosen Baracke, dem Firmensitz von HELITAXI S.r.l., parkte. Als er ausstieg, donnerte ein Airbus im Landeanflug über seinen Kopf hinweg.

Im Inneren der Baracke dominierte das Rubinrot des Firmenlogos. Fußböden, Wände, ja sogar die Möbel waren in diesem Farbton gehalten. Und selbst die Lippen der Empfangsdame, die eine rubinrote Stewardessuniform trug, waren rubinrot. Die Farbgewalt erzeugte bei Bardi schon nach wenigen Sekunden Kopfschmerzen.

»Womit kann ich dienen?«, flötete die rubinrote Dame und musterte Bardi von oben bis unten.

Dieser legte das Etui mit seiner Dienstmarke auf den Tresen. »Ich hätte gerne Auskunft über einen Ihrer Flüge.«

Ohne die Marke eines Blickes zu würdigen, nahm die Dame den Hörer des – natürlich rubinroten – Telefons vor ihr ab und berichtete, dass ein Carabiniere hier sei. Bei ›Carabiniere‹ kicherte sie frech. Danach drehte sie Bardi den Rücken zu und sortierte Prospekte, die hinter dem Tresen in einem Regal lagen.

Bardi musste nicht lange warten, bis ein junger Mann hereinkam, der eine Pilotenjacke trug, die ausnahmsweise schwarz war, was Bardi den Mann sofort sympathisch machte.

Das Gefühl der Sympathie verflog jedoch sofort wieder, als der Mann zu reden begann.

»Wir geben grundsätzlich keine Auskünfte über unsere Flüge«, sagte er streng, ohne sich vorzustellen oder Bardi zu grüßen.

»Es geht um einen Flug nach San Pietro in der Nähe von Florenz vorige Woche.«

Der Mann schüttelte den Kopf. »Keine Auskunft.«

»Einer der Fluggäste hieß Marco Vallone.«

»Keine Auskunft«, wiederholte der Mann und nahm Bardis Dienstmarke von der Theke. Ohne ihn eines Blickes zu würdigen, reichte er sie Bardi. »Auf Wiedersehen.«

Der Capitano steckte seinen Ausweis ein und kam sich hilflos vor. Wieder dieses verdammte Schweigen. Hatten diese Leute alle ein Gelübde abgelegt? Eine Omertà. Mit diesem Gedanken im Kopf verließ Bardi die Baracke. Nein, von Verschwörungstheorien hielt er nichts. Jeder dieser Leute hatte andere Gründe zu schweigen: Angst bei Vallone, eine gute Story bei Trautmann, Geschäftsinteressen beim Chef von HELITAXI. Doch bei jedem dieser Gründe kam ihm sofort der Begriff ›Omertà‹ in den Sinn. Das Schweigegelübde der Mafia.

Im Wagen rief Bardi Emanuele an, um sich zu erkundigen, ob in San Pietro alles in Ordnung war. Schließlich hatte sich sein Assistent noch nicht häufig allein um das Tagesgeschäft auf der Wache gekümmert. Und wenn, dann höchstens für einen halben Tag.

»Alles im Griff«, erklärte Emanuele. »Nur einer der üblichen Blechschäden auf der engen Piazza. Aber wo stecken Sie, Chef?«

»Ich werde nicht vor Feierabend zurück sein«, entgegnete Bardi.

Danach suchte er im Straßenatlas, der schon zum Inventar des Peugeots gehörte, als er ihn gekauft hatte, vergeblich die Straße, an der sich das Hotel befand, in dem der Immobilienkongress stattgefunden haben sollte.

Die ›freundlichen‹ Leute von HELITAXI wollte er nicht noch einmal belästigen, weshalb er auf der Suche nach einem Ortskundigen losfuhr. Die Straße führte an einem endlosen Maschendrahtzaun entlang, dessen Spitze mit NATO-Draht bewehrt war. Keine Menschenseele war zu entdecken. Bardi wollte bereits wieder umdrehen, als er auf der anderen Seite der Startbahnen einen braun verklinkerten Betonklotz entdeckte, auf dessen Dach eine riesige Leuchtschrift angebracht war: *Mondial Hotel Congress-Centrum*. Froh, dass sich nicht alle Götter gegen ihn verschworen hatten, suchte sich Bardi einen Weg um den Flughafen herum zum Hotel- und Kongresszentrum.

40. Kapitel

Je näher Bardi kam, umso wuchtiger erschien ihm der Hotelbau. Er stellte seinen Peugeot an der Auffahrt zum Eingang des Hotels ab. Sofort kam einer der Boys, die vor dem Eingang auf Gäste warteten, angerannt und erklärte ihm in holprigem Italienisch, dass es verboten wäre, hier zu parken. Seinem Aussehen nach stammte der junge Mann aus dem Maghreb. Als Bardi daraufhin sein Carabinieri-Schild hinter die Windschutzscheibe legte, war der Boy plötzlich verschwunden. Bardi ging die Auffahrt hoch und wurde auf halbem Wege von einer Frau mittleren Alters abgefangen, die sich als Empfangschefin des Hotels vorstellte. Bardi zeigte ihr seinen Ausweis. Sie prüfte ihn eingehend.

»San Pietro. Ist das Toskana?«

Der Capitano nickte. »Es geht um einen unserer Einwohner, der vorige Woche den Immobilienkongress in Ihrem Haus besucht hat.«

»Das können wir klären, wenn Sie Ihr Fahrzeug woanders geparkt haben.« Die Empfangschefin deutete auf das Parkverbotsschild am Anfang der Auffahrt. »Vorschrift der Feuerwehr.«

Bardi nickte ergeben. »Und wo kann ich parken?«

»In der Tiefgarage. Die Zufahrt befindet sich hinter dem Hotel.«

»Was kostet das Vergnügen?«

»Fünfundzwanzig Euro Tagespauschale.«

»Dafür schlage ich mich gerne mit der Feuerwehr rum, wenn es nötig ist.«

»Fahren Sie zur Tiefgarage. Ich sorge dafür, dass Sie jemand gratis hereinlässt.«

»Und hoffentlich auch wieder heraus«, bemerkte Bardi trocken. Die Empfangsdame reagierte darauf nicht, sondern eilte zurück ins Hotel. Am Eingang stoppte sie kurz und schickte einen anderen Boy ins Hotel, der auch aus dem Maghreb zu stammen schien. Bardi zog seine Schlüsse und betätigte den Funkschlüssel seines Peugeots.

Von der Tiefgarage führte ein Lift direkt ins Foyer des Hotels, in dem ihn die Empfangsdame schon erwartete.

»Ich befürchte, dass wir Ihnen ohne gerichtlichen Beschluss keine Auskunft über persönliche Daten unserer Gäste erteilen können«, erklärte sie. »Ich habe jedoch ein Exemplar des Kongressprogrammes für Sie.«

Sie streckte Bardi ein Faltblatt entgegen. Er machte keine Anstalten, es zu nehmen.

»Scheinbar kennen Sie sich mit der italienischen Rechtsprechung sehr gut aus«, sagte er. Die Empfangsdame nickte unsicher.

»Dann wissen Sie sicher auch, dass es verboten ist, illegale Einwanderer als Hoteldiener zu beschäftigen.«

»Wir haben ein Agreement mit …«

»Ihr Agreement interessiert mich nicht.« Bardi drückte den Knopf am Lift. »Ich werde einen offiziellen Bericht über die Zustände hier beim Justizministerium in Rom einreichen müssen.« Er hoffte, nicht zu hoch gepokert zu haben, denn eigentlich musste der Dame klar sein, dass sich das Justizministerium nicht für Einzelfälle illegaler Beschäftigung interessierte.

Zu Bardis Freude ergriff leichte Panik das Gesicht der Empfangsdame. »Der Barista in unserer Lounge serviert einen sehr guten Kaffee«, erklärte sie gequält lächelnd. »Und vielleicht haben Sie Hunger?«

41. Kapitel

Bevor er auf die A 1 in Richtung Süden fuhr, tankte Bardi seinen Wagen voll und legte dann die Strecke nach San Pietro ohne Stopp zurück. Hunger verspürte er keinen, da er im Mondial ein erstaunlich gutes Wildschweinragout genossen hatte, während die Empfangschefin nach und nach alle von ihm geforderten Informationen geliefert hatte.

Ihren Aussagen zufolge hatte Marco Vallone während des dreitägigen Kongresses im Mondial logiert. Da die Zimmertüren über ein elektronisches Kartenschließsystem verfügten, konnte zudem nachvollzogen werden, wann Vallone sich in seinem Hotelzimmer aufgehalten hatte. Des Weiteren hatte er zwei Taxifahrten auf die Hotelrechnung setzen lassen, und zwar genau an jenem Vormittag, an dem Anna Jansen in seinem Ferienhaus ermordet worden war. Sogar die Ziele der Fahrten waren aufgeführt: um 7:32 Uhr zur Adresse von HELITAXI und um 14:28 Uhr zur Adresse des Hotels zurück.

Eigentlich hätte Bardi sich in Hochstimmung befinden müssen, denn jetzt war so gut wie bewiesen, dass Marco Vallone vor Ort gewesen war, als seine Halbschwester umkam. Dennoch zermarterte Bardi sich die ganze Rückfahrt über den Kopf, was er mit diesen Ermittlungsergebnissen anfangen sollte. Genauer: An wen sollte er sich wenden? Er fühlte sich hilfloser als zuvor.

Als er kurz nach einundzwanzig Uhr auf die Piazza einbog, an der sich die Wache befand, parkte quer vor der Eingangstreppe der Audi aus Rom.

Bardi stellte seinen Peugeot neben der Limousine ab und stieg aus. Sofort öffneten sich wieder in perfekter Simultanität die Türen des Audis und die beiden Männer vom DIA stiegen aus.

»Hatten Sie eine angenehme Fahrt zurück aus Mailand?«, fragte derjenige, der schon einmal mit Bardi gesprochen hatte. Der andere musterte ihn finster über das Autodach hinweg.

»Vielleicht sollten wir in meinem Büro weiterreden«, erwiderte Bardi und schloss die Eingangstür zur Wache auf.

Der Capitano bot den Römern an, Platz zu nehmen, was diese mit einem kühlen Kopfschütteln ablehnten. Auch sein Angebot eines Kaffees oder Wassers wurde abgelehnt. Er selbst nahm eine Flasche Pellegrino aus dem kleinen Kühlschrank und trank einen Schluck. Dann setzte er sich an seinen Platz, verschränkte die Arme hinterm Kopf und versuchte, möglichst gelassen zu wirken.

»Seit wann bespitzelt die DIA ihre Kollegen?«, fragte er.

»Wir tun alles, um unsere Arbeit erfolgreich zu Ende zu bringen«, erwiderte der Beamte, der scheinbar alleinig für die Kommunikation mit Bardi zuständig war.

»Und die Früchte Ihrer Arbeit hängen etwas höher, seitdem Vallone die Zusammenarbeit mit Ihnen aufgekündigt hat«, wagte Bardi einen Schuss ins Blaue.

Erfreut stellte er fest, dass ihm dieser scheinbar gelungen war. Denn sein Gegenüber schwieg, während er mit seinen Kiefern mahlte.

»Marco Vallone ist oder war Ihr Mann«, beharrte Bardi.

»Ja«, antwortete der Mann aus Rom knapp.

»So eine Art Kronzeuge gegen die ’Ndrangheta, genauer gesagt gegen den Clan der Mauros«, erklärte Bardi.

»Ja.«

»Aber jetzt ist etwas geschehen, das bei Vallone einen Sinneswandel erzeugt hat.«

»Die Mauros setzen ihn unter Druck. Wenngleich das Vorgehen etwas Operettenhaftes hat.« Der Mann lächelte lustlos. »Ketchup, aufgeschlitzte Reifen und ein Tuch mit zwei Knoten – Puzo würde sich im Grab umdrehen.«

»Sie vergessen die Mordwaffe auf dem Beifahrersitz.«

»Woher wissen Sie, dass es sich um die Mordwaffe handelt?«

»Das war eine Beretta 92, neun Millimeter. Und ich glaube nicht an Zufälle. Fragt sich nur, warum die Waffe, mit der Vallones Halbschwester erschossen wurde, ausgerechnet auf dem Beifahrersitz seines Ferrari auftaucht.«

»Als Drohung, dass er oder seine Verlobte die Nächsten sein könnten.«

Bardi schüttelte den Kopf. »Mit Verlaub, das scheint mir zu einfach. Offensichtlich mögen die Mauros es – wie Sie so treffend sagten – operettenhaft. Deshalb glaube ich, dass der Mauro-Clan Vallone mit der Pistole an etwas erinnern wollte. Wäre es nicht viel effektiver gewesen, Vallones Halbschwester in seiner Gegenwart hinzurichten?«

Der Römer überlegte kurz. »Aber Vallone war zur Tatzeit in Mailand. Wir haben das überprüft. Sein Zeitfenster am Tattag war viel zu knapp, als dass er am Morgen nach San Pietro hätte fahren können und gegen Mittag wieder zurück in Mailand gewesen wäre. Selbst mit seinem Ferrari wäre das bei dem Verkehrsaufkommen auf der A 1 ein Ding der Unmöglichkeit gewesen. Und wir nehmen an, dass er seinen BMW benutzte.«

»Wer sagt denn, dass Vallone mit dem Auto gefahren ist?«

Bardi ließ die Frage im Raum stehen. Mit Befriedigung registrierte er, dass die beiden Römer vor Neugierde platzten.

Schließlich schnappte sich der Wortführer den Besucherstuhl, drehte in herum und setzte sich rücklings darauf.

»Offensichtlich haben wir Sie unterschätzt, Capitano Bardi. Auch wenn wir es hätten besser wissen müssen …«

»Meine verdammte Akte«, warf Bardi grinsend ein.

»Ja«, antwortete der Römer. »Ihre verdammte Akte.«

»Dann wissen Sie, dass ich schon einmal mit den Mauros zu tun hatte.«

Der Mann nickte. »Und deshalb nehmen wir an, dass Sie ähnliche Ziele verfolgen wie wir.«

»Da bin ich mir nicht so sicher.«

»Aber Sie wollen Franco Mauro doch auch hinter Gitter sehen?«

Bardi nickte. »Natürlich.«

»Aber?«

»Ich will auch, dass Marco Vallone nicht in sein oder besser das Unglück seines Vaters rennt.«

Der Römer lachte lustlos. »An Ihnen ist ein Philosoph verloren gegangen.«

»Ich bin in erster Linie für das Wohlergehen der Einwohner von San Pietro zuständig.«

»Deshalb sollten wir mit offenen Karten spielen und eine Allianz bilden«, sagte der Römer und hob dabei beschwichtigend die Hände. »Was natürlich auch bedeutet, dass die Lorbeeren geteilt werden.«

»Auf einen Lorbeerkranz kann ich hier in San Pietro verzichten.«

»Umso besser.« Der Römer zwinkerte Bardi jovial zu. »Ich schlage vor, dass wir Zug um Zug unseren Wissensstand austauschen.«

Bardi überlegte einen Augenblick. Er glaubte dem Römer kein Wort. Allerdings hatte er weniger zu verlieren als die DIA.

»Marco Vallone ist am Mordtag mit einem Helikopter von Malpensa nach San Pietro und wieder zurück geflogen.«

Die Beamten der DIA blickten sich wortlos an. Für Bardi war jedoch unschwer zu erkennen, dass stumme Vorwürfe zwischen den beiden hin- und herflogen. Schließlich wandte der Wortführer seinen Kopf wieder in Bardis Richtung und musterte ihn.

»Das erklärt Vallones Verhalten. Nehmen wir also an, er war Zeuge, als seine Halbschwester von den Mauros erschossen wurde.«

»Nehmen wir an, er wurde gezwungen«, warf Bardi ein.

Der Beamte aus Rom nickte. »Dann müssen die Mauros herausbekommen haben, dass Vallone als Kronzeuge aussagen wollte.«

Diesmal nickte Bardi. »Sie sagten etwas von Zug um Zug.«

»Vallones Vater Corrado war schon als Kind dem Clan der Mauros verbunden. Sie stammten aus demselben kalabrischen Dorf. Offensichtlich ging Corrado Vallones Stern aber erst richtig auf, nachdem er Anfang der Siebzigerjahre einen Widersacher der Mauros beseitigte, was man ihm jedoch nie nachweisen konnte. Die Olivenproduktion diente den Mauros seitdem als Geldwaschanlage und warf auch für Corrado Vallone ein Vermögen ab.«

»Deshalb das minderwertige Öl. Es kam also nur auf die Menge an.«

Der Römer nickte. »Quantität spielt bei der Geldwäsche stets die größte Rolle.«

»Vallone produzierte minderwertiges Öl in großen Mengen, das von einer Firma der Mauros zu überhöhten Preisen gekauft wurde.«

»Genau. Und über Immobilienbeteiligungen floss es wieder zurück an den Clan der Mauros. Jetzt allerdings sauber.«

»Dann starb Corrado Vallone, und Sie sahen Ihre große Chance.«

»Ja«, erwiderte der Römer. »Marco Vallone war noch nicht sehr tief in die illegalen Geschäfte seines Vaters verwickelt. Erst durch uns erfuhr er die gesamten Ausmaße. Deshalb war er bereit, bei einem Prozess für die Staatsanwaltschaft auszusagen.«

Jetzt trat der zweite Römer, der bisher stumm wie ein Stein das Geschehen beobachtet hatte, an Bardis Schreibtisch. »Sie müssen uns helfen, Vallone zurückzugewinnen. Wir glauben, dass er auf Sie hören wird. Zumindest scheint seine Verlobte Ihnen mittlerweile zu vertrauen.«

»Ich kann es versuchen«, sagte Bardi, klang jedoch nicht sehr überzeugt. »Eines würde mich noch interessieren.«

»Dann raus mit der Sprache«, erwiderte der Beamte auf dem Stuhl jovial, offensichtlich erleichtert, dass Bardi ihnen helfen wollte.

»Wie wollen Sie Franco Mauro festnageln?«

»Wie weiland Capone«, lautete die knappe Antwort.

»Aber wie viele Jahre springen dabei für Franco Mauro raus?«, fragte Bardi mit Zweifel in der Stimme.

»Für Franco um die fünf Jahre. Für die Buchhalter seines Clans über zehn.«

»Fünf Jahre.« Bardi schüttelte enttäuscht den Kopf.

»Wir würden Franco Mauro auch am liebsten für immer wegschließen«, sagte der Römer auf dem Stuhl. »Aber wir sind auch Realisten. Und fünf Jahre können für einen älteren Mann wie Franco Mauro eine Ewigkeit bedeuten.«

Bardi ließ sich dieses Argument durch den Kopf gehen. Es gefiel ihm jedoch ganz und gar nicht. »Aber Vallone war Zeuge eines Mordes, den die Mauros begangen haben.«

»Wenn dem so ist, wird dafür ein anderes Verfahren angestrengt. Aber Franco Mauro wird wohl kaum so dumm gewesen sein, den Mord von Leuten aus seinem engeren Umfeld ausführen zu lassen. Dafür wird irgendein armer kalabrischer Teufel in den Knast wandern, der schweigen wird, weil Mauro seiner

Familie jeden Monat ein paar Euro zukommen lassen wird. Wenn sie Glück haben, bekommen sie vielleicht noch eine schöne Wohnung mit Flachbildfernseher. Wenn sie Pech haben, wird der Sohn des armen Teufels mit vierzehn von den Mauros rekrutiert und das gleiche Schicksal wie sein Vater erleiden. Und das Absurde daran wird sein …«, der Römer lachte bitter auf, »sowohl Sohn als auch Vater werden stolz auf ihre Taten und ihr Schweigen sein.«

»Damit wollen Sie sagen, dass wir mit Marco Vallone eine einmalige Chance haben, dieses System zu durchbrechen.«

»Sie sind ein intelligenter Mann«, erwiderte der Römer auf dem Stuhl.

Scheinbar meinte er es ernst, denn Bardi entdeckte nicht das kleinste Fünkchen Ironie in seinem Gesicht. Er überlegte, ob er von Trautmanns vereitelter Hinrichtung erzählen sollte, entschied sich aber dagegen. Ihm erschien sein Verhältnis zu diesen Römern ohnehin schon sehr kompliziert. Außerdem traute er den beiden Männern nicht. Wahrscheinlich würden sie nicht zögern, auch ihn wie Vasari kaltzustellen, sollten sie von seinem Alleingang in Sachen Trautmann erfahren. Ein Zweckbündnis heiligte eben nicht alle Mittel.

»Wann sprechen Sie mit Vallone?«, fragte der Römer, stand auf und stellte den Stuhl ordentlich an Bardis Schreibtisch.

»Direkt morgen früh«, erwiderte Bardi und erhob sich ebenfalls. Seine Beine fühlten sich schwer an. Mit einem Mal war er sehr müde.

»Dieses Gespräch bleibt natürlich streng vertraulich«, sagte der zweite Römer, als er seinem Kollegen die Tür zur Piazza aufhielt. Bardi nickte und dachte an Vasari.

42. Kapitel

Am nächsten Morgen war Emanueles Gesicht ein einziges Fragezeichen, als Bardi in die Wache kam. Dieses Fragezeichen wich auch dann nicht aus Emanueles Gesicht, als Bardi sich bei ihm für seine spontane Hilfsbereitschaft bedankte und zur Erklärung für sein Fortbleiben nochmals vage von privaten Gründen sprach. Nach einer Weile huschte jedoch ein Lächeln über das Gesicht seines Assistenten.

»Nicht, was du denkst«, erwiderte Bardi, der Emanueles Gedanken lesen konnte. »Ich hatte in Mailand und nicht in Florenz zu tun.«

Jetzt wurde Emanuele rot, und Bardi wusste, dass er richtig gelegen hatte. Bevor Emanuele vollkommen aus der Fassung geriet, reichte er Bardi ein Blatt Papier über den Schreibtisch. Es handelte sich um eine Aufstellung der Einsätze, die Emanuele am Vortag erledigt hatte. Wie Bardi schnell erkannte, handelte es sich nur um Bagatellen wie Falschparken, den Blechschaden auf der Piazza, neue Graffiti an der Stadtmauer und die Suche nach einer entlaufenen Katze.

»Gute Arbeit«, bestätigte Bardi.

»Ich habe den Bericht auch schon eingetragen«, erklärte sein Assistent daraufhin eifrig. »Natürlich habe ich ein paar Einsätze hinzugefügt.«

Seit einiger Zeit musste jede Carabinieri-Station ihre Einsätze in die Maske einer Datenbank eingeben. Bardi vermutete, dass so die Streichkandidaten bei der nächsten Rationalisierungsrunde gefunden werden sollten. Natürlich wusste er auch, dass alle anderen Stationen genauso schummelten wie sie beide.

»Ich muss wegen der Sache von vorgestern noch einmal zu den Vallones«, erklärte Bardi, nachdem er an seinem Bürocomputer die E-Mails durchgesehen hatte, die ausschließlich aus Spam bestanden.

Emanuele nickte und kramte lustlos seine Lehrbücher hervor.

Diesmal nahm Bardi den Streifenwagen, um zum Gut der Vallones zu fahren. Er parkte den Wagen auf dem kleinen Kundenparkplatz vor dem Tor, das er verschlossen vorfand. Auch das Schild mit der Aufschrift *Aperto* war nirgends zu entdecken. Dafür steckte Vallones Schäferhund laut bellend seine Schnauze durch die Gitterstäbe des Tores. Da es am Tor keine Klingel gab, rief Bardi, so laut er konnte, nach Vallone.

Tatsächlich kam Marco Vallone nach ein paar Augenblicken – eine Schrotflinte nach Jägerart zwischen Arm und Körper hängend – über den Hof und fasste den Schäferhund am Halsband. Dieser stellte sofort das Bellen ein und blickte sein Herrchen mit wachsamen Augen an.

»Worum geht es?«, fragte Vallone. Seine Stimme klang abweisend.

»Können wir das vielleicht drinnen bereden?«, erwiderte Bardi und streckte die Brust in seiner Uniformjacke vor.

»Hier hört uns niemand.«

»Aber wir können gesehen werden.« Bardi deutete auf die Hänge der Hügel ringsherum.

Vallone folgte Bardis Handzeichen. Offensichtlich fühlte er sich tatsächlich beobachtet. »Okay«, lenkte er widerwillig ein und öffnete das Tor.

Kaum hatte Bardi einen Fuß auf den Hof gesetzt, begann der Schäferhund, am Halsband zu zerren und wütend zu knurren. Vallone brachte ihn mit einem kräftigen Ruck zur Räson.

»Gehen Sie schon einmal vor. Ich bringe den Hund nur kurz in den Zwinger«, sagte Vallone.

Bardi ging zum Haupthaus, in dessen Tür schon Vallones Verlobte wartete.

Sie bat Bardi ins Wohnzimmer, das sehr geschmackvoll mit einigen wenigen modernen Möbeln eingerichtet war, die gekonnt einen Gegenpart zum rustikalen Ambiente des Gebäudes bildeten.

»Möchten Sie etwas trinken?«, fragte Celia, während der Capitano es sich auf einem der mit schwarzem Leder bezogenen Sessel bequem machte. Bardi nickte und hörte kurz darauf eine Espressomaschine aus der benachbarten Küche fauchen.

In diesem Augenblick kam Vallone herein. Wortlos setzte er sich Bardi gegenüber. Der musterte den jungen Mann einen Augenblick. Die tief stehende Morgensonne schien durch die Fenster und erzeugte auf Vallones Gesicht harte Schatten. Ihm fiel auf, dass Vallone passenderweise eine gewisse Ähnlichkeit mit dem jungen Robert De Niro hatte, was nicht nur an dem Muttermal auf der rechten Wange lag.

Celia kam mit drei Espressi und setzte sich neben ihren Verlobten. Schweigend tranken alle drei.

»Zum Glück waren Sie so schnell da«, durchbrach Celia schließlich die Stille. »Ich bin im dritten Monat schwanger. Und wenn der Notarzt nicht so schnell gekommen wäre …«

Vallone nahm ihre Hand. »Es ist ja noch einmal gut gegangen.«

Bardi stellte die leere Espressotasse auf den tiefen Glastisch, der zwischen den Sesseln stand. »Beim nächsten Mal werden die Mauros Ernst machen.«

Vallone stand ruckartig auf. »Besser Sie gehen jetzt.«

Bardi blieb sitzen. »Ich bin der Einzige, der Ihnen helfen kann.«

»Ich möchte, dass Sie und Ihre Freunde aus Rom uns einfach in Ruhe lassen«, schrie Vallone, Spuckebläschen in den Mundwinkeln.

»Und die Mauros? Werden die Sie auch in Ruhe lassen?«

»Setz dich«, sagte Celia leise und zog Vallone am Hemdärmel nach unten. Widerwillig ließ der sich in den Sessel zurücksinken.

Celia musterte Bardi für ein paar Sekunden. Dann schien sie einen Entschluss gefasst zu haben, denn sie beugte sich zu ihm vor. »Marco hat mir gestern alles erzählt. Vorher hatte ich nur eine Ahnung. Aber wie in vielen Familien gab es auch hier das Unaussprechliche …«

»Bitte sei still«, raunte Vallone ihr zu.

Doch Celia schüttelte den Kopf, als wolle sie eine lästige Fliege loswerden. »Nein. Ich werde nicht schweigen und mir mein Leben von irgendeinem Clan aus dem Süden kaputtmachen lassen.«

»Du hast keine Ahnung«, erwiderte Vallone matt. Plötzlich wirkte er erschöpft.

»Wir stehen auf einer Seite«, erklärte Bardi.

»Sie stehen auf der Seite der DIA, und die denken nur an ihren eigenen Erfolg.« Vallones Stimme klang resigniert. »Ich … *wir* sind doch nur Mittel zum Zweck.«

»Die DIA wird für Ihren Schutz sorgen, auch nach einem Prozess.«

»Ja klar.« Vallone lachte bitter auf. »Der Plan sieht vor, dass wir im Rahmen des Zeugenschutzprogramms mit neuen Identitäten nach Chile auswandern.«

»Das hast du mir nicht gesagt«, sagte Celia, und Bardi konnte nicht erkennen, ob sie wütend oder einfach nur enttäuscht war.

»Weil wir nicht nach Chile gehen. Nur damit einer von den Mauros wegen Steuerhinterziehung für fünf Jahre in den Knast kommt.« Vallone wandte sein Gesicht in Bardis Richtung. »Ich bin kein Held.«

»Warum sollten ausgerechnet Sie der erste sein, dem ich begegne?«, erwiderte Bardi.

Der Anflug eines Lächelns huschte über Vallones Gesicht. »Für eine kurze Zeit habe ich tatsächlich geglaubt, ich wäre einer.«

»Wie kommen wir aus dieser Falle bloß wieder raus?«, fragte Celia.

»Im Moment sehe ich keine Lösung«, gab Bardi zu. »Aber Sie brauchen Verbündete.«

»Schöne Verbündete, die nicht einmal in der Lage sind, meine Verlobte zu schützen«, sagte Marco.

»Die DIA meine ich nicht«, erwiderte Bardi.

»Sie?« Vallone lachte kurz auf wie über einen schlechten Witz. »Nichts für ungut, Capitano Bardi. Aber was wollen Sie gegen die Mauros ausrichten? Und wie wollen Sie unseren Schutz gewährleisten?«

»Ich kenne den Clan der Mauros und ihre Machenschaften schon sehr lange.« Bardi erzählte in knappen Worten von der Autobombe unter der Limousine des Ministers, die den Sohn des Chauffeurs zerrissen hatte. Er schonte auch sich selbst nicht und berichtete von seinen Schuldgefühlen. Aber auch davon, wie sehr es ihm geholfen hatte, mit jemandem darüber zu reden. Vasaris Namen erwähnte er dabei nicht.

43. Kapitel

»Sie sind ein ehrlicher Mann«, sagte Vallone, nachdem Bardi mit seiner Erzählung fertig war. »Und ich glaube sogar, dass wir auf derselben Seite stehen. Aber die Frage bleibt: Was wollen Sie alleine gegen die Mauros ausrichten, wenn nicht einmal die DIA in der Lage ist, denen mehr als Steuerhinterziehung anzuhängen? Das ist doch so, als würde man einen Autodieb nur dafür bestrafen, dass er unbefugt den Sprit im Tank verbraucht hat.«

»Sie könnten mir zum Beispiel erzählen, was genau in der *Casa del Colono* geschehen ist.«

»Woher soll ich das wissen?«

»Weil Sie dort waren«, erwiderte Bardi.

Vallone machte den Mund auf, sagte aber nichts. Seine Verlobte starrte ihn ungläubig an.

»Ich weiß, dass Sie dort waren«, sagte Bardi. »Ich habe den Helikopter aus Mailand sogar mit eigenen Augen gesehen. Damals wusste ich freilich noch nicht, dass Sie darin saßen.«

»Sag, dass das alles nicht wahr ist«, rief Celia und boxte Vallone auf die Brust. Unbeholfen drückte der seine Verlobte an sich, bis sie aufhörte, nach ihm zu schlagen, und nur noch weinte.

Bardi rieb sich mit den Händen das Gesicht. Solche persönlichen Szenen anderer waren ihm immer peinlich. Er kam sich fehl am Platz vor. Die beiden jungen Leute taten ihm leid.

»Ich wurde gezwungen«, sagte Marco, nachdem Celia sich einigermaßen beruhigt hatte.

»Trotzdem hättest du mir davon erzählen können«, drang ihre Stimme dumpf aus seiner Umarmung hervor. »Ich dachte, du vertraust mir.«

»Ich wollte dir keine Angst machen«, erklärte Vallone und strich ihr über das Haar.

»Wenn es gelingt, den Mauros einen Mord nachzuweisen, wandern einige von denen für sehr lange Zeit hinter Gitter«, sagte Bardi.

»Ich habe die Männer vorher noch niemals gesehen«, erwiderte Vallone.

»Aber Sie würden sie wiedererkennen.«

Vallone schüttelte den Kopf. »Ich war wie in Trance. Das alles war wie in einem bösen Traum, den man am nächsten Morgen vergessen hat.«

»Aber das war kein böser Traum.« Celia befreite sich aus Vallones Umarmung. »Deine Schwester ist in deiner Gegenwart ermordet worden.«

»Meine Halbschwester, die ich vorher noch nie zu Gesicht bekommen hatte«, versuchte Vallone, sich zu rechtfertigen.

»Ich erkenne dich nicht mehr wieder, Marco«, sagte Celia kopfschüttelnd.

»Wer hat den Helikopter bezahlt?«, fragte der Capitano.

»Ich«, erwiderte Vallone. »Am Abend zuvor bekam ich eine Nachricht, dass ich am nächsten Morgen zu einer Lichtung unweit des Ferienhauses kommen solle. Man gab mir die genauen Koordinaten. Sollte ich nicht kommen, könnte Celias Sicherheit nicht garantiert werden. Daraufhin habe ich den Hubschrauber gemietet.«

»Von wem stammte die Nachricht?«

»Glauben Sie, die war unterschrieben?« Vallone schaute Bardi spöttisch an. »Das war eine SMS. Und natürlich stammte sie von den Mauros. Aber wie soll man das beweisen?«

Bardi nickte. »Was geschah in der *Casa del Colono?*«

Marco starrte sehr lange aus dem Fenster. Dann schaute er zu Bardi hinüber. »Drei Männer erwarteten mich mit einem Audi am Landeplatz. Schwarze Anzüge, Sonnenbrillen, mittelgroß, dunkle Haare. Die Fahrt zum Ferienhaus dauerte nur ein paar Minuten. Einer ging zur Rückseite, einer klopfte an die Tür. Es dauerte, bis sie geöffnet wurde. Da hatten alle schon Waffen in der Hand. Eine junge Frau erschien in der Tür. Die Tür wurde aufgestoßen. Jemand war im Schlafzimmer. Von der Terrasse hörte ich ein lautes Fluchen. Dann sollte ich in der Küche warten. Einer durchsuchte das Haus. Keine Ahnung wonach … Nach einer Weile wurde ich dann ins Schlafzimmer gerufen. Die Frau … Anna saß auf dem Bett. Starr vor Angst. Stumm. Einer hob seine Waffe und …« Vallone schaute wieder aus dem Fenster.

»Woher wussten die Mauros, dass Sie Kontakt mit der DIA haben?«

»Keine Ahnung.« Vallone zuckte mit den Schultern. »Aber ich glaube, da ist noch etwas anderes im Spiel.«

»Sagt Ihnen der Name Trautmann etwas?«

Vallone blickte weiter aus dem Fenster. »So heißt der Mann, der Anna begleitet hat.«

»Sind Sie Trautmann je begegnet?«

Vallone schüttelte den Kopf. »Warum sollte ich?«

»Weil er Journalist ist und heimlich Fotos von Ihrem Gut und dessen Besuchern geschossen hat.«

Der junge Mann wandte sich mit fragendem Gesichtsausdruck Bardi zu. Dann nickte er. »Das würde passen.«

»Was?«

»Einer der Männer in der *Casa del Colono* fluchte immerwährend, weil er nicht das fand, was er suchte. Er sprach von einer Kamera. Dann fanden sie ein Notebook, und gleich besserte sich ihre Stimmung.«

»Ich nehme an, dass Trautmann sich in Ihre Halbschwester verliebt hatte. Sie erzählte ihm von ihrem Vater, den sie nie kennengelernt hat. Trautmanns journalistischer Jagdinstinkt war erwacht, und bald fand er heraus, dass Annas Vater für den international agierenden 'Ndrangheta-Clan der Mauros Geldwäsche betrieben hat. Sein Ziel war jetzt eine Enthüllungsstory über die Mauros, während seine Geliebte die Familie ihres Vaters kennenlernen wollte«, sagte Bardi.

Vallone wurde plötzlich kreidebleich. Er stand auf und lief aus dem Wohnzimmer. Sekunden später waren Würgegeräusche zu hören. Celia schaute fragend zu Bardi hinüber.

»Sie brauchen mich nicht um Erlaubnis zu fragen, wenn Sie Ihrem Verlobten beistehen wollen.«

Sie nickte und eilte hinter Vallone her.

Bardi stand auf und trat ans Fenster. Auf dem Fensterbrett stand ein Fernglas. Er nahm es und suchte den gegenüberliegenden Bergkamm ab. Schließlich kam der verfallene Turm in Sicht, in dem sich Trautmann versteckt gehalten hatte. Der Capitano entdeckte jedoch niemanden. Er schwenkte das Fernglas weiter. Ein kleiner Teil der Straße, die über die Hügelkette nach San Pietro führte, kam in Sicht. Zwischen den Olivenbaumblättern glänzte etwas. Bardi schaute genauer hin und entdeckte den Kühlergrill eines schwarzen Audis mit römischem Kennzeichen. Er folgte der schmalen grauen Linie, die nur schwer zwischen den Olivenbaumhainen und Zypressen zu erkennen war, hinunter zur Zufahrtsstraße zum Gut der Vallones. Zwischen zwei

Zypressen meinte er etwas aufblitzen zu sehen. Er schwenkte zurück. Doch dort war nichts.

»Danke für Ihre Hilfe«, kam eine brüchige Stimme von hinten. Erschrocken fuhr Bardi herum.

44. Kapitel

Vor ihm stand Sara Vallone, Ende fünfzig, Witwe und Marcos Mutter. Sie war ein Vierteljahrhundert jünger als ihr verstorbener Mann: eine kleine drahtige Person mit dunklen Augen, markanter Nase und einem schwarzen Lockenkopf. In ihrem wettergegerbten Gesicht blitzten weiße große Zähne.

Wie ihr Sohn ließ sich Sara Vallone selten in San Pietro blicken.

Soviel Bardi wusste, hatten die Eltern von Sara Vallone in Siena einen Delikatesshandel besessen. Ihre Physiognomie verriet jedoch, dass ihre Eltern ursprünglich nicht aus der Toskana stammten, sondern aus Süditalien. Sizilien hielt Bardi für unwahrscheinlich, da er die Herkunft von Menschen, die wie er von der Insel stammten, meistens sofort erkannte. Blieb der Südzipfel des Festlandes. Bardi tippte, dass Sara Vallones Eltern wie Corrado Vallone in Kalabrien geboren worden waren.

»Manchmal ist es besser, wenn sich nichts ändert«, sagte Sara Vallone.

»Manchmal kann man Veränderungen nicht aufhalten«, erwiderte Bardi.

»Das entscheidet alleine der Herr«, flüsterte Sara Vallone rau und bekreuzigte sich bei einem kurzen Blick zur Zimmerdecke.

Bardi hasste diese Scheinheiligkeit, Gott für die Verbrechen der Menschen in Sippenhaft zu nehmen. »Ihr Sohn Marco wird bald eine kleine Familie haben. Wenn Sie es vorziehen, mit der 'Ndrangheta weiter Geschäfte zu machen, kann niemand für den Schutz dieser Familie garantieren.«

Signora Vallone starrte Bardi entgeistert an. Zunächst dachte er, das läge an der Erwähnung der 'Ndrangheta. Kaum ein Italiener reagierte auf dieses Wort normal. Doch dann ging Bardi auf, dass sie nichts von Celias Schwangerschaft wusste.

»Tut mir leid, ich wollte mich nicht in Ihre Privatangelegenheiten einmischen«, erklärte Bardi.

»Dann lassen Sie uns endlich in Ruhe«, fauchte Sara Vallone.

Der Capitano nickte und verließ das Wohnzimmer. An der Haustür erwartete ihn Celia.

»Ich habe Angst«, raunte sie Bardi zu.

»Versuchen Sie, Marco zu überzeugen, dass er kooperiert. Sonst hat er keine Chance.«

»Aber was sollen wir in Chile?«

Er seufzte. »Ich sehe keine andere Lösung, wenn Sie nicht für den Rest Ihres Lebens in Angst vor der Rache des Mauro-Clans leben wollen.«

»Ich glaube, Marco sieht nur einen Ausweg. Er will vor der …«, sie zögerte, das verbotene Wort auszusprechen, »vor der 'Ndrangheta zu Kreuze kriechen.«

Bardi legte Celia die Hand auf die Schulter. »Informieren Sie mich, wenn hier irgendetwas geschieht.«

»Irgendetwas?«

Er nickte. »Sie werden schon merken, wenn etwas nicht stimmt. In der Umgebung, mit Marco oder mit Ihrer Schwiegermutter.«

Celia nickte nachdenklich.

Bardi nahm seine Hand von ihrer Schulter. »Meine Karte haben Sie?«

Sie nickte wieder und rang sich ein tapferes Lächeln ab.

»Ihre Schwiegermutter weiß jetzt, dass Sie schwanger sind.«

Celia zuckte mit den Schultern. »Ich glaube, das ist im Moment unser geringstes Problem.«

* * *

Auf dem Weg nach San Pietro hielt Bardi an der Stelle, an der er meinte, vom Haus der Vallones aus das verdächtige Blitzen gesehen zu haben. Große, alte Zypressen säumten die lange Zufahrtsstraße zum Gut. Überall summten und zirpten Insekten. Von dieser Stelle konnte man die Einfahrt zum Anwesen der Vallones gut überwachen, wenngleich der tiefe Blickwinkel keine perfekte Sicht ins Innere des Wohnhauses zuließ.

Bardi suchte die Lücken zwischen den Zypressen ab. Am vierten Baum fand er eine Zigarillokippe im Staub. Der Capitano ging in die Hocke. Die Spitze glomm noch. Er überlegte, wo er zuletzt jemanden Zigarillos hatte rauchen sehen. Hatte nicht Franco Mauro ein Zigarillo geraucht auf dem Foto, das Meister in Vasaris Büro gezeigt hatte?

Bardi fuhr ein kalter Schauer über den Rücken, sodass er plötzlich fror. Unweit fand er im Staub frische Reifenspuren. Die Schlinge um Vallones Hals zog sich immer enger zu.

Er spürte, dass er etwas tun musste. Aber alles war so vage. Wo verliefen die Fronten? Und auf wen konnte er sich verlassen? Vasari kam ihm in den Sinn. Wie gern hätte er sie jetzt an seiner Seite gehabt. Diesen Kampf jedoch konnte nur er ganz allein gewinnen. Für den Frieden San Pietros und seinen eigenen.

45. Kapitel

Bevor Bardi zur Wache zurückkehrte, kaufte er in Mirris Laden Eier und in Öl und Essig eingelegte getrocknete Tomaten. Beim Gedanken an das Omelett, das er aus diesen Zutaten zusammen mit frischem Basilikum braten würde, lief ihm das Wasser im Mund zusammen.

In der Wache fand er Emanuele, die Füße auf dem Schreibtisch, Stöpsel im Ohr, in seine Musik versunken. Vor sich die obligatorische Dose Red Bull und – welch kulinarische Abwechslung – einen riesigen, pappigen Hamburger. Als er seinen Chef bemerkte, machte Emanuele Anstalten, die Musik auszustellen. Bardi jedoch winkte ab und holte die Weinflasche aus der Abstellkammer.

Im Treppenhaus wimmelte es von Omars Zeichnungen. Offensichtlich hatte der Junge es zu seiner eigenen Galerie umfunktioniert. Lächelnd schritt Bardi an den Bildern vorbei, die mit Klebestreifen an den Wänden befestigt waren oder auf den Stufen lagen. Er erschrak, als er von oben eine bekannte Stimme hörte. Vor seiner Wohnungstür erwarteten ihn die beiden Römer. Der Wortführer sah sich gelangweilt die Bilder an der Wand neben der Wohnungstür an, die ordentlich in einer Reihe angeordnet waren, während der andere leise in sein *Telefonino* brummte.

»Hallo, Capitano«, begrüßte der Sprecher Bardi, während der andere Römer ihm zur Begrüßung den Rücken zuwandte. »Talentierter Maler.«

Bardi stellte die Flasche Wein und den Beutel mit den Einkäufen fürs Mittagessen vor die Tür, um nach seinem Schlüssel zu suchen. »Eine syrische Flüchtlingsfamilie ist in die leeren Räume in der ersten Etage eingezogen. Omar, der Sohn der Familie, ist vom Bürgerkrieg schwer traumatisiert …«

»… und Zeichnen ist eine Art Therapie für ihn«, vollendete der Römer den Satz. Die Bilder hatten jetzt echtes Interesse bei ihm geweckt, denn er beugte sich hinab und unterzog jedes einer eingehenden Betrachtung.

Bardi folgte seinen Blicken. Als er das Motiv des letzten Bildes in der Reihe sah, erschrak er. Es zeigte einen Mann, der eine Pistole auf den Kopf einer Frau mit blonden Haaren richtete. Der Mann besaß ein Muttermal auf der rechten Wange. Instinktiv lehnte sich der Capitano vor das Bild.

»Sie sind wohl kaum gekommen, um mit mir über die Kunst eines Kindes zu sprechen«, sagte er schnell und öffnete seine Wohnungstür.

Der Römer schien etwas erstaunt über diese plötzliche Ungeduld. Deshalb zögerte er kurz, und Bardi befürchtete schon, er würde darauf bestehen, sich auch noch die restlichen Gemälde anzuschauen. Doch dann stupste er seinen Kollegen an und beide gingen in die Wohnung. Schnell nahm Bardi Omars Bild von der Wand und ließ es in seinem Einkaufsbeutel verschwinden. In der Wohnung bat er die beiden Römer, am Esstisch Platz zu nehmen. Das Angebot eines Getränkes wiesen sie mit einem missbilligenden Blick auf die Weinflasche zurück. In Bardis Kopf kreisten die Gedanken. War Omar Zeuge des Mordes geworden? Und wenn ja, war Marco Vallone der Mörder? Der Mann mit der Pistole auf der Zeichnung hatte jedenfalls große Ähnlichkeit mit Robert De Niro und Bardi glaubte nicht, dass Omar jemals einen alten Film des Hollywoodstars gesehen hatte.

»Dann berichten Sie mal«, riss der Römer den Capitano ungeduldig aus dessen Gedanken.

Bardi räusperte sich. »Wie wir alle wissen, wird Marco Vallone vom Clan der Mauros massiv unter Druck gesetzt. Außerdem möchte er mit seiner Familie nicht den Rest seines Lebens unter falscher Identität in Chile verbringen …«

»Aber warum dieser plötzliche Sinneswandel?«, unterbrach der Römer und schlug wütend mit der Faust auf den Tisch. »Das macht mehrere Monate harter Arbeit zunichte. Wissen Sie, was das den Steuerzahler kostet?«

»Ist das denn in diesem Fall so wichtig?« Bardi war verwundert über diese Sichtweise.

»In unserer Abteilung ist die Kosten-Nutzen-Relation das Primat des Handelns«, erklärte der Römer. »Wir sind bei Vallone sozusagen in Vorleistung getreten und erhoffen uns, die eingesetzten Mittel durch die Sprengung des Mauro-Clans zurückholen zu können.«

»Sie vergessen dabei aber die Kosten für die Vallones.«

»Keineswegs.« Der Römer schüttelte freudlos lächelnd den Kopf. »Für Vallone heißt es: entweder Gefängnis oder Chile.«

»Aber offensichtlich wollte Marco Vallone die Geschäfte seines Vaters nicht weiterführen.«

»Das dachten wir auch.« Die Stimme des Römers klang eher enttäuscht und müde als resigniert.

»Aber hätten Sie nicht damit rechnen müssen, dass die Mauros Marco Vallone unter Druck setzen?«

»Wir haben alles versucht, um ihn zu schützen. Aber der zu erwartende Ertrag rechtfertigte keine Hundertschaft an Personenschützern.«

»Schlechte Zeiten für Staatsdiener.«

»Wem sagen Sie das.«

»Und nun?«

Der Römer fasste sich grübelnd an die Stirn. »Wir werden die Mission abbrechen. Befehl aus Rom. Unsere Zeit hier läuft ohnehin ab. Scheinbar wird dem Clan der Mauros der Boden unter den Füßen zu heiß. Denn wir haben sichere Informationen, dass Franco Mauro mit seiner Familie in den nächsten Tagen nach Venezuela aufbrechen wird. Er besitzt dort ein riesiges Anwesen in der Nähe von Maracaibo. Sind die Mauros erst einmal in Übersee, können wir sie kaum kontrollieren. Wenn Vallone also gescheit ist, verkauft er alles und kappt auf diese Weise seine Verbindung zu den Mauros. Vielleicht kommt er damit durch. Denn noch haben wir nicht genügend Beweise gegen ihn, was die Geldwäsche betrifft.«

»Und werden die Mauros ihn in Ruhe lassen, wenn sie in Venezuela sind?«, fragte Bardi hoffnungsvoll, obwohl er die Antwort eigentlich kannte.

Der Römer atmete geräuschvoll. »Es heißt nicht umsonst ›internationale Kriminalität‹.«

Der Capitano ließ die Schultern hängen. Dann lächelte er tapfer. »Wenn für Sie der Fall abgeschlossen ist, heißt das, ich kann wieder unbesorgt telefonieren?«

»Sie glauben tatsächlich, dass wir …« Der Römer schüttelte ungläubig den Kopf. »Erstens haben wir mit der NSA nur einen Buchstaben gemeinsam. Zweitens gibt es kein Gesetz, dass uns berechtigen würde, ohne richterlichen Beschluss die Telefone unserer Kollegen abzuhören. Und drittens würde das …«

»… zu viel kosten«, vollendete Bardi den Satz.

»Sie haben es erfasst«, erwiderte sein Gegenüber lächelnd. Dann verdüsterte sich seine Miene erneut. »Wissen Sie, was schade ist?«

Da Bardi diese Frage für rhetorisch hielt, zuckte er ahnungslos mit den Schultern.

»Der Clan der Mauros wird nur durch den Alten zusammengehalten. Sein Sohn ist ein verwöhnter Bengel ohne Führungsqualitäten. Die konkurrierenden Familien scharren bereits mit den Hufen, um Mauros Imperium zu übernehmen.«

»Macht es einen Unterschied, ob Mauro oder eine andere Familie die Geschäfte führt?«

»Für uns nur wenig. Wir haben Maulwürfe in fast allen anderen Familien. Vor allem beim Clan der Isnardis, den Hauptkonkurrenten der Mauros. Aber wie sieht das bei Ihnen aus?« Der Römer blickte Bardi vielsagend an.

Der Capitano verspürte jedoch keine Lust, über seine offene Rechnung mit Mauro zu diskutieren. »Und der Mord an Anna Jansen?«

»Nicht unser Metier.«

»Wird die Kriminalpolizei Florenz wieder übernehmen?«

»Das glaube ich kaum. Der Fall wurde der Staatsanwaltschaft Siena übertragen.«

»Aber mit welcher Begründung?«

Der Römer beugte sich über den Tisch zu Bardi. »Ihre Commissaria Vasari hat den Fehler begangen, etwas zu fleißig zu sein. Dadurch hat sie unsere Arbeit behindert. Um etwas Zeit zu gewinnen, mussten wir Beschwerde beim Minister in Rom einlegen. Aus dem gleichen Grund wurde der Fall Siena übertragen. Offizielle Begründung: plötzliche Arbeitsüberlastung der Staatsanwaltschaft Florenz.«

»Das haben die mit sich machen lassen?« Bardi sah ungläubig aus.

»Na ja.« Der Römer zwinkerte ihm zu. »Vielleicht hat Rom für die Staatsanwaltschaft Florenz ein oder zwei neue Planstellen bewilligt.«

»Und das nennen Sie ein gelungenes Kosten-Nutzen-Verhältnis?«

»Solange unsere Kostenstelle nicht belastet wird.«

46. Kapitel

Die Römer ließen einen ratlosen Bardi zurück. Scheinbar war es von Vorteil, Wirtschaft studiert zu haben, bevor man sich bei der DIA bewarb. Bardi holte die Eier und das Schälchen mit den eingelegten Tomaten aus dem Einkaufsbeutel. Omars Zeichnung legte er mitten auf den Esstisch. Dann erhitzte er langsam etwas Olivenöl mit Butter in der Pfanne und begann, das Tomatenomelett zuzubereiten.

Immer wieder nahm er die Zeichnung in die Hand und betrachtete sie eingehend. Sollte Marco Vallone tatsächlich seine Halbschwester erschossen haben? Das würde seinen plötzlichen Sinneswandel erklären, nicht mehr als Kronzeuge fungieren zu wollen. Und falls er diese schreckliche Tat begangen hatte, war er von den Mauros dazu gezwungen worden? Oder war Marco nicht das Opfer, für das er sich ausgab? War er vielleicht ein würdiger Erbe seines kriminellen Vaters?

Mit einem Mal war Bardi solchermaßen in Gedanken versunken, dass ihm das Omelett erst wieder einfiel, als es in der Pfanne verbrannt war. Fluchend drehte er das Gas ab und ließ etwas Wasser in die Pfanne laufen, damit das Omelett oder vielmehr das, was davon noch übrig war, nicht vollkommen festbackte.

Gezwungenermaßen setzte sich Bardi mit einem Glas Wein und einem großen Stück Baguette, das er mit dem Rest der eingelegten Tomaten belegte, auf seine Terrasse. Er starrte auf sein *Telefonino*, das neben dem Glas auf dem Terrassentisch lag, und dachte an Vasari. Schließlich gab er sich einen Ruck und wählte die Nummer von Lydias *Telefonino*, die Beatrice ihm gegeben hatte. Der Freiton ertönte, und er befürchtete schon, dass die Mailbox anspringen würde, als ein Klicken ankündigte, dass der Anruf entgegengenommen wurde. Eine Männerstimme meldete sich. Erschrocken unterbrach Bardi das Gespräch.

Nachdem er den letzten Schluck Wein getrunken hatte, nahm der Capitano Omars Zeichnung vom Tisch und klopfte an die Wohnungstür der al-Salihs. Signora al-Salih öffnete. Er entschuldigte sich für die Störung, deutete auf das Bild und fragte nach Omar. Signora al-Salih verstand zunächst nicht, was Bardi wollte. Scheinbar war sie allein. Doch nach einigem Hin und Her funktionierte die nonverbale Kommunikation erstaunlich gut und Bardi erfuhr, dass Omar in der Schule sei.

An seinem Bürocomputer gab Bardi Marco Vallones Namen in die Suchmaske der Meldebehörde ein, in deren Datenbank Fotos, biometrische Daten und die aktuellen Meldeinformationen aller Bewohner Italiens gespeichert waren. In Sekundenschnelle erschienen Vallones Daten auf seinem Bildschirm. Er druckte ein Passfoto aus und steckte den Ausdruck zusammen mit der Zeichnung in eine Klarsichthülle.

47. Kapitel

Die *Scuola Primaria* befand sich außerhalb der Stadtmauern in einem modernen Zweckbau mit großen Fensterflächen und ockerfarbener Fassade. Zunächst waren die Einwohner San Pietros gegen den Neubau Sturm gelaufen. Schließlich befand sich die alte Schule in einem großen Haus mit verwunschenem Garten innerhalb der – wenngleich nur noch teilweise – vorhandenen Stadtmauer. Und es schien den Einwohnern ein tröstlicher Gedanke in unruhigen Zeiten zu sein, dass ihre Kinder im selben Gebäude die Schule besuchten, wie es schon Generationen vor ihnen getan hatten. Als dann jedoch bekannt wurde, dass die Räume nicht nur von Schimmel befallen waren, sondern eine Untersuchung zudem ergab, dass bei der letzten Renovierung Mitte der Siebzigerjahre asbesthaltige Baustoffe verwendet wurden, bröckelte die Front. Und nun – knapp drei Jahre später – trauerten lediglich kinderlose Nostalgiker der alten Schule hinterher.

Schon von Weitem konnte Bardi die Kinder auf dem Sportplatz hören, der sich hinter dem Schulgebäude befand. Er kreuzte den Schulhof, durchquerte das Foyer des Gebäudes und kam durch den Hinterausgang zum Sportplatz.

Dort angekommen sah Bardi vom Rand des Kunstrasenplatzes aus den Kindern zu, wie sie Fußball spielten. Unter ihnen entdeckte er Omar, der gerade einen Pfostentreffer landete und daraufhin mit großer Geste seiner Verzweiflung Luft machte. Anerkennende Worte seiner Mitspieler trösteten ihn jedoch schnell. Am anderen Ende des Platzes entdeckte er Nihal und Alberto. Beide hielten Händchen und waren in ein lebhaftes Gespräch vertieft, weshalb sie sein Kommen nicht bemerkten.

Nach einer Weile umrundete Bardi den Platz und tippte Alberto auf die Schulter, der erschrocken herumfuhr. Als er Bardis Gesicht sah, lächelte er wie ein beim Knutschen ertappter Tertianer.

»Omar scheint sich wohlzufühlen«, sagte der Capitano.

»Er macht schnellere Fortschritte, als ich zu hoffen gewagt habe«, erklärte Nihal und lächelte glücklich.

»Kann ich ihn kurz sprechen?«

Nihals Miene verdüsterte sich sofort. »Geht es um Omars Zeichnungen?«

»Gewissermaßen ja«, antwortete Bardi und zeigte auf die neue Zeichnung in der Klarsichthülle.

Nihal betrachtete das Bild eingehend. »Sie meinen, Omar musste ansehen, wie …«

Bardi nickte. »Omar ist mein einziger Zeuge.«

»Das kann ich nicht zulassen«, erwiderte Nihal. »Schauen Sie, wie glücklich er wirkt, wenn er alles vergessen kann.« Sie deutete auf Omar, der gerade Leandro umarmte, dem ein Kopfballtor gelungen war.

»Ich würde das nicht verlangen, wenn nicht Menschenleben auf dem Spiel stünden.«

»Sie machen Scherze«, sagte Alberto und schaute auf das Bild.

»Leider nein. Das war ein Mafiamord.«

»Aber der Mann sieht aus wie …«, Alberto stockte.

»… Robert De Niro«, vollendete Nihal.

»Nein, das ist Marco Vallone«, erklärte Alberto mit blassem Gesicht.

»Behalten Sie Ihre Vermutung bitte für sich«, sagte Bardi. »Zu Ihrer eigenen Sicherheit.«

Der junge Mann nickte ängstlich.

»Kann ich mit Omar sprechen?«

Nihal sah zu Omar hinüber. Offensichtlich focht sie einen inneren Kampf aus. Dann ging ein Ruck durch ihren Körper und sie pfiff auf dem Finger. Sofort hörten die Kinder auf zu spielen. Nihal winkte Omar zu sich.

48. Kapitel

Auf dem Rückweg klingelte Bardis *Telefonino.* Es war Vasari. Ihre Stimme klang in seinen Ohren nicht mehr so vertraut wie zuvor. Lag es an der langen Zeit, die sie nicht miteinander gesprochen hatten, oder an Bardis sechstem Sinn, der ihm sagte, dass etwas nicht stimmte?

»Du hast angerufen«, sagte Beatrice.

»Da war eine Männerstimme am Telefon.« Bardi räusperte sich, da seine Stimme plötzlich belegt war. »Ich wollte keine Umstände machen.«

»Das war Marcus.«

»Dein Mann?«

»Ich bin für ein paar Tage in Mailand. Lydia wollte zu ihrem Vater, und ich …« Beatrice beendete den Satz nicht. Eine Pause entstand. Das Rauschen der Leitung war ohrenbetäubend.

»Es gibt …« Auch Bardi brachte den Satz nicht zu Ende.

Er hörte Beatrice atmen. Doch es herrschte Sprachlosigkeit.

»Bis bald«, sagte er schließlich und drückte das Gespräch weg. Am Rande der Piazza stand eine alte, knorrige Steineiche, unter der sich eine Bank befand. Am Abend war dies ein beliebter Treffpunkt bei den alten Männern San Pietros, die hier den Klatsch und Tratsch des Tages austauschten oder einfach nur eine Zigarette rauchten, wovon die unzähligen Kippen auf dem Boden rund um die Eiche zeugten. Jetzt, am frühen Nachmittag, war die Bank jedoch verwaist, was Bardi sehr gelegen kam.

Er ließ sich auf der Bank nieder. Hier war die Luft angenehm kühl, da die ausladende Baumkrone Schatten spendete. Bardi gönnte sich eine Prise Schnupftabak, deren belebende Wirkung schnell einsetzte.

Zunächst dachte er über das seltsame Gespräch mit Vasari nach. Woher kam ihrer beider Sprachlosigkeit? War alles zu schnell gegangen? Oder hing dies mit der Anwesenheit von Beatrices Exmann zusammen? Bardi stand vor einem Rätsel. Deshalb beschloss er, dieses Problem vorerst zu verdrängen. Zumal es im Vergleich zu den Problemen, die Omar und Marco Vallone hatten, objektiv betrachtet winzig war.

Offensichtlich war Omar Zeuge der Hinrichtung von Anna Jansen gewesen. Zuerst hatte der Junge nicht reden wollen. Dann hatte ihm Bardi das Foto mit dem Konterfei von Marco Vallone gezeigt. Dank Nihals gutem Zureden hatte Omar zögernd berichtet, wie er an dem Tag die Gegend erkundet hatte. Besonders die hohen Sonnenblumen hatten ihn fasziniert. Noch interessanter fand er aber den komischen Mann mit den langen Haaren, der mitten in dem Blumenfeld schlief.

Dann hatte er Stimmen aus dem Haus gehört, das hinter dem Sonnenblumenfeld lag. Wie ein Indianer hatte er sich angeschlichen und durch eines der Fenster geschaut, das offen stand. Da waren Männer in dunklen Anzügen. Und eine Frau, die auf einem Bett saß und weinte.

An dieser Stelle war der Junge verstummt. Nihal hatte den Capitano vorwurfsvoll angeschaut und gemeint, dass man Omar nicht dazu zwingen solle weiterzuerzählen. Aber das war nicht nötig. Denn nach ein paar Sekunden kam Omar ganz nah an Bardis Ohr und begann, von allein mit seinem Bericht fortzufahren.

Nihal hatte Schwierigkeiten zu hören, was Omar Bardi ins Ohr raunte. Offensichtlich hatte der Junge gesehen, wie einer der Männer Marco Vallone eine Pistole in die Hand drückte. Vallone wollte die Waffe zunächst nicht nehmen. Aber dann hatte ein zweiter Mann seinerseits eine Waffe in der Hand, mit der er auf Marcos Kopf zielte. Zitternd hatte Vallone die Pistole genommen und sie auf den Kopf der Frau gerichtet.

Omar schloss die Augen. Sein Gesicht war vor Angst verzerrt. Bardi legte ihm seinen Arm schützend um die Schulter.

Jetzt wurde die Stimme des Kindes lauter. Die Worte kamen stoßweise. Für den Capitano klang es wie Husten. Nihal übersetzte mit zittriger Stimme. Vallone hatte die Waffe immer wieder sinken lassen. Der Mann mit der Waffe war ihm immer näher gekommen. Als der Lauf Vallones Kopf fast berührte, hatte es geknallt. Omar sah den Rauch aus dem Lauf der Pistole, die Vallone in der Hand hielt. Dann war er weggerannt. Durch das Sonnenblumenfeld und im großen Bogen zurück auf die Straße. Dort hatte Emanuele ihn beinahe überfahren.

Nachdem Omar seinen Bericht beendet hatte, drückte Bardi ihn an seine Brust. Er spürte, wie das Herz des Jungen im schnellen Stakkato schlug, und strich ihm übers Haar.

Jetzt kamen die anderen Kinder hinzu und fragten, was mit Omar los sei. Nihal erklärte ihnen, dass er in seiner Heimat schlimme Dinge erlebt habe. Die Vorlauten unter den Kindern fragten, welche Dinge das wohl seien, doch die anderen zogen sie zurück aufs Spielfeld.

Hier im Schatten auf der friedlichen Piazza kam Bardi Omars Erzählung unwirklich vor. So als passe ein Mord nicht nach San Pietro. Schließlich war dies nicht Kalabrien oder Sizilien. Er erinnerte sich an seine eigene Kindheit, zu der Zeit, als er in Omars Alter war. Die kleine sizilianische Stadt, in der er aufgewachsen war, hatte nichts von der Lieblichkeit San Pietros besessen. Die Natur ringsherum war felsig karg. Schon der Frühling viel zu trocken. Und die Stadt selbst bestand aus ein paar Betonklötzen, die willkürlich vom Himmel gefallen zu sein schienen. Dort hatte es keine Piazza gegeben und die alten Männer hatten sich in den Häusern getroffen. Worüber sie redeten, wussten nur sie selbst. Aber Bardi hatte schon damals geahnt, dass sich ihre Gespräche nicht um Fußball, das neue Auto des Bäckers oder um den Streik der Müllabfuhr drehten. Immer zeigte sich Angst oder Gewaltbereitschaft auf den Gesichtern der Einwohner. Manchmal auch beides. Und alle schwiegen. Für Bardi war seine Kindheit eine bleierne Zeit gewesen. Er fragte sich, ob Omar ähnlich fühlte. Ob es besser war, wenn die Gewalt offen ausgetragen wurde? Auch darauf kannte er die Antwort nicht. Wahrscheinlich gab es auch keine. Er legte den Kopf in den Nacken und schloss die Augen. Die kurzen Sonnenblitze, die durch die Blätter der Eiche schossen, erzeugten fraktale Muster hinter seinen geschlossenen Lidern.

Für Bardi stand außer Frage, dass Vallone sich der Polizei stellen musste. Aber würde ihn das vor dem langen Arm der 'Ndrangheta schützen können? Bardi fluchte über sich selbst: Jetzt saß er keine fünf Minuten unter diesem Baum und es waren ihm nur Fragen eingefallen.

Lösungen sind gefragt, ermahnte er sich. Er beschloss, vom anderen Ende aus zu denken. Sein wichtigstes Ziel war, dass die Bewohner San Pietros wieder in Frieden ihren Alltagsgeschäften nachgehen konnten. Marcos schwangere Verlobte brauchte Ruhe. San Pietro durfte nicht in Verruf geraten, da es vom Tourismus abhängig war. Und nicht zuletzt sollte Omar Italien nicht als ein zweites Land der Gewalt erleben. Der Capitano fasste einen schweren Entschluss.

49. Kapitel

In seiner Wohnung tauschte er seine Uniform gegen Zivilkleidung ein und notierte sich aus dem Telefonbuch die Nummer von Dottore Fabiano Fabri, dem Anwalt des Mauro-Clans. Seine Hände zitterten, als er die Zahlen aufschrieb. Eilig, als wolle er den aufkommenden Zweifel durch Schnelligkeit überlisten, stieg er in seinen Peugeot und fuhr die Landstraße Richtung Greve. Nach etwa zehn Kilometern kam eine alte Poststation in Sicht, die schon seit mehreren Jahren nicht mehr betrieben wurde. Neben dem kleinen Gebäude befand sich eine öffentliche Telefonzelle, die offensichtlich bei der Stilllegung der Postfiliale vergessen worden war. Bardi holte den Zettel mit der Nummer von Dottore Fabri aus seiner Jackentasche, steckte seine Telefonkarte ein und wählte.

Am anderen Ende meldete sich Fabris Gehilfin. Zunächst wollte sie Bardi abwimmeln, indem sie vom vollen Terminplan ihres Chefs sprach. An ihrem leiernden Ton erkannte er, dass sie gewohnheitsmäßig so handelte. Als er jedoch den Namen Franco Mauro erwähnte, bat sie um einen Augenblick, und tatsächlich meldete sich nach wenigen Sekunden Fabiano Fabri persönlich.

»Sie vertreten die Belange von Franco Mauro, dem Chef des Mauro-Clans. Ich möchte Franco Mauro persönlich treffen«, erklärte Bardi, nachdem er sich als Capitano Bardi aus San Pietro vorgestellt hatte.

»Einen Augenblick bitte, Capitano Bardi«, sagte Fabri mit geschäftiger Stimme.

Für gut drei Minuten hörte sich Bardi Mozarts kleine Nachtmusik in der Warteschleife an und fürchtete schon, dass das Guthaben auf seiner Karte nicht ausreichen würde, als sich Fabri wieder meldete.

»In welcher Angelegenheit möchten Sie Signor Mauro treffen?«

»Es geht um Marco Vallone«, erklärte Bardi.

»Sind Sie in …«, Fabri suchte die passenden Worte, »offizieller Mission unterwegs?«

»Nennen wir es vorerst semiprofessionell«, wich Bardi aus.

»Soll heißen?«

»Ich hoffe, dass ein Gespräch zur Lösung diverser Probleme beiträgt, die Marco Vallone offensichtlich mit den Mauros hat.«

»Einen Augenblick bitte, Capitano Bardi«, wiederholte der Dottore, und Bardi hing erneut in der Warteschleife. Sein Guthaben schrumpfte zusehends.

Zum Glück dauerte die Unterbrechung diesmal nur knapp eine Minute.

»Können Sie in einer Stunde auf dem Rastplatz S. Giovanni Ovest an der A 1 sein?«

»Ich werde dort sein«, erwiderte der Capitano und legte auf.

50. Kapitel

Obwohl die Strecke von der Telefonzelle zum Rastplatz nur knapp dreißig Kilometer betrug, musste Bardi sich beeilen, wollte er pünktlich dort sein. Und obwohl er sämtliche Abkürzungen über Feldwege, Schotterpisten und Privatwege nahm, erreichte er den Rastplatz gerade auf die Minute genau nach einer Stunde. Normalerweise hätte er den etwas längeren Weg über die Strada provinciale gewählt. Da diese jedoch an einigen Stellen einen neuen Fahrbahnbelag bekam, was mehrere Jahre beanspruchte, war aus der Schnellstraße eher ein allgemein verfluchtes Verkehrshindernis geworden.

Der Rastplatz war von Bäumen umgeben. Bardi parkte neben einem Lastwagengespann mit polnischem Kennzeichen und wartete. Es dauerte nicht lange, bis eine schwarze Audi-Limousine mit getönten Scheiben auf den Platz rollte. Zunächst dachte Bardi, dass es sich um seine Freunde aus Rom handelte, die Mafiajäger. Doch scheinbar wussten auch ihre Gegner den Luxus und die Zuverlässigkeit deutscher Automobile zu schätzen, denn der Audi kam neben Bardis kleinem Peugeot zum Stehen.

Dem Capitano schoss Marco Vallones Bemerkung in den Kopf, dass er von den Handlangern Mauros mit einem Audi vom Hubschrauber abgeholt worden war. Ärger keimte in ihm auf, weil er Marco nicht nach dem Kennzeichen gefragt hatte.

Das Fenster in der hinteren Tür des Audis wurde heruntergelassen, und Bardi erkannte Franco Mauros Glatzkopf.

»Steigen Sie aus«, sagte Mauro. Sein Tonfall lag irgendwo zwischen Bitte und Befehl.

Bardi tat Mauro den Gefallen. Sofort stieg ein grobschlächtiger Mann um die dreißig in einem schlecht sitzenden Anzug aus und unterzog den Capitano einer schnellen, aber gründlichen Leibesvisitation.

»Such auch nach Wanzen«, befahl Mauro.

Der Mann holte ein Gerät, das einem Funkgerät ähnelte, aus dem Handschuhfach der Limousine und überprüfte damit jeden Quadratzentimeter von Bardis Körper. Als letztlich immer noch die grüne Diode leuchtete, nickte der Mann seinem Chef zu.

Mauro stieß die Autotür auf und rutschte auf der ledernen Rückbank zur Seite, um Platz zu machen. Bardi setzte sich neben Franco Mauro, der ihn jetzt mit einem freundlichen Lächeln bedachte. Obwohl Mauro schon über siebzig war, verriet seine Körperhaltung jene Spannkraft, die nur Männern vorbehalten ist, die nie aufhören zu gestalten.

»Du kannst dir die Füße vertreten«, rief Mauro dem Fahrer zu, der daraufhin sofort ausstieg und eine Runde um den Audi machte, um alle Türen zu schließen.

»Wir hatten schon einmal miteinander zu tun«, begann Mauro. Sein Atem roch nach Zahnpasta.

Bardi nickte. »Leider wurde damals nur Ihr Handlanger verurteilt.«

»Ich führe ein großes, weitverzweigtes Unternehmen«, erklärte Mauro. »Deshalb ist meine Zeit begrenzt. Lassen Sie uns über Marco Vallone sprechen.«

»Marco Vallone wird nicht als Kronzeuge auftreten.«

»Er ist ein intelligenter Junge«, erwiderte Mauro ohne eine Regung seines Gesichts. »Aber ihm fehlt die Bauernschläue seines Vaters.«

Er blickte Bardi forschend an. Dann ging ein Ruck durch seinen Körper. »Ich verrate Ihnen ein Geheimnis, Bardi.«

Falls Mauro erwartet hatte, dass der Capitano auf diese Ankündigung mit offener Neugierde reagierte, hatte er sich geirrt. Bardi setzte sein Pokerface auf, da er sich keinesfalls eine Blöße geben wollte.

»Corrado Vallone hat den Vater seiner späteren Frau Sara ermordet.«

Ein kalter Schauer lief Bardi über den Rücken, als ihm die Erzählung seines Barbiers Giovanni von der Eliminierung des Geschäftsmannes aus Siena in den Sinn kam. »Weiß Sara davon?«

»Ich glaube kaum, dass Corrado Vallone seiner Frau diese Missetat gebeichtet hat«, antwortete Mauro und grinste verschmitzt, als handele es sich bei diesem Mord um einen Lausbubenstreich.

»Marco Vallone wird wegen des Mordes an Anna Jansen gegen Sie aussagen«, wechselte Bardi wieder das Thema und wusste, dass er sich mit dieser Aussage weit aus dem Fenster lehnte.

»Meine Informationen besagen, dass Vallone selber seine Halbschwester ermordet hat«, sagte Mauro.

»Weil Ihre Männer ihn dazu gezwungen haben.«

Mauro seufzte. »Das sagt Vallone.«

»Wir haben einen Zeugen, der Vallones Aussage bestätigt.«

Hatte Bardi nun gehofft, Mauro mit dieser Neuigkeit aus dem Konzept zu bringen, so hatte er sich in dem Oberhaupt des ’Ndrangheta-Clans getäuscht.

Franco Mauro verzog keine Miene, als er sagte: »Und dieser Zeuge bringt mich in Zusammenhang mit dem bedauerlichen Mord an dieser Deutschen?«

»Außerdem wollten Sie Trautmann eliminieren lassen, weil er zu viel über Ihre Machenschaften weiß.«

»Trautmann? Wer ist das?« Mauro gab sich keine Mühe zu verbergen, dass er dies sehr wohl wusste.

»Trautmann wurde von Dottore Fabri, von dem alle wissen, dass er ausschließlich für Ihren Clan arbeitet, aus der Untersuchungshaft gepaukt.«

»Dottore Fabri ist ein sehr fähiger Advokat, dessen Dienste ich gerne in Anspruch nehme. Er ist allerdings keineswegs bei mir angestellt«, erwiderte Mauro. Jetzt klang er gelangweilt.

Mit einem Mal wurde Bardi übel. Es schien, als wäre die Luft in der Limousine durch Mauros Atem vergiftet.

Mauro sah Bardi mit gespielter Besorgnis an. »Sie sehen blass aus, Capitano Bardi. Vielleicht ist dieses Spiel eine Nummer zu groß für Sie. Genauso wie damals in Rom, als Sie den kleinen Jungen nicht retten konnten.«

Bardi kam es vor, als würde es im Audi immer enger. Wie ein Stahlband schnürte Mauros arrogante Überlegenheit seine Brust ein. In Panik griff er nach dem Türgriff und stieß die Tür auf. Stolpernd gelangte er auf den Parkplatz. Aus dem Inneren der Limousine hörte er Franco Mauro laut seufzen. Dann rief der Clanchef seinen Leibwächter und Fahrer zurück. Sekunden später fuhr der Audi mit quietschenden Reifen davon. Der Spuk war vorüber.

Bardi stützte seine Hände am Dach seines Peugeots ab und füllte seine Lunge mit Luft. Ihm war wirklich zum Speien zumute.

Wie hatte er glauben können, Mauro allein mit ein paar Mutmaßungen in die Enge zu treiben, wenn die Kollegen aus Rom mit einer mächtigen Behörde im Rücken den Clanchef nur wegen Steuerhinterziehung einbuchten könnten? Und selbst das war der DIA bisher nicht gelungen, weil alles von der Aussage Marco Vallones abhing. Am meisten ärgerte Bardi jedoch, dass Mauro recht hatte, als er davon sprach, dass dieses Spiel scheinbar eine Nummer zu groß für ihn sei.

Eine Hand legte sich auf Bardis Schulter, und als er sich umdrehte, sah er in das besorgte, breite Gesicht eines polnischen Fernfahrers, der ihm einen Flachmann entgegenstreckte. Der Capitano lehnte dankend ab, setzte sich hinters Steuer und fuhr langsam zurück nach San Pietro. Diesmal hatte er keinen Blick für die Schönheit der Landschaft, die von der Abendsonne in ein sanftes Orange getaucht wurde.

51. Kapitel

In dieser Nacht kehrte der Albtraum zurück. Bardi sah den Sohn des Chauffeurs in Zeitlupe zum Wagen des Ministers rennen, die Hand ausgestreckt. Die Finger berührten den Türgriff … Keine Explosion.

Das Klingeln des *Telefonino* weckte Bardi auf. Schweißgebadet setzte er sich in seinem Bett auf. Er brauchte einige Sekunden, bis er klar denken konnte. Das Klingeln verstummte, als die Mailbox ansprang. Nach ein paar Sekunden setzte es wieder ein. Der Capitano torkelte in die Wohnküche, in der er sein *Telefonino* vermutete. Tatsächlich fand er das Gerät auf dem Esstisch, wo es durch den Vibrationsalarm hin und her rutschte. Bardi fischte es vom Tisch und drückte die Empfangstaste.

»Capitano Bardi?«, hörte er eine Frauenstimme.

»Ja«, antwortete er krächzend. Sein trockener Hals tat weh.

»Hier ist Celia«, sagte die Stimme. »Die Verlobte von Marco Vallone.«

»Ja.«

»Entschuldigen Sie, dass ich Ihre Nachtruhe störe. Aber Sie sagten, dass ich Sie jederzeit anrufen darf.«

Bardi brummte. Einerseits, um seiner Zustimmung Ausdruck zu verleihen. Andererseits, um endlich das Kratzen im Hals loszuwerden.

»Ich glaube, Marco ist dabei, eine Dummheit zu begehen.«

52. Kapitel

Die Uhr im Armaturenbrett des Streifenwagens zeigte 4:16 Uhr, als Bardi den Motor startete und zum Gut der Vallones fuhr. Der Himmel war bedeckt. Es herrschte fast vollkommene Dunkelheit. Celias Aussagen waren vor lauter Aufregung sehr ungenau gewesen. Offenbar hatte Vallone einen Anruf von Trautmann erhalten und war daraufhin mit einer Schrotflinte verschwunden.

Über dem Kegel der Scheinwerfer hing Franco Mauros Gesicht wie ein unheilvolles Menetekel. Ärger und Zorn stiegen erneut in Bardi hoch, als er an sein Treffen mit dem Clanboss dachte. Es ärgerte ihn, wie offen Mauro über seine Verantwortung für die Sprengfalle gesprochen hatte, die den Sohn des Chauffeurs in Stücke gerissen hatte. Zornig schlug Bardi mit der Faust gegen das Lenkrad.

Als der Capitano eine gute Viertelstunde später auf dem Hof der Vallones hielt, warteten dort schon Celia und Sara. Beide trugen dicke Mäntel über ihren Nachthemden, ihre Füße steckten in Gummistiefeln. Im Zwinger spielte der Schäferhund verrückt. Sein wütendes Bellen wurde dröhnend von den Hügeln zurückgeworfen.

»Was genau ist passiert?«, fragte Bardi, als er seinen Wagen verlassen hatte.

»Mein Sohn stopft diesem Deutschen ein für alle Mal das Maul«, antwortete Sara Vallone.

»Wir sollten drinnen weitersprechen«, erwiderte Bardi und ergänzte in ihre Richtung, »ich könnte einen starken Kaffee gebrauchen.«

Celia führte Bardi ins Wohnzimmer, währende Sara Vallone widerwillig in der Küche verschwand, um Kaffee zu kochen.

»Manchmal ist Sara ein richtiger Drache«, bemerkte die junge Frau und lächelte kurz.

Bardi erwiderte nickend das Lächeln. »Also, was ist geschehen?«

»Ich schlief, als hier unten das Telefon klingelte«, begann Celia und deutete auf die Basisstation mit Telefon, die auf einer Anrichte neben der Tür stand. »Marco ging runter. Ich war hundemüde, weshalb ich rasch wieder einschlief.«

»Wann war das?«

»Ich habe nicht auf die Uhr gesehen. Aber ich schätze, dass es kurz vor Mitternacht gewesen sein muss.«

»Und weiter?«

»Zwanzig vor vier wachte ich wieder auf. Das weiß ich genau, weil ich auf den Wecker neben dem Bett geschaut habe. Ich wunderte mich, weil Marco nicht neben mir lag. Dann erinnerte ich mich an das Telefonklingeln. Ich ging also runter. Von Marco fehlte jede Spur. Deshalb klopfte ich an Saras Schlafzimmertür. Aber auch sie hatte keine Ahnung, wo er steckte. Mir fiel auf, dass eine Flinte aus dem Waffenschrank fehlte.«

»Der Schrank stand also offen?«

Celia nickte. »Scheinbar hatte Marco es so eilig, dass er ihn nicht wieder verschloss.« Sie ging zur Anrichte und nahm das schnurlose Empfangsteil aus der Station. »Auf dem Anrufbeantworter entdeckten wir dann folgende Nachricht.«

Sie drückte eine Taste, und Trautmanns Stimme war zu hören: »Meine Story über Sie und Ihre Freunde von der 'Ndrangheta ist fertig. Ich habe Beweise, dass Sie im Auftrag der Mauros Anna ermordet haben. Deshalb möchte ich das Erbe, das Anna zugestanden hätte. Ich denke an eine halbe Million Euro. Kommen Sie in zwei Stunden …«

Offensichtlich hatte Marco Vallone an dieser Stelle das Gespräch entgegengenommen.

»Stimmt das?«, fragte Celia stockend.

»Was?«

»… dass Marco seine eigene Schwester …«

Bardi nickte. »Er wurde dazu gezwungen.«

»Wirklich?«

Er nickte abermals. »Ihr Verlobter handelte unter Zwang. Oder halten Sie ihn für einen kaltblütigen Mörder?«

»Nein«, erwiderte Celia und wischte sich eine Träne von der Wange.

Sara Vallone kam mit einer großen Kanne dampfenden Kaffees aus der Küche. Ihr Gesichtsausdruck war nun etwas milder.

»Wo könnten sich Marco und Trautmann treffen?«, fragte Bardi.

Beide Frauen zuckten ahnungslos mit den Schultern.

»Hat Marco den Wagen genommen?«

Daran hatte weder Celia noch Marcos Mutter gedacht. Ein Blick in die Scheune, die als Garage diente, zeigte jedoch, dass Marco Vallone weder den großen BMW-SUV noch den kleinen Punto genommen hatte. Der Ferrari befand sich noch in der Werkstatt.

»Somit muss das Treffen hier in der näheren Umgebung stattfinden«, mutmaßte der Capitano, und plötzlich wusste er auch wo.

Da Trautmann den Treffpunkt festlegte, würde er einen Ort wählen, den er gut kannte und der ihm Schutz und eine gute Übersicht bot. Diesen Heimvorteil bot nur der Turm des alten *Castello*, in dem Bardi ihn aufgestöbert hatte.

53. Kapitel

Der Weg zum *Castello* war beschwerlich, da er steil bergan über einen engen Pfad führte, dessen Geröll nur wenig Halt bot. Zum Glück kannte Sara Vallone jede Biegung. Allein hätte Bardi den Weg in der Dunkelheit nicht gefunden. Mehr tastend als sehend bewegten sich die beiden vorwärts.

Schließlich stoppte Sara Vallone so abrupt, dass Bardi mit ihr zusammenstieß. Sie deutete nach vorn. Zunächst sah der Capitano nichts, doch dann erkannte er schließlich die Umrisse des Turmes, der vor ihnen wie ein hohler Zahn in den pechschwarzen Himmel ragte. Ein böiger Wind strich über die Kuppe des Hügels und Bardi meinte, ab und an Wortfetzen hören zu können.

»Sie bleiben besser hier«, befahl er Sara Vallone, die sich daraufhin widerwillig auf einen großen Felsbrocken setzte.

Bardi schätzte, dass sie sich im toten Winkel der Turmspitze befanden. Zumindest müsste sich jemand weit über die zerborstene Brüstung beugen, um sie zu entdecken. Der Turm thronte ungefähr in zwanzig Metern Entfernung über ihnen.

Um ihn zu erreichen, musste Bardi jedoch einen sehr steilen Felshang überwinden. Langsam bewegte er sich wie ein Freeclimber voran., immer darauf achtend, mindestens mit einem Fuß und einer Hand Halt zu haben. Je näher er dem Turm kam, desto besser konnte er die Stimmen verstehen. Sie klangen wütend. Zwei Männer, die sich stritten. Als noch ein Drittel der Strecke zu bewältigen war, löste sich unter Bardis Schuh ein großer Felsbrocken und rollte mit Getöse bergab.

Sofort verstummten die Stimmen. Kurz darauf ertönte ein Schmerzensschrei. Bardi hörte, wie im Turminneren gerangelt wurde. Dann fiel ein Schuss. Jemand schrie vor Schmerz. Der Capitano meinte, Trautmanns Stimme zu erkennen.

So schnell er konnte, kletterte Bardi weiter. Seine Fingerkuppen waren blutig von den spitzen Felskanten, doch er fühlte den Schmerz nicht. Schließlich erreichte er das Gemäuer des Turmes. Aus dem Inneren war jetzt ein Wimmern zu hören. Bardi zog seine Pistole aus dem Schulterholster und entsicherte sie. Langsam bewegte er sich mit dem Rücken an der Wand zum Eingang des Turmes. Als er dort angekommen war, verharrte er kurz, um dann in den Turm zu stürmen.

Bevor ihn der Schlag am Hinterkopf traf und alles schwarz wurde, sah Bardi Trautmann, der in der Mitte des Turmes auf dem Boden lag und sich vor Schmerz krümmte.

54. Kapitel

Als Bardi wieder zu sich kam, lehnte er neben Trautmann sitzend an der Wand des Turmes. Der Deutsche wimmerte leise vor Schmerzen. Einige Schrotkügelchen hatten seine linke Schulterseite getroffen. Bardi schätzte jedoch, dass die Verletzungen zwar schmerzhaft, aber nur von oberflächlicher Natur waren, da Trautmann eine Lederjacke trug. Vor ihnen stand Marco Vallone, der Lauf seiner Schrotflinte wanderte wie ein Suchscheinwerfer zwischen Bardi und Trautmann hin und her.

»Begehen Sie keine Dummheit, Marco«, sagte der Capitano matt. In seinem Kopf hämmerte dumpf der Schmerz. Er fühlte nach der Wunde an seinem Hinterkopf. Als er sich seine Hand vor die Augen hielt, war diese blutrot.

»Erledige den Deutschen«, hörte er Sara Vallones Stimme. Bardi blickte in die Richtung, aus der die Stimme gekommen war, und entdeckte Marcos Mutter, die unter dem Treppenvorsprung stand.

»Und was machen wir mit Bardi?«, fragte Vallone.

»Den lassen wir auch verschwinden.«

Vallone schüttelte den Kopf. »Wir haben keine Chance.«

»Denk an deinen Vater«, rief Sara Vallone und trat zu ihrem Sohn. »Willst du, dass diese Männer sein Erbe beschmutzen?«

»Wollen Sie denn so leben wie Ihr Vater?«, fragte Bardi, wobei er die Mündung der Schrotflinte nicht aus den Augen ließ.

»Mir bleibt keine andere Möglichkeit«, schrie Vallone.

»Tu es für Vater«, keifte Sara Vallone.

Vallone richtete seine Schrotflinte auf Trautmann, der sich die Hände vors Gesicht hielt. Bardi roch, dass der Deutsche sich in die Hose gemacht hatte. Vallone schloss die Augen und schoss. Der Rückschlag der Waffe ließ ihn nach hinten wanken. Steinsplitter spritzten an Bardi vorbei. Der Capitano schaute zu Trautmann hinüber. Die Schrotladung war ungefähr einen halben Meter über dem Deutschen gegen die Mauer des Turmes geprallt.

Bevor Bardi hätte reagieren können, holte Marco Vallone eine Schrotpatrone aus seiner Jackentasche und lud seine Flinte nach, indem er den Kippverschluss am Lauf öffnete und die längliche Hülse in den vorgesehenen Platz schob.

»Damit kommen Sie nie durch!«, schrie Bardi. »Noch ist es nicht zu spät. Wollen Sie, dass Ihr Kind in einer Umgebung der Angst aufwächst?«

»Hör nicht auf ihn.« Sara Vallone packte die Arme ihres Sohnes und richtete das Gewehr auf Bardi.

»Marco. Nein.« Celia stand plötzlich zwischen ihrem Verlobten und seiner Mutter auf der einen Seite und Bardi und Trautmann auf der anderen. »Ich will das nicht mehr. Wenn du schießt, gehe ich für immer.«

Sara Vallone trat ein paar Schritte vor und wollte Celia aus der Schussbahn zerren. Doch Celia riss sich los und schubste Sara Vallone von sich, sodass diese in das karge Gras fiel.

»Wir finden eine Lösung«, sagte Bardi und richtete sich langsam an der Mauer auf.

Vallone zielte jetzt auf Bardis Bauch. Sein Zeigefinger spannte sich um den Abzug. Celia trat wieder in die Schussbahn.

Marco schüttelte den Kopf und ließ das Gewehr zu Boden fallen. Dann ging er zu ihr und umarmte sie. Bardi konnte beide schluchzen hören.

In diesem Augenblick robbte Sara Vallone zu dem Gewehr, das ungefähr zwei Meter von ihr entfernt lag. Bardi rannte auf sie zu, doch sie war vor ihm an der Waffe. Sie nahm das Gewehr und war mit einer Geschwindigkeit auf den Füßen, die der Capitano ihr nicht zugetraut hätte.

»Bleiben Sie stehen«, keifte Sara Vallone und richtete das Gewehr ohne Umschweife auf Bardi. Ihr Griff verriet, dass sie schon öfter eine Waffe in den Händen gehalten hatte.

»Wie ist Ihr Vater gestorben?«, fragte Bardi.

Die Frau starrte ihn irritiert an. »Was soll diese Frage?«

»Er wurde ermordet aufgefunden. In seiner Limousine an der Straße nach Siena«, sagte Bardi ruhig und trat einen Schritt näher.

Sofort krümmte sich Sara Vallones Zeigefinger am Abzug der Flinte.

Er blieb stehen. »Der Mörder Ihres Vaters wurde nie gefasst.«

»Warum erzählen Sie mir das?«

»Weil Corrado Vallone, also der Mann, den Sie später geheiratet haben, der Mörder Ihres Vaters war.«

»Das stimmt nicht!«, schrie Sara Vallone und richtete den Lauf jetzt auf seinen Kopf. »Sie lügen.«

»Franco Mauro hat es mir gestern erzählt, als ich bei diesem Ungeheuer ein gutes Wort für Ihren Sohn einlegen wollte.«

Bardi bemerkte, dass ihre Hände zu zittern begannen.

»Hat Franco Mauro Ihre Hochzeit arrangiert?«, hakte der Capitano nach.

»Ist das wahr?«, fragte Marco Vallone, der von hinten an seine Mutter herangetreten war.

»Das sind alles Lügen.« Ihre Hände zitterten jetzt nicht mehr. Starr blickte sie Bardi in die Augen.

»Ist das wahr?«, wiederholte Marco.

Seine Mutter antwortete nicht, sondern blickte weiterhin starr in Bardis Augen. Ohne zu blinzeln erwiderte der ihren Blick. Lag Wut oder Verzweiflung in ihren Augen? Er konnte diese Frage nicht beantworten.

Über eine Minute lang herrschte Schweigen. Für Bardi war es die längste Minute seines Lebens. Dann endlich ließ Sara Vallone die Flinte ins Gras fallen. Sie drehte sich zu ihrem Sohn um und umarmte ihn. Beide weinten.

Bardi hob die Flinte auf, öffnete den Kippverschluss und nahm die Schrotpatrone heraus.

Plötzlich flackerte ein Blitzlicht auf. Trautmann lehnte vor Anstrengung schwer atmend an der Wand. In der rechten Hand hielt er eine Spiegelreflexkamera und grinste mit schmerzverzerrtem Gesicht. »Die Story wird immer besser.«

»Es gibt keine Story«, sagte Bardi und entwand dem Deutschen ohne Mühe die Kamera.

»Oh doch«, rief Trautmann und tippte sich an die Stirn. »Hier drin. Alles gespeichert.«

»Sie enden als Leiche, wenn die Story an die Öffentlichkeit kommt«, erwiderte Bardi. »Ich wette, Sie haben einen Deal mit Franco Mauro, der besagt, dass Ihnen nichts geschieht, solange die Story nicht veröffentlicht wird.«

»Der Deal ist hinfällig. Schon vergessen?«

»Weil Mauro Sie eliminieren lassen wollte?«

Trautmann nickte trotzig. »Ich werde die Story so teuer wie möglich verkaufen und dann untertauchen.«

»Die ’Ndrangheta ist wie eine Krake.« Sara Vallone hatte sich neben Bardi gestellt. »Sie hat ihre Arme überall. Man kann ihr nicht entfliehen.«

»Das sind doch Ammenmärchen!«, schrie Trautmann. »Hier in eurer ach so schönen Idylle mag Franco Mauro Gott sein …«

»Mit Gott hat das nichts zu tun …«, unterbrach ihn der Capitano, »sondern mit milliardenschweren Geschäftsinteressen. Vor Franco Mauro brauchen Sie in Deutschland vielleicht keine Angst haben. Aber wenn Mauro nur ein kleines Licht ist, was ist dann mit den großen Leuchten?«

Jetzt schwieg Trautmann. Bardi öffnete die Klappe an der Kamera, hinter der die Speicherkarte steckte, und nahm die kleine Kunststoffplatte heraus.

»Das dürfen Sie nicht«, flehte Trautmann.

»Eines Tages werden Sie mir dankbar sein«, erwiderte Bardi und gab ihm die Kamera zurück. »Kehren Sie auf dem schnellsten Weg zurück nach Deutschland. Benutzen Sie weder Flugzeug noch Zug und auch keinen Mietwagen. Am besten fahren Sie mit regionalen Bussen. In Österreich können Sie dann mit der Bahn nach Hause fahren. Und dort werden Sie am besten Reporter einer Gartenzeitschrift.«

»Und wenn ich die Story trotzdem veröffentliche? Ohne Fotos.«

Bardi schüttelte resigniert über diese Unbelehrbarkeit den Kopf.

»Ammenmärchen.« Trautmann raffte seine Sachen zusammen und verschwand aus dem Turm. »Ammenmärchen«, tönte seine Stimme von draußen dumpf ins Innere.

Für einen Augenblick schauten sich Bardi, Celia, Sara und Marco an. Dann hielt der Capitano die Speicherkarte aus der Kamera in die Luft. Plötzlich war alles sonnenklar. Wenn sich die Bilder auf der Speicherkarte befanden, die er dort vermutete, konnte sich alles wenden.

»Vielleicht ist das hier die Munition, mit der wir Franco Mauro unter Druck setzen können«, rief Bardi, und er sah, wie seine Zuversicht die Vallones ansteckte. Der Plan in seinem Kopf nahm immer konkretere Züge an.

Sara Vallone nickte als Erste. »Können Sie mir verzeihen, Capitano Bardi?«

Er nickte. »Vergessen wir, was hier geschehen ist.«

Marco Vallone schaute zu Boden. »Sie haben mich gezwungen.«

»Ich weiß«, erwiderte Bardi. »Und das wird man Ihnen vor Gericht auch anrechnen.«

»Aber ich werde nicht als Kronzeuge auftreten.« Marco schaute zu Bardi.

Der Capitano stimmte zu. »Das werden Sie auch nicht müssen.« Er brachte ein aufmunterndes Lächeln zustande, auch wenn er wusste, dass er sich in den nächsten Stunden keinen einzigen Fehler erlauben durfte.

55. Kapitel

Zu Hause duschte Bardi und nahm als Frühstück einen schnellen Kaffee zu sich. Dann ging er hinunter in die Wache, in der Emanuele gerade seine Uniformjacke anzog.

»Sie sehen müde aus, Chef.«

Der Capitano fuhr sich über das unrasierte Gesicht und berichtete Emanuele, was geschehen war.

Danach gab er ihm die Speicherkarte aus Trautmanns Kamera. Emanuele besah sich die Karte kurz und schob sie daraufhin in den dafür vorgesehenen Schlitz an seinem Dienst-PC. Der schon in die Jahre gekommene Prozessor brauchte einige Zeit, bis die ersten Fotos auf dem Monitor erschienen. Sie zeigten die Rückseite der *Casa del Colono*. Scheinbar waren die Fotos aus einiger Entfernung ohne Zoomobjektiv aufgenommen worden, denn es war immer dieselbe Totale zu sehen.

»Das muss kurz nachdem Trautmann aus dem Fenster geflüchtet ist gewesen sein«, meinte Emanuele. »So viel Mut hätte ich ihm gar nicht zugetraut.«

»Man könnte es auch Feigheit nennen. Schließlich hat er seine Freundin im Stich gelassen«, brummte Bardi.

»Trautmann muss die Fotos von dem flachen Hang oberhalb des Sonnenblumenfeldes geschossen haben.«

Auf der ersten Bilderserie war ein Mann in schwarzem Anzug zu sehen, der sich auf der Terrasse hinter dem Ferienhaus suchend umblickte. Er trug eine große Sonnenbrille und eine blaue Mütze, deren Schirm über sein ganzes Gesicht Schatten warf.

Dann war der Mann verschwunden, denn die folgenden Fotos zeigten die leere Terrasse. Wahrscheinlich war er nach vorn zum Eingang gegangen. Dann tauchte ein Schatten an der Hauswand auf. Die Silhouette eines Kindes.

»Das ist Omar«, sagte Emanuele aufgeregt und deutete auf den Monitor.

Tatsächlich war auf den nächsten Bildern eindeutig der kleine Syrer zu sehen, wie er unter dem Schlafzimmerfenster kniete.

»Wenn man nur sehen könnte, was im Haus passiert«, fluchte Emanuele und zoomte auf das Fenster. Doch je größer der Bildausschnitt wurde, desto unschärfer wurde er auch.

In der darauffolgenden Bildfolge lugte Omar vorsichtig über das Fensterbrett. Dann war auch er verschwunden.

Jetzt änderte sich das Motiv. Offensichtlich hatte Trautmann die Position gewechselt, um sich auf ein kleines Stück des Hofes vor dem Ferienhaus zu konzentrieren, das durch die Olivenbäume neben der *Casa del Colono* zu sehen war. Zunächst war die leere Straße zu sehen. Doch dann folgten einige Bilder, auf denen die beiden eine schwarze Audi-Limousine ausmachten.

Beim vorletzten Foto rief Bardi: »Halt!«

Emanuele klickte zurück. Und tatsächlich, das Fenster der vorderen Beifahrertür war geöffnet, und dahinter war ein Gesicht zu erkennen.

»Zoom auf den Mann«, sagte Bardi aufgeregt. Das Jagdfieber hatte ihn gepackt.

Der Bildausschnitt zeigte einen Mann um die dreißig. Es handelte sich nicht um Marco Vallone. Der Mann hielt seine

Sonnenbrille in der Hand, sodass sein Gesicht gut zu erkennen war. Und sie konnten sogar sehen, dass er eine protzige goldene Uhr um sein Handgelenk trug.

»Einen hätten wir«, sagte Bardi.

Danach war der Hof wieder leer, bis auf zwei Fotos, auf denen Marco Vallone mit hängendem Kopf zu sehen war.

»Wenn wir nur sehen könnten, was drinnen geschieht«, sagte Emanuele.

»Wozu haben wir einen Fachmann im Haus«, erwiderte Bardi und eilte in Richtung Treppenhaus. An der Tür wandte er sich zu seinem Assistenten um. »Nihal soll herkommen. So schnell wie möglich.«

56. Kapitel

Eine halbe Stunde später saßen Signor al-Salih, Nihal, Emanuele und Bardi gebannt vor dem Monitor. Signor al-Salih hatte die Testversion eines professionellen Bildbearbeitungsprogramms auf dem Rechner installiert, und es hatte eine gefühlte Ewigkeit gedauert, bis sich der Fortschrittsbalken vollends grün gefärbt hatte.

Mit flinken Bewegungen gab Signor al-Salih die richtigen Tastenkombinationen ein, rief Untermenüs auf und schob virtuelle Schieberegler auf die gewünschte Position. Wie durch Zauberhand wichen Pixel kontrastreichen Farbverläufen, wurden Bildausschnitte heller und aus Schatten Menschen. Fasziniert schaute Bardi auf die Bilderserie, die so entstand. Marco Vallone, der zunächst eine abwehrende Handbewegung machte. Drei weitere Männer in dunklen Anzügen. Überdimensionale Sonnenbrillen derselben Marke auf den Nasen. Anna Jansen auf dem Bett sitzend. Schreiend, flehend. Dann hielt einer der drei Männer Marco Vallone eine Pistole an die Stirn. Während ein anderer ihm die Mordwaffe reichte, indem er sie mit seiner behandschuhten Hand am Lauf umfasste.

»Stopp!«, rief Bardi bei diesem Foto. Seine Stimme klang vor Aufregung schrill. »Zoomen Sie auf die Hand.«

Nihal übersetzte, und Sekunden später sah man das Zifferblatt einer goldenen Uhr unter dem Handschuh hervorlugen.

Der Rest war bekannt und deckte sich mit Omars Aussage und der von Marco Vallone. Für Minuten herrschte trauriges Schweigen in der Wache, als die letzten Bilder auf dem Monitor erschienen waren.

Schließlich durchbrach Signor al-Salih das Schweigen. »Jedes Land hat seinen Krieg«, übersetzte Nihal.

Bardi stand als Erster auf. »Wir haben keine Zeit zu verlieren. Nihal, Sie und Signor al-Salih besorgen Ausdrucke der Fotos. Zwei Straßen weiter gibt es einen kleinen Drogeriemarkt, in dem man die Bilder am Terminal selber ausdrucken kann. Emanuele, du findest heraus, um wen es sich bei dem Mann mit der Golduhr handelt.«

»Und Sie?«, fragte Emanuele.

»Ich telefoniere«, erwiderte der Capitano und scheuchte Nihal und Signor al-Salih aus der Wache.

Bardi wählte die Nummer von Vasaris *Telefonino*. Nach mehrmaligem Klingeln sprang die Mailbox an. Er bat um sofortigen Rückruf und vergaß nicht zu erwähnen, dass es sich um rein dienstliche Belange handele, da er annahm, dass Vasari seinen Anruf ignorierte. Er sollte recht behalten, denn nur eine halbe Minute später rief sie zurück. Bardi erklärte ihr in kurzen Worten seinen Plan und bat sie in einem Punkt um Unterstützung. Nach kurzem Zögern erklärte sie sich bereit, ihm zu helfen.

»Bingo«, rief Emanuele über den Schreibtisch und klopfte dabei vor Freude auf das Gehäuse seines Monitors.

Bardi, den Telefonhörer noch in der Hand, sah seinen Assistenten fragend an.

»Der junge Mann auf dem Foto ist Kenneth Mauro«, erklärte Emanuele stolz.

»Ein Verwandter von Franco Mauro?«, fragte der Capitano neugierig.

Emanuele nickte und legte eine Kunstpause ein, um das Gewicht der folgenden Worte noch zu steigern. »Sein Sohn.«

»Gute Arbeit«, lobte Bardi.

»Und noch etwas …«, entgegnete sein Assistent grinsend.

»Spann mich nicht auf die Folter.«

»Ich habe diese Uhr an seinem Handgelenk mal etwas genauer unter die Lupe genommen. Es handelt sich um eine Rolex in limitierter Auflage. In Italien sind nur fünf davon in den Handel gelangt. Kostenpunkt: dreiundsiebzigtausend Euro.«

Bardi pfiff durch die Zähne. »Wenn Mauro nicht alle seine Männer mit solchen Uhren ausgestattet hat, ist damit bewiesen, dass sein Sohn Vallone die Mordwaffe gegeben hat.« Er klopfte Emanuele anerkennend auf die Schulter. »Ab und zu bist du doch ganz brauchbar.«

Wieder klingelte das Telefon. Vasari hatte schnelle Arbeit geleistet. Das Telefonat dauerte nicht lange und drehte sich um ein Restaurant in Impruneta, einem Städtchen vor den Toren von Florenz.

»Wer war das?«, fragte Emanuele.

»Dottore Mesto«, antwortete sein Chef.

»Der Staatsanwalt?«

»Genau der.«

57. Kapitel

Das Restaurant am Marktplatz von Impruneta bestach durch eine einfache, aber schmackhafte Küche. Dottore Mesto erwartete Bardi bereits an einem Tisch in der Loggia, die einen guten Blick auf das bunte Treiben unter ihnen bot, wo die örtlichen Händler ihre Gegenstände aus Terrakotta verkauften.

»Commissaria Vasari lobt Sie in den höchsten Tönen«, begrüßte der Staatsanwalt ihn, nachdem er sich umständlich erhoben hatte.

Bardi fragte sich, ob Mesto von ihrer Liaison wusste. Jedoch verriet das Gesicht des Staatsanwalts nichts, was diese Vermutung begründet hätte.

»Zu viel der Ehre«, gab er daher artig zurück und schüttelte die dargebotene Hand.

»Ich habe mir erlaubt, einen leichten Weißen zu bestellen«, sagte Mesto und bedeutete Bardi, ihm gegenüber Platz zu nehmen.

Der Capitano setzte sich, und sofort brachte der Kellner den Wein und zwei Speisekarten. Bardi hatte vor Aufregung keinen Appetit und bestellte einen Salat mit Hähnchenfilet, frischen Bandnudeln und Kirschtomaten. Dottore Mesto nickte mit einem Blick auf seinen Bauch zustimmend und bestellte das Gleiche, was Bardi als gutes Zeichen wähnte.

In kurzen Sätzen brachte Bardi den Staatsanwalt auf den letzten Stand der Dinge.

»Und wie soll ich Ihnen helfen?«, fragte Mesto, nachdem sein Gegenüber den Bericht beendet hatte.

»Ich dachte an einen Deal«, erklärte Bardi.

»Dafür ist die Staatsanwaltschaft in Siena zuständig.«

»Commissaria Vasari meint, Sie seien der Einzige, auf den in solchen Dingen Verlass ist«, spielte Bardi den Ball zurück.

»Beenden wir das Süßholzraspeln«, sagte Mesto schmunzelnd. »Was stellen Sie sich vor?«

»Ich werde Franco Mauro ans Messer liefern.«

»Wie wollen Sie das anstellen, wenn dieser Marco Vallone nicht als Kronzeuge auftreten will?« Der Staatsanwalt sah Bardi zweifelnd über den Rand seines Weinglases an.

»Indem ich Franco Mauro zum Reden bringe.«

»Worüber?«, fragte Mesto blitzschnell.

Zufrieden stellte Bardi fest, dass Vasari nicht untertrieben hatte, als sie Dottore Mestos Verstand über alle Maße gerühmt hatte.

»Erinnern Sie sich an die Autobombe im Dienstwagen des Innenministers?«

Mesto nickte langsam.

»Franco Mauro wird gestehen, dass er der Drahtzieher hinter dem Sprengstoffanschlag auf den Innenminister war, bei dem der kleine Sohn des Chauffeurs ums Leben kam«, erklärte Bardi.

Mesto zog geräuschvoll Luft zwischen seinen Zähnen ein. »Wenn Ihnen das gelingt, würde Mauro bis an sein Lebensende hinter Gittern sitzen.«

Der Capitano nickte.

»Handelt es sich dabei um einen persönlichen Rachefeldzug?«, fragte Mesto streng. »Ich kenne Ihre Akte.«

»Ich müsste lügen, um zu sagen, dass es mich nicht mit Genugtuung erfüllen würde, wenn Franco Mauro endlich für seine Straftaten zur Rechenschaft gezogen würde«, gab Bardi zurück und spürte, wie sein Mund vom vielen Reden trocken wurde. »Mein Seelenfrieden hängt davon aber nicht ab.« Er trank einen Schluck. »Leider. Denn dann wäre vieles einfacher.«

Der Staatsanwalt überlegte eine Zeit lang. Dann schien er zu dem Schluss gekommen zu sein, dass Bardi die Wahrheit über seine Beweggründe dargelegt hatte, denn er signalisierte Verständnis. »Und wie soll die Gegenleistung der Staatsanwaltschaft aussehen?«

Bardi holte die Abzüge von Trautmanns Fotos hervor und reichte sie Mesto über den Tisch. Der betrachtete die Bilder ausgiebig.

»Der Mann, der auf Anna Jansen schießt, ist Marco Vallone. Wie Sie unschwer erkennen können, wurde er zu diesem Mord gezwungen. Den Mann, der mit seiner Waffe auf Vallone zielt, konnten wir zweifelsfrei als Franco Mauros Sohn Kenneth identifizieren.«

»Das wird dem Clan der Mauros das Genick brechen«, bestätigte Mesto. »Ich habe auch schon eine Ahnung, was Sie sich als Gegenleistung vorstellen.«

58. Kapitel

Wie ein Tiger im Käfig schlich Bardi durch seine Wohnung und wartete auf ein erlösendes Zeichen von Mesto. Der Staatsanwalt hatte sich bereit erklärt, sich sofort für Bardis Deal bei der Generalstaatsanwaltschaft in Rom einzusetzen. Natürlich wusste der Capitano, dass die Mühlen der Bürokratie langsam mahlten. Jedoch hoffte er, dass die Beamten in Rom die Dringlichkeit seines Vorhabens einsahen, da Franco Mauro ansonsten über alle Berge sein würde.

Die Zeit kroch dahin. Bardi legte eine LP von Conte auf. Aber nach zwei Minuten begann die Musik, ihn zu nerven. Außerdem hatte er Angst, das Klingeln seines *Telefonino* zu überhören. Kurz vor neun mixte er sich einen Campari Soda und setzte sich in den Liegestuhl auf seiner Terrasse. Vielleicht würde ihn ein majestätischer Sonnenuntergang ablenken. Tatsächlich brachte ihn das Naturschauspiel auf andere Gedanken. Vasari kam ihm in den Sinn. Noch immer konnte er sich ihre Berührungen ins Gedächtnis rufen, und fast schien es, als hinge der betörende Geruch ihres Parfüms in der abendlichen Luft.

Von unten erklang die Stimme von Signora al-Salih bis zum Dach hinauf. Sie summte eine ruhige, schöne Melodie. Offensichtlich brachte sie Omar ins Bett. Bardi schloss die Augen und lauschte den sanften Tönen, die immer langsamer und leiser wurden.

Ein Klopfen weckte ihn auf. Bardi öffnete die Augen und sah in die Dunkelheit über San Pietro. Die Straßenlaternen illuminierten die Dächer von unten und erfüllten die Szenerie mit etwas Geheimnisvollem. Ihn fror. Er blickte auf seine Armbanduhr. 23:38 Uhr. Wieder klopfte es, diesmal etwas dringlicher. Gähnend stand Bardi auf und rieb sich die steifen Glieder. Dann eilte er zur Wohnungstür.

Die beiden Römer von der DIA warteten ungeduldig im Hausflur.

»So schnell habe ich Sie nicht erwartet«, begrüßte Bardi die Mafiajäger.

»Und es ist das erste Mal, dass wir uns auf ein Treffen mit Ihnen freuen«, erklärte der Wortführer, wobei er ungeduldig mit den Füßen wippte.

Die Hibbeligkeit des Römers ärgerte Bardi. Er bat beide in seine Wohnung.

In der Wohnküche reichte ihm der Sprecher der beiden einen Briefumschlag, den das pompöse Wappen der Generalstaatsanwaltschaft schmückte. Bardi riss den Umschlag auf und überflog das Schreiben, das sich darin befand. In gestelzter Juristensprache wurde Marco Vallone für den Fall Straffreiheit zugesagt, dass sowohl Franco als auch Kenneth Mauro verurteilt werden würden. Die Paragrafen, die für die Verurteilung infrage kamen, waren mittels Fußnote aufgeführt und bedeckten gut ein Drittel des Briefbogens. Für Marco Vallone wurde der Tatbestand einer Nötigungsherrschaft seitens Kenneth Mauro angeführt, sodass man ihn nicht für seine Tat zur Rechenschaft ziehen konnte.

»Zufrieden?«, fragte der Wortführer.

Bardi stimmte wortlos zu.

Der Stillere der beiden Römer legte seinen Aktenkoffer auf den Esstisch und holte ein kleines Kästchen aus schwarzem Kunststoff hervor.

»Wollen wir Ringe tauschen?«, scherzte Bardi schlapp, doch die Römer verzogen keine Miene.

»Wann findet Ihr Treffen mit Franco Mauro statt?«

»Möglichst bald«, erwiderte der Capitano schnell. »Ich habe keine Lust auf einen Flug nach Südamerika.«

Der Römer rang sich ein Lächeln ab und klopfte ihm beruhigend auf die Schulter. »Je schneller wir die Sache hinter uns bringen, desto besser.«

Der Stille öffnete das Kästchen, holte vorsichtig eine rechteckige, flache Kunststoffplatte hervor, die kaum halb so groß war wie Bardis Daumennagel, und reichte sie vorsichtig seinem Kollegen.

Der hielt sie zwischen Daumen und Zeigefinger vor Bardis Gesicht. »Das ist die neueste Generation unserer Aufnahmegeräte. Mit herkömmlichen Wanzendetektoren nicht aufspürbar. Aufnahmekapazität etwas über sechsunddreißig Stunden. Kostenpunkt: dreitausendzweihundertfünfzig Euro.«

Bardi nickte mit interessiertem Gesichtsausdruck, obwohl er nur ein weißes Kunststoffstück sah, das genausogut von irgendeiner Verpackung stammen konnte.

»Wir werden die Aufnahmefunktion jetzt aktivieren«, sagte der Wortführer und reichte die Wanze seinem Kollegen zurück, der mit einer Art Stecknadel in ein winziges Loch in der Platte stach, das Bardi zuvor nicht bemerkt hatte.

»Welche Jacke werden Sie bei Ihrem Treffen mit Mauro tragen?«

Der Capitano holte seine Windjacke aus der Garderobe. Der Stillere nickte, holte ein kleines Messer aus dem Aktenkoffer und fasste prüfend an den Kragen von der Jacke. Schließlich trennte er vorsichtig drei Stiche der Naht neben dem Reißverschluss auf und schob die Wanze zwischen den Stoff. Danach verklebte er das aufgetrennte Stück mit einem Spezialleim, der auch die Wanze an ihrem Ort hielt.

»Werden Sie in der Nähe sein?«, fragte Bardi.

»Nicht zu nah«, erwiderte der Römer.

»Wie nah ist ›nicht zu nah‹?«

»Wenn wir den genauen Treffpunkt kennen, werden wir in sicherer Distanz zu Ihnen warten. Mauro ist sehr vorsichtig. Wenn er den geringsten Verdacht schöpft, dass Sie ihm eine Falle stellen, dann …« Der Römer zeigte einen resignierten Gesichtsausdruck.

»Sehr beruhigend.«

»Solange Mauro keinen Verdacht hegt, wird Ihnen nichts passieren.« Der Wortführer reichte Bardi einen Zettel mit einer Handynummer. Der Capitano sah ihn fragend an.

»Die Privatnummer von Mauros Winkeladvokat«, erklärte der Römer. »Wenn er fragt, woher Sie die haben, sagen Sie, dass dieser Deutsche … Trautmann sie Ihnen gegeben hat.«

»Nicht sehr glaubhaft«, warf Bardi ein.

»Trautmann wird Mauro kaum die Wahrheit sagen können. Er wurde vor drei Stunden im Gebüsch nahe einer Raststätte bei Turin tot aufgefunden … Kopfschuss.«

Bardi brauchte einige Sekunden, bis er diese Nachricht verdaut hatte. Er konnte jedoch nicht sagen, dass sie ihn verwunderte. Dann holte er sein *Telefonino*.

Schon nach dem zweiten Klingeln ertönte die Stimme von Dottore Fabiano Fabri. Scheinbar arbeitete der Anwalt noch spät nachts, denn Bardi hörte das Rascheln von Papier.

»Woher haben Sie diese Nummer?«, fragte Fabri, als der Capitano seinen Namen genannt hatte.

»Von Trautmann.«

Bardi konnte Fabri am anderen Ende fluchen hören. »Warum hat er sie Ihnen gegeben?«

»Ich sollte Ihnen ausrichten, dass er keinen Artikel über Franco Mauro, Marco Vallone und Anna Jansen veröffentlichen wird«, log Bardi und erntete ein zustimmendes Nicken der beiden Römer.

»Ich hoffe, Sie haben einen triftigen Grund, mich zu solch später Stunde anzurufen?«

»Es geht immer noch um den Deal mit Franco Mauro.«

»Signor Mauro ist an einem Deal nicht interessiert«, erklärte Fabri.

»Es sind neue Beweise aufgetaucht.«

»Kein Interesse.«

»Fotos, die beweisen, dass Franco Mauros Sohn Kenneth Marco Vallone gezwungen hat, seine Schwester zu erschießen.«

»Wovon reden Sie?«

»Ich bin im Besitz der Speicherkarte aus Trautmanns Kamera.«

Für einige Zeit vernahm Bardi lediglich Fabris Atmen. Dann meldete sich die Stimme des Anwalts wieder.

»Ich rufe Sie zurück.«

»Mein Angebot gilt für eine Stunde. Ansonsten übergebe ich die Beweise der Staatsanwaltschaft in Siena, die mittlerweile für den Mordfall Anna Jansen zuständig ist«, erwiderte Bardi, unterbrach die Leitung und wischte sich die Schweißperlen von der Stirn.

»Gute Arbeit«, lobte ihn der Wortführer, während sein Kollege die Kühlschranktür öffnete.

»Kein Bier?«, fragte er enttäuscht, nachdem er den Inhalt geprüft hatte.

»Kein Bier«, bestätigte Bardi, woraufhin der Römer sich eine kleine Flasche Sanbittèr angelte und sie mit den Zähnen öffnete. Der Wortführer stöhnte und sah Bardi mit verdrehten Augen an.

Sie lauschten dem glucksenden Geräusch des Trinkenden, als Bardis *Telefonino* klingelte.

Vor Schreck verschluckte sich der Römer und musste husten. Sein Kollege tadelte ihn mit einem genervten Gesichtsausdruck.

Als das Husten endlich aufhörte, nahm Bardi das Gespräch entgegen.

»Seien Sie in einer Stunde am Rastplatz an der A 1«, befahl Dottore Fabris Stimme.

59. Kapitel

Diesmal fuhr Bardi erst ein paar Minuten nach der vereinbarten Zeit auf den Rastplatz S. Giovanni Ovest. Franco Mauro sollte spüren, dass jetzt Bardi den Verlauf der Verhandlung bestimmte. Zunächst entdeckte er Mauros Audi-Limousine nicht. Schließlich fand er sie aber hinter einem Lkw-Anhänger am hinteren Ende des Parkplatzes. Er stellte seinen Peugeot neben Mauros Wagen ab und wartete, wobei er durch die Windschutzscheibe in die Dunkelheit vor sich starrte. Die Fotos von Mauros Sohn bei der Hinrichtung der jungen deutschen Frau steckten in der Innentasche seiner Jacke. Diesmal würde er sich keine Blöße geben. Es dauerte nicht lange, da klopfte es gegen die Scheibe der Fahrertür.

Das Gesicht von Mauros Leibwächter und Fahrer erschien wenige Zentimeter von ihm entfernt. In der Hand hielt der Mann eine Beretta, mit der er Bardi bedeutete auszusteigen. Der Capitano gehorchte, aber betont langsam.

»Wo ist Ihr Chef?«, fragte Bardi, als er vor dem Mann stand und in den jetzt beleuchteten, jedoch leeren Innenraum des Audis blickte. »Sie werden vorerst mit uns vorliebnehmen müssen«, kam eine Stimme von der Seite.

Als Bardi sich umwandte, blickte er in das Gesicht des Taxifahrers, den er daran gehindert hatte, Trautmann zu eliminieren. Der Mann hielt einen Jutesack in der einen und einen schwarz glänzenden Revolver in der anderen Hand.

Mauros Leibwächter öffnete eine der hinteren Türen des Audis, ohne Bardi jedoch aus den Augen zu lassen.

»Los. Steigen Sie ein!«, sagte er und machte mit dem Lauf seiner Beretta eine Bewegung in Richtung der Limousine.

Zögernd gehorchte Bardi. Der Taxifahrer nahm neben ihm auf der Rückbank Platz und bohrte ihm den Stummellauf seines Revolvers in die Seite. Sein Atem roch nach Schnaps, Knoblauch und Pfefferminz und verursachte Bardi Übelkeit.

»Über den Kopf ziehen«, befahl der Taxifahrer und warf Bardi den Jutesack auf die Knie.

Während der Capitano tat, wie ihm geheißen, fuhr der Audi mit quietschenden Reifen los.

60. Kapitel

Die Fahrt dauerte nur ein paar Minuten. Dann wurde die Tür neben Bardi geöffnet. Jemand packte ihn unsanft am Arm und zog ihn aus dem Wagen. Man führte ihn einige Meter weit – den Jutesack hatte er weiterhin über dem Kopf. Zunächst spürte Bardi einen sandigen Untergrund unter den Sohlen seiner Schuhe. Dann stieß er mit den Schuhspitzen gegen einen Absatz. Er hob die Füße und hörte ein metallisches Geräusch, als seine Sohlen wieder den Boden berührten. Obwohl er nichts sehen konnte, fühlte Bardi, dass er sich jetzt in einem kleinen Raum befand. Nach wenigen Metern wurde er an beiden Schultern nach unten gedrückt und fand auf einem Stuhl Platz.

»Wohin haben Sie mich gebracht?«, wollte Bardi wissen.

»Ruhe«, kam die Stimme des Taxifahrers von hinten. Wieder spürte er den kalten Lauf des Revolvers, diesmal im Nacken.

Kurze Zeit darauf hörte der Capitano die Schritte mehrerer Personen näher kommen.

»Okay«, sagte eine tiefe Stimme, und sofort wurde der Sack von seinem Kopf gerissen. Er brauchte einige Sekunden, bis er sich orientieren konnte. Offensichtlich befand er sich in einem großen Container, denn die Wände neben ihm waren aus rostigem Blech. Er saß auf einem Aluminiumstuhl.

Jemand leuchtete ihm mit einer starken Taschenlampe ins Gesicht. Bardi blinzelte, konnte aber niemanden erkennen. Immerhin sah er, dass seine Jacke neben dem Stuhl auf dem Boden lag. Offensichtlich hatte niemand die Wanze entdeckt.

»Was gibt's denn da zu grinsen?«, fragte eine Stimme von vorn. Der Lichtkegel wanderte für kurze Zeit nach unten, sodass Bardi im Halbschatten den Chauffeur erkennen konnte und einen Meter hinter ihm Franco Mauro mit seinem Sohn Kenneth.

»Nichts«, erwiderte Bardi.

»Wer außer Ihnen kennt die Fotos noch?« Es war der Chauffeur, der die Fragen stellte.

»Niemand«, antwortete Bardi und bekam postwendend von hinten einen Schlag, der sein Kinn auf die Brust schleuderte. Er wandte sich um und blickte in das schadenfrohe Gesicht des Taxifahrers.

»Keine Lebensversicherung?«, fragte der Sprecher ungläubig.

»Mein Notar hat einen versiegelten Brief von mir erhalten mit der Anweisung, ihn zu öffnen, falls ich bis morgen … heute um neun Uhr nicht wieder in San Pietro auf der Wache bin«, erklärte der Capitano und erwartete angstvoll den nächsten Schlag.

Scheinbar schien diese Antwort Mauros Wohlwollen erweckt zu haben, denn der Schlag blieb aus.

Jetzt trat Mauro vor seinen Chauffeur. In der Hand hielt er die Fotos. »Das beweist nur, dass Marco Vallone seine eigene Schwester umgebracht hat.«

»Unter dem Zwang Ihres Sohnes«, erwiderte Bardi.

»Ich sehe nur vermummte Gesichter«, höhnte der Clanchef.

»Sie haben einen Fehler gemacht, Mauro«, erwiderte Bardi kühl, was ihn viel Kraft kostete, denn in Wirklichkeit zitterte er vor Angst.

»Der Einzige hier im Raum, der einen Fehler begangen hat, sind Sie.« Mauro trat ganz nah an Bardi heran und blickte ihn von oben herab an, als betrachte er ein seltsames Insekt.

Bardi wusste, dass seine einzige Chance, Mauro zum Reden zu bewegen, darin bestand, den 'Ndrangheta-Boss in seiner Eitelkeit zu verletzen. »Verwechseln Sie mich nicht mit Ihrem Sohn?«

Franco Mauro funkelte ihn wütend an. Bardi fühlte, wie der Taxifahrer hinter ihm zum Schlag ausholte, doch Mauro hielt ihn mit einem Wimpernzucken zurück.

»Reden Sie!«, knurrte er.

»Ihr Sohn Kenneth trägt auf den Fotos eine von weltweit fünf Rolex-Uhren einer Sonderedition.«

Mauro wandte Bardi den Rücken zu und betrachtete im Schein der Taschenlampe die Fotos genauer. Schließlich erkannte er, was der Capitano meinte. Wütend schmiss er die Fotos auf den Boden, und Bardi befürchtete schon, dass nun sein letztes Stündlein geschlagen hatte. Doch Franco Mauro wandte sich seinem Sohn zu, um ihm eine schallende Ohrfeige zu versetzen.

»Du dummer Bastard!«, schrie er Kenneth an, der an die Rückwand zurückwich und seine Hände schützend vor sein Gesicht hielt. »Du dummer … kleiner Bastard.«

Mauro prügelte auf seinen Sohn ein, bis dieser wimmernd auf dem Boden hockte.

»Gib die verdammte Uhr her!«, schrie Mauro weiter und riss am Handgelenk seines Sohnes, bis er endlich die protzige Uhr in den Händen hielt. Endlich beruhigte sich der 'Ndrangheta-Boss etwas. Er steckte die Uhr in die Seitentasche seines Jacketts und riss die Tür des Containers auf. Dann kickte er Kenneth mit den Schuhspitzen nach draußen, als handelte es sich um einen Straßenköter. Durch die geöffnete Tür erkannte Bardi, dass sie sich auf einem Containerumladeplatz befinden mussten, denn draußen standen Dutzende Cargocontainer, die von Flutlichtern beschienen wurden. Die kühle Luft, die hereinwehte, belebte ihn und linderte seine Kopfschmerzen.

Mauro blickte für einige Zeit seinem Sohn nach, der mehr kriechend denn laufend verschwand. Dann drehte er sich zu Bardi um.

»Okay. Was schlagen Sie vor?«

»Erstens: Sie lassen die Vallones in Frieden. Das heißt, Ihre Firmen werden kein Olivenöl mehr von den Vallones beziehen. Die Vallones behalten ihr Land und die Immobilien. Im Gegenzug zahlen sie Ihnen einen fairen Preis für Ihre Anteile an den gemeinsamen Unternehmen. Kurz: Keine Geschäftsverbindungen zu den Vallones mehr.«

Franco Mauro nickte. »Das klingt fair.«

»Zweitens: Einer Ihrer Leute wird die Verantwortung für den Mord an Anna Jansen übernehmen. Wie damals bei der Autobombe …« Bardi hoffte, dass Mauro ihm in die Falle ging und zugab, dass er hinter dem Anschlag steckte. Doch Mauro überhörte diese Spitze einfach.

»Solange Kenneth aus dem Spiel bleibt, kann ich auch damit leben. Einer der anderen wird die Verantwortung übernehmen.«

»Haben Sie keine Angst, dass der Sündenbock einknickt? Schließlich drohen ihm mindestens fünfzehn Jahre.«

Mauro nickte lächelnd. »Jeder, der für meine Organisation arbeitet, weiß, auf was er sich einlässt. Redet er, stirbt er. Und mit ihm jemand aus seiner Familie. Das kann seine geliebte Frau sein, sein kleiner Sohn oder die gütige Mutter. Wenn er schweigt, wird er im Gefängnis ein privilegiertes Dasein fristen. Für seine Familie wird nicht nur finanziell gesorgt. Wir achten darauf, dass seine Frau auf ihn wartet. Wir ermöglichen seinem Sohn eine gute Schulbildung. Und die Mama bekommt eine schönere Wohnung für ihren Lebensabend.«

»Sie sind ein wahrer Wohltäter.«

Bardi schaute dem 'Ndrangheta-Boss ins Gesicht. Ihm war Mauros Zustimmung zu schnell gekommen. Über kein einziges Detail hatte er handeln wollen. Sein Gegenüber schien Bardis Gedanken zu erraten.

»Sie trauen mir nicht«, bemerkte er lächelnd.

»Wie könnte ich«, erwiderte der Capitano.

Mauro nickte und machte eine abfällige Handbewegung. »Ich halte mich an mein Ehrenwort … Im Guten wie im Schlechten.«

Bardi begann zu schwitzen. Das Gespräch lief in die falsche Richtung. Mauro war aalglatt. Er spürte, dass ihm nicht mehr viel Zeit blieb, um den Clanchef zu einem Geständnis zu bewegen, was die alte Geschichte in Rom betraf.

»Mein Chauffeur wird Sie zurück zu Ihrem Auto bringen«, sagte Mauro denn auch, wandte sich zum Gehen und raffte dabei sein Jackett.

»Einen Augenblick«, rief Bardi.

Franco Mauro drehte sich um, Ungeduld in den Augen. »Was denn noch?«

»Können Sie alleine für meine Sicherheit bürgen?«, fragte Bardi.

»Warum nicht?«

»Es gibt Gerüchte, dass Sie damals, als sich unsere Wege zum ersten Mal kreuzten, im Auftrag eines viel mächtigeren Bosses handelten.«

Im ersten Augenblick war Mauro sichtlich verdutzt. Er taxierte Bardi. »Wer sagt das?«

Der Capitano überlegte, wie jener Clan hieß, den der Römer von der DIA als Hauptkonkurrenten von Mauro genannt hatte.

»Wer sagt das?«, wiederholte Mauro. Offensichtlich nahm er an, dass Bardi Angst hatte, Namen zu verraten.

Endlich fiel Bardi der Name des Clans ein. »Die Isnardis.«

»Die Isnardis … Ausgerechnet die Isnardis.« Der ’Ndrangheta-Boss begann, so übertrieben zu lachen wie ein schlechter Opernsänger. »Wann war das in Rom?«

»Vor zwölf Jahren«, erwiderte Bardi unschuldig.

»Vor zwölf Jahren handelten die Isnardis noch mit schlecht verschnittenem Koks in Catanzaro. Wie sollten sie da eine Autobombe unter dem Wagen eines Ministers platzieren? Die hätten damals nicht mal Sägemehl von Sprengstoff unterscheiden können.«

»Dafür haben die Isnardis ja auch Sie verpflichtet.«

Mauro trat vor Bardi, um ihn erneut wie ein Insekt zu begutachten. »Da wir im selben Boot sitzen, will ich Ihnen etwas verraten …« Er legte eine längere Pause ein und starrte Bardi an. Dieser hielt dem Blick stand. »Die Autobombe war mein größter Fehler. Selbst wenn der Minister getötet worden wäre, hätte das den Lauf der Dinge nur unwesentlich verändert. Ich habe mich damals von Rachegelüsten leiten lassen, weil dieser Politiker mich in einer Fernsehdiskussion persönlich angegriffen hat. Aber ich habe gelernt.«

»Und der Sohn des Chauffeurs? Tat der Ihnen gar nicht leid?«

Jetzt lächelte Mauro. »Von daher weht also der Wind: Sie machen sich Vorwürfe, weil dieser Junge so dumm war, die Tür zu öffnen …« Er legte Bardi die Hand auf die Schulter. »Kollateralschäden … damit müssen wir leben. Aber wenn es Sie beruhigt, übernehme ich gerne die volle Verantwortung.«

Mauro reichte Bardi die Hand. »Mein Chauffeur wird Sie zurück zu Ihrem Wagen bringen.«

Der Capitano ignorierte die dargebotene Hand und erhob sich vom Stuhl.

EPILOG

Der Sommer neigte sich dem Ende zu. Die Tage wurden kürzer, die Temperaturen milder. Und auch die Gemüter der Einwohnerschaft von San Pietro hatten sich auf ein Normalmaß abgekühlt. Die Aufregung um die ermordete deutsche Touristin hatte sich gelegt. Nur noch selten verirrte sich die Presse in den Ort. Schließlich lag die spektakuläre Verhaftung von Franco Mauro, seinem Sohn und vier weiteren Gefolgsleuten, darunter Dottore Fabiano Fabri, am internationalen Flughafen von Rom-Fiumicino schon länger als zwei Monate zurück. Die Welt hatte sich weitergedreht und neue Sensationsmeldungen produziert, in denen San Pietro zum Glück nicht vorkam.

Die Hochzeitsfeier von Marco Vallone und seiner Verlobten Celia fand auf dem Gut der Vallones statt. Auf dem Hof war eine lange Tafel aufgebaut worden. Mirri und seine Frau hatten für die kulinarischen Köstlichkeiten gesorgt. Den Höhepunkt des Acht-Gänge-Menüs hatte ein Spanferkel gebildet. Jetzt war die Hochzeitstorte von Celias Hand unter Führung von Marco unter ausgelassenem Beifall angeschnitten worden und eine kleine Kapelle stimmte kalabrische Lieder an. Halb San Pietro war zugegen. Bardi hatte einen Ehrenplatz neben dem Brautpaar erhalten, das am Kopfende einer langen Tafel saß.

Ihm gegenüber saß Sara Vallone, die still an ihrem Likör nippte. Neben Sara hatten Celias Eltern Platz genommen. Ernste, aber freundliche Leute.

Wie es die Tradition vorschrieb, gehörte der erste Tanz dem Brautpaar. Marco Vallone trug einen schlichten hellgrauen Anzug, Celia ein weißes Hochzeitskleid. Sie war der Blickfang des Tages. Den Schleier hatten Vallones alte Fußballkameraden bei der Ankunft des Brautpaares zerrissen. Das sollte Glück bringen.

Und Glück hatte Marco Vallone bei seiner Gerichtsverhandlung gehabt, die erst ein paar Tage zuvor in Florenz zu Ende gegangen war. Der Richter hatte ihn von der Anschuldigung des Mordes freigesprochen. Und nicht nur das: Da auch die Staatsanwaltschaft unter der Führung von Dottore Mesto auf Freispruch plädiert hatte, war das Verfahren viel früher eingestellt worden als zuvor veranschlagt. Es war ein Sieg auf ganzer Linie gewesen, wenngleich Marco Vallone sein Leben lang ein inneres Gerichtsverfahren mit sich selbst ausfechten würde.

Das Verfahren gegen Franco Mauro jedoch hatte noch nicht einmal begonnen. Dottore Mesto hatte Bardi in einer Verhandlungspause berichtet, dass mit einer rechtskräftigen Verurteilung des 'Ndrangheta-Bosses frühestens im Frühling des nächsten Jahres zu rechnen war.

Bardi nahm die Serviette vom Schoß, stand auf und stellte sich neben die al-Salihs, die begeistert mit den anderen San Pietroern den sich langsam steigernden Takt klatschten. Jemand zupfte behutsam am Ärmel seines Anzuges, den er eigentlich für sein Rendezvous mit Beatrice gekauft hatte. Bardi blickte sich um und sah Sara Vallone. Sie führte ihn ein paar Meter von den ausgelassenen Gästen weg.

»Ohne Sie hätte es ein Unglück gegeben«, sagte sie und küsste ihn auf die Wange.

Zunächst war Bardi diese kurze Berührung peinlich. Doch dann rührte ihn die Geste dieser sonst so herben und zähen Frau.

»Ich möchte, dass in San Pietro wieder Ruhe einkehrt«, erwiderte Bardi.

Sara Vallone nickte. »Corrado hielt viel von Ihnen. Er nannte Sie immer ›den aufrechten Mann‹. Ich glaube, er selber wäre gerne ein aufrechter Mann gewesen.«

»Er war ein sehr stiller Mann«, erwiderte der Capitano.

Ein Lächeln huschte über Sara Vallones Gesicht. »Ich fand ihn immer etwas geheimnisvoll. Aber das liebte ich an ihm. Wenn nur nicht dieses schreckliche Geheimnis wäre ...«

»Corrado wurde in diese Gesellschaft hineingeboren. Wahrscheinlich hätte sein Leben nicht anders verlaufen können.«

»Wahrscheinlich«, pflichtete sie ihm bei. »Ihr Leben ist anders verlaufen, obwohl Sie aus Sizilien stammen.«

Bardi nickte. »Aber meine Familie hat nie zu den ehrenwerten Familien gehört. Da war es einfacher für mich, wegzugehen. Wäre ich auf Sizilien geblieben ...« Bardi machte eine gottergebene Geste. Schon häufig hatte er darüber nachgedacht, was gewesen wäre, wenn er in seiner Heimat geblieben wäre. Hätte er auf der anderen Seite gestanden – wie Corrado Vallone? Er konnte es nicht sagen, und das machte ihm nach all den Jahren immer noch Angst.

»Danke.« Sara Vallone drückte ihn kurz an ihre Brust. »Sie sind ein aufrechter Mann.«

Jetzt parkte ein Alfa Romeo mit Mailänder Kennzeichen auf der Einfahrt zum Hof. Es war Beatrice Vasari. Langsam kam sie auf Bardi zu. Ihr rotes Haar leuchtete in der Nachmittagssonne. Sie war so schön. Für einen kurzen Augenblick schien es ihm, als gäbe es nur Beatrice und ihn. Auch Vasari musste die Magie dieser Sekunde spüren, denn sie hielt kurz inne und betrachtete Bardi aus der Entfernung. Er merkte, dass dieser kurze Augenblick der vollkommenen Intimität der Paukenschlag war, der ihre Symphonie beendete. Immer wieder hatte er versucht, sie zu erreichen. Wenn Gespräche zustande kamen, waren sie stets kurz gewesen. Keiner der beiden wagte es, das scheinbar Unvermeidliche auszusprechen, von dem Bardi sich fragte, warum es so sein musste. Im Juli waren sie sich anlässlich des Beginns von Marco Vallones Gerichtsverhandlung begegnet. Doch zu mehr als ein paar befangenen Worten hatte es nicht gereicht. Im August hatte Vasari vier Wochen Urlaub mit ihrer Tochter auf Mallorca verbracht. Bardi hatte den Verdacht, dass auch ihr Ehemann zumindest einen Teil der Ferien mit seiner Familie verbracht hatte.

Als Vasari Bardi erreicht hatte, gab sie ihm zur Begrüßung einen flüchtigen Kuss auf die Wange.

»Herzlichen Glückwunsch zum Freispruch«, sagte sie.

»Ohne dein Zutun hätte es keinen Deal gegeben«, gab er das Kompliment zurück.

»Mein Anteil daran ist verschwindend gering.« Sie blickte Bardi mit ihren großen Augen befangen an.

»Willst du mir etwas sagen?«, fragte er sanft.

Vasari nickte zögerlich. »Ich gehe zurück nach Mailand.«

»Zurück zu deinem Mann?«

Sie nickte erneut. »In erster Linie allerdings zurück zu meiner Tochter.«

»Ich wünsche dir, dass du glücklich wirst, Beatrice«, erwiderte Bardi mit belegter Stimme.

Plötzlich hatte Vasari Tränen in den Augen. »Beinahe hätte ich mich für ein Leben hier in San Pietro entschieden … Giulio …« Sie umarmte Bardi, und sie küssten sich ein letztes Mal leidenschaftlich und lang.

20053021R00157

Printed in Poland
by Amazon Fulfillment
Poland Sp. z o.o., Wrocław